兩世冤家

2

風文創 267

溫柔刀 著

目錄

第三十章

離開祝慧真的屋後，賴雲煙覺得祝家人也是太擔心這嫡長房裡出來的嫡女了，祝慧真還真不是個誰能欺辱的。只要她不過分要求，便是和魏瑾瑜，也確是能重修舊好。

因她去了祝慧真那兒，這一夜晚膳時分，魏母的臉色都不大好看。

膳後，賴雲煙出了門，走在前的魏瑾瑜還特地回頭給賴雲煙施了一禮，誠心地道——

「多謝嫂子前去看望慧真。」

賴雲煙笑而不語，輕輕頷了下首。

待出了魏母的院子，一直走於她身側的男人淡道：「瑾瑜還小。」

「您說的是。」賴雲煙笑道。

看著她嘴角不以為然的笑，魏瑾泓微瞇了瞇眼。

等回了院子，進了書房看了半時辰的書，他傳人叫了人過來問話，得知弟弟剛剛出了他妻子的門，帶了丫鬟去水榭臺上賞月後，他的眉頭便緊緊地皺了起來。

好半晌，尚只有二十歲的年輕者以五十老者的老邁之姿扶著案桌站了起來，他站於原地好一會兒後，嘴間發出了清亮、但無一絲人氣的聲音。「叫二公子過來見我。」

五月底，魏府再起風波。

祝慧真生下了一個女孩，並沒有如先前請來的太醫所說的那樣，是個男孩。說好的男孩沒了，這下可好，太醫招牌砸了，祝慧真慘了。

因她未生下男丁，便是祝家也只有幾個內眷差人送來了些東西，還是從後門送進來的，因知祝慧真與婆婆鬧得不愉快，祝家此舉是希望息事寧人。這事魏夫人從魏景仲那兒得了讓她不要落了魏家臉面的話，所以她對祝家來的人便客氣得很，打發的賞銀也比平時多。

但怎麼對祝家來的下人是一回事，私下她怎麼對祝慧真狠又是另一回事了。魏母直接賞了那有孕的丫鬟一個小院子養胎，這一舉，就狠狠打了祝慧真一個巴掌。

賴雲煙回了京中魏府，剛去給魏母請了安就去看祝慧真，祝慧真正在屋中砸碗，實在不像一個剛生下孩子不到三天的人。這次，祝慧真未再哭了，賴雲煙與她柔聲說話，得來的也只是她冷冷的幾語，沒有幾句，她就下了逐客令，賴雲煙也不以為意。

到了晚上，祝慧真就又請人來向她陪罪，像是回過了點神。

陪罪的貼身婆子走後，賴雲煙無奈地搖了下頭。就這麼個小姑娘，怕是也得像她當年那般在這府裡一年一年地過這種日子了，是好是壞，如果撐不住，不是死就是瘋。

希望她能熬得過去。

第二日，賴雲煙沒事人一般又去看望祝慧真，這次，祝慧真的臉色才好看了起來，和賴雲煙說話也是細聲細語，臉上也有了些笑。

這邊祝慧真因賴雲煙的親近，心下是有些欣慰的。那廂魏母得知大兒媳又去了二兒媳的院中後，她冷笑了一聲，對著屋中的吉婆婆就道：「也是個沒臉沒皮的，都不知她是不是這家的長媳了！」她就沒見過這麼不注重臉面的大家閨秀，上趕著貼著別人，不知把她這個當婆婆的放在了何處。

見她薄怒，吉婆婆猶豫了一下，道：「不是說她們以前玩得來嗎？許是——」

「許是什麼？」魏母不耐煩地打斷了她的話。「什麼玩得來？她不就是想巴著祝家的岑南王妃不放嗎？」

吉婆婆見她口氣如此之衝，忙附和道：「可不就是如此！」

魏母這時冷冷地哼笑了一聲。「那個好歹生得出，她這個生不出的，等再過段時日，我看她怎麼跟我交代！」

吉婆婆這時不敢再答話，又悄悄地退後了一步，躬身站在了她的背後。夫人也是厲害，兩個媳婦嫁進來後，沒一個不被她收拾得服服貼貼，比起別人那些娶了出身大的媳婦的夫人，不知風光了多少。

算起來，這幾大家裡，也沒幾個人比得起她家夫人來得有福氣，崔家現在就算不如以前了又如何？這九大家出來的賴家嫡大小姐，還有那這兩年甚得聖上恩寵的祝家出來的嫡小姐，一個一個都得在她們夫人面前乖乖俯首。

這時，吉婆婆想著底下那些丫頭們這月會給她的孝敬銀錢，臉上不禁露出了笑。

賴雲煙在魏府待的這兩日，魏母對她不冷不熱，讓底下的人足夠知道，她對這大兒媳還是客氣有禮的，但卻是不甚滿意的。

一般而言，為了讓婆婆歡心，這時是應該送點禮物孝敬孝敬，討好一下婆婆的，但賴雲煙這次還是跟以往那幾次一樣吝嗇，一個銅板都沒給出去。魏母隱約間也拿著她未有孕這事在敲打她，但她不明說，賴雲煙便也不搭話，隨她冷言冷語地刺，她自淺淺微笑裝不懂，一句話都不答就是。

這次為著祝慧真生孩子的事，賴雲煙在魏府又待了三日，這時在府中也留了幾日的魏瑾泓便要帶她回通縣，臨走時他們前去請安。

魏母當著一大堆奴僕面前，臉色有點冷地與給她福完禮的賴雲煙道：「在府裡好好當妳的家，當主母要為夫君做的，想來不用我再提醒，妳便也知要如何做了。」

她那威嚴冷洌的口氣，聽得賴雲煙都在心中為魏母鼓掌了。魏母大戰二兒媳大勝，此時的威風簡直就直逼王母娘娘了！

「兒媳知曉了。」賴雲煙低著頭，忍著沒笑。

「嗯。」看她怯懦的樣子，魏母心中冷哼了一聲，表面還是淡然地輕應了一聲，隨即她轉頭朝魏瑾泓柔和地道：「我兒，要是回了翰林院值差，便提前跟娘說一聲，我好讓下人在府中備你愛吃的膳食。」

「好。」魏瑾泓的眼睛掠過低頭的賴雲煙，輕輕頷首。

等回了通縣，賴震嚴已候在魏府，與魏瑾泓聊了一會兒後，才去了妹妹的院子。這次他帶了他的四個護衛來，讓他們在妹妹的院子周圍都探過回來稟告後，他才對賴雲煙明言道：「妳是何時與他鬧翻的？」

「很早。」賴雲煙皺眉，問他道：「哥哥為何問了這話？」

「有人報我，現在外面有人在頻頻動作，其中有他的一拔。」

「他自來用人甚多。」魏瑾泓外面怎會無人？便是前世也是如此，這沒什麼奇怪的。兄長查到他的無妨，只要無人能查到她外面的人的蹤跡就行。

「我問的是，妳到底是何時與他鬧翻的？」賴震嚴陰著臉看著妹妹道。

他一直覺得他們婚後關係古怪，壞得莫明。他們以前好了那麼多年，難不成是騙他的？他不覺得他的眼睛以前是瞎的。

「哥哥，」賴雲煙無奈地看向定要問個答案的賴震嚴的方向，嘴裡輕聲地道：「你豈會不知，在家中，有人要我們背後通天的財勢，在魏家，又何嘗不是？在銀錢面前，我與他之間那點兒女間的小情小愛又算得了什麼？」他們都明白，真正支持士家的底氣是什麼。

雖說他們這些人家，外人皆道有那風骨之氣，可這風骨之氣的家族過的日子那全是用金銀堆出來的，精衣美食、奴僕如雲的日子可不是那麼好維持。這還只是於家，而於族，更是要有那銀子當根基，才坐得上勢，維持得了地位。

賴震嚴聽到妹妹此話，無比諷刺地笑了一聲。

賴雲煙垂頭，看著他手背的青筋一根一根猙獰地跳動，不由得在心裡輕嘆了口氣。

「妳還這麼小……」賴震嚴說到這兒，死死地抿著嘴深吸了口氣，這才笑得無比難看地道：

「卻也要過跟我一樣的日子了。」

賴雲煙伸手拿帕拭了因鼻酸而掉下的淚水，看著自己的腿笑道：「這有什麼不可的？哥哥能過的，雲煙也能過。」前世，就是因她被護得太好，所以到了魏家，日子生變後，那些從沒想到過的遭遇一來，就差點把她擊垮。

她性子太愛恨分明了，所以面對不適應的屈辱，她的反擊就強烈得控制不住自己，都沒給自己留太多情面，以至於把自己弄得傷痕累累，跟魏瑾泓鬧得恩斷義絕，無一點情分才學會認清現實，之後才找到了恰當的方式離開魏家。

「哥哥，他那拔人現下是要做什麼？」賴雲煙重提了剛剛的話。魏瑾泓是做了什麼，才會讓兄長乾脆把話與她挑明？

「他打算支持晉大學士，給皇上建行宮。」

「行宮？」

賴震嚴抿嘴，拿手沾茶，在桌上畫了陵墓的樣子給她看。

賴雲煙看了一眼，正要說話時，不禁愣了一下，道：「哥哥是什麼時候知情的？」他是什麼時候知道她眼睛是好的？

「妳當舅舅請的大夫，眼睛跟妳一樣瞎，什麼都不跟我說？」賴震嚴不由得瞪了她一眼。他難不成還不知道她打的鬼主意？

她裝眼瞎，別人一說到她的眼睛，都會想到那打她之人的不慈，那人多少便要忌諱著點。他打了女兒，這時要是再對如他一樣向太子靠攏的兒子不當，那便是把話柄往滿朝上下的人口中送了。這段時日，他那父親確也因此束手束腳，賴震嚴不得不承認，這打小良善的妹妹出的這下下之策還是有用的。

「國庫空虛，不宜建宮，」賴震嚴皺眉道。「太子是如此說的，而他卻支持大學士，這不就是……」

「這不就是跟你對幹嗎？」賴雲煙接話嘆道。

賴震嚴哼了一聲。

難怪哥哥炸了。上次舅舅的事還能說魏大人是逼不得已，只能同流合污，可這次，卻是明顯地站到了哥哥的對立面去了。賴雲煙想了想，暫且也沒想出魏瑾泓這次為什麼這麼明顯地站到了兄長對面的原因，於是便看著兄長，待他說話。

「此次要是鬧翻了，他會對妳如何？」賴震嚴說到這話時，已經暴躁地站起，背著手在廳屋中走來走去。

看他心神不定的樣子，賴雲煙沈吟了一下，道：「兄長何不與他把話說開？」

想來，魏瑾泓此舉定有他的用意，若是他沒有與她兄長為敵的意思，便也有話安她兄長的心神吧？若是沒有，那她另作打算就是。

「也好。」賴震嚴帶了護衛過來，剛才還讓他們出去趕人，就是已做好了跟魏瑾泓談個底的準備，這時聽了妹妹的話，也不再猶豫，掉頭就出去了。

兄長急忙走後，賴雲煙看著他的背影搖了搖頭。想來這次他也是急了，又怕她受委屈，才把這次來的動靜弄得這麼大，做了這麼大的勢，讓魏瑾泓明白，她是有人在意的。

兄長勢輕，但維護她之心卻是從沒斷過的，這又讓她如何捨得下他？

兄長與她提的事，賴雲煙已有所知情。洪平帝年歲已大，上世這時，他已有給自己建帝王陵墓之心。可這建陵墓，光靠國庫是不可能的，把國庫掏空，都未必建得起一座讓洪平帝滿意的宏偉陵墓出來。這時，就得各路王公貴族出血了。但凡有封地的，再加上各路上貢的，足以湊出比國庫還富足的銀錢出來。

洪平帝上世打的就是這主意，可王公貴族無一人想從，此事便不了了之。這世，他一提出，翰林院便有大學士在朝上應和。只一人，洪平帝便提起了興致，這幾日每日議朝會上都要就此事說上幾句，然後引起了滿朝上下的軒然大波。這不，沒出兩天，兄長就找上了門。

他走後，賴雲煙急不可耐地等探子的信，可這日還是沒有等來。這時她的劣勢就非常明顯地出來了，她再捨得花錢請探子，可探子送來的資訊，總是比不上魏瑾泓這種時時置於朝廷之間能得到第一手消息的人來得快。資訊的不及時，就不能讓她做出及時的應對，總要比魏瑾泓棋差一著。

這一夜，魏瑾泓沒來她的院子。

第二日，賴雲煙收到探子來的消息，同時又送出去一萬兩銀子。得知探子送來消息後，賴雲煙便坐不下去了，心中五味雜陳。江鎮遠在昨日來了京城，被京中一武官誤傷，這時正在蕭家養傷。這事，要說沒有魏瑾泓在其中推波助瀾，賴雲煙死都不信。

上世，外面傳得最銷魂的兩段豔事，一段是孔家有兩女對魏相死心塌地，一人終身未嫁，一人嫁後對他終生思慕；另一段就是蕭家有一女對江尚書情深義重，他赴死，她便懸梁自盡，黃泉相隨。

鎮遠這一入蕭家，賴雲煙便是不用頭腦想事，也知這是誰在搞鬼了。

而魏瑾泓這邊，因太子又盯上了他，魏瑾泓藏了近一年的尾巴又被揪了出來。再加上陵墓之事，魏瑾泓又置身在了風口浪尖之上，都有人傳他是諛臣了，專侍奉承之事，無君子之範。

他有近十天沒回府後，賴雲煙在傳聞中突聞賴遊被罷免了尚書之職。這事一傳到她耳朵裡，當時在用午膳的她就擱了碗，讓門房備馬車，到了京中又讓人去打探了一圈消息，她這才讓馬車改道去了賴府。一進賴府，蘇明芙就在門口迎了她。

「這出了什麼事？」姑嫂急步向內，途中賴雲煙輕語問。

「我所知不多，爹還在宮內。」蘇明芙的語氣也稍有點加快。

「哥哥呢？」

「也在。」

兩人到了蘇明芙的主屋，身邊之人全部退下後，蘇明芙才跟賴雲煙直接道：「我們兩家這次有麻煩了。」

賴雲煙皺眉，她前天得到的消息，是魏瑾泓被太子爺參了一本，隨之楚侯爺進了宮，更多的她是不知道了。「什麼麻煩？」

「太子說他魏家家風不正，有辱士族之風。」蘇明芙說到這兒，秀眉皺了起來。「父親的罷免不管是什麼原因，這對魏家也是有損。」

魏府一被參上，賴府就出了事，這在有些人眼裡，那就是說明魏、賴兩族被皇上不喜了，便是她蘇家，也會擔上事。一榮俱榮，一損俱損，好壞誰都逃不脫。

「那父親之事……」賴雲煙抬眼看向蘇明芙。

「這事要看妳兄長之意。」蘇明芙搖頭。公爹的事，不是她這個當媳婦的能說的。

不管是怎麼被罷的，卻也是恰恰好。賴雲煙看著自己的腿，心道。接著她抬頭，朝蘇明芙笑著說：「這次是專程來跟嫂子報喜的，我的眼睛在早幾日前全好了。」

蘇明芙便驚喜道：「真的?!」

「真的。」

「若不是父親之事，真該為妳擺一次宴……」蘇明芙嘆道。

賴雲煙也跟著嘆了口氣。

這時兩人眼睛交會了一下，彼此都輕頷了一下首。在事情沒有明朗之前，她們還是慎重為上，不能輕舉妄動。

不出半天，宮中就又傳來了消息，說是太子被皇帝打了幾個大板子後，被抬回了東宮。這事一傳到人的耳朵裡，還在賴府的賴雲煙都費解了。她演練了事態好幾回，也沒預料到太子會有損這一舉。

這時賴府也回了人來報，說大概晚上的時候，老爺、公子就會回來了。賴遊要回來，賴雲煙便趁著天色還有一點亮光時，帶著一肚子的不解，上了馬車回通縣。剛走到半路，後面就有了馬蹄聲，不久，那後面的馬兒騎到了他們的馬車身邊，下人來報，是魏瑾泓他們。馬車剛一停下，魏瑾泓就上了馬車。有了前車之鑑，車內的丫鬟就又退了下去。

這時，車內只掛著一盞並不是太亮的燈火，在昏黃的光線裡，賴雲煙上下打量了魏瑾泓一眼，見他除了眼睛處有點黑之外，身上並無其他痕跡，她不禁挑了下眉，道：「魏大人好氣色。」沒想到，他又活著回來了。

魏瑾泓聞言，翹了翹嘴角，張嘴說話時的聲音也很是溫和。「妳父親下去了，妳和妳舅舅的人只要再多用點力，尚書之位就是你們的人的了。」

賴雲煙看他一眼，便不出聲了。魏瑾泓知情的，看來也不少。

「任老爺什麼時候上京？」

賴雲煙垂下眼，看著手中帕子，繼續不語。

「他這段時日最好不要上京，便是江南家中也不要回了，出去藏一段時日，要不然，任家辛苦百餘年的家業，就要毀於一旦了。」

「您這話何意？」

「皇上要建陵墓了。」建一個陵墓，不亞於重建一個王都，這錢哪裡來？還不是從他的子民那兒來，且還是從他最有錢的那些子民那兒來。

「錢都用來建陵墓了，這對您的好處不大吧？」到時天下無錢，國家窮得叮噹響，便是要貴族的稅錢，也得有錢交得出來才行。

「太子突然被皇上打了，妳說他會不會心生不滿？」魏瑾泓看著她放在膝上的手指，淺言了一句後，突然又道：「當年我送妳的那枚戒指，妳放在了哪兒？」

「拿火熔了，我看著熔的，在高爐裡跟著鐵水混在了一塊兒，消失得一乾二淨了。」賴雲煙抬頭，朝魏瑾泓嘆了口氣，道：「真是好算計啊！」太子不滿，皇帝再被他氣氣，恐會短好幾年的壽，加之弄來的銀錢再多費個幾年，到時都未必會用到建陵墓上了。

第三十一章

六月底，魏瑾泓自動把封地獻了上去，賴雲煙隨他回了魏府。

七月，天氣炎熱，從蕭府搬出來的江鎮遠突生怪病，四肢無力。再到八月，江鎮遠瘦得皮貼骨，雙眼無神。蕭家的小姐他不願娶，宮中的公主他也不願意要，六皇子拿他沒辦法，就隨他去了。

勍西的江家來接人，坐在對面宅子亭中的賴雲煙聽說他笑了，樂得要親自下地上那馬車，聞言，她便也笑了起來，起身平靜地吩咐小廝、丫鬟準備馬車，回魏府。

賴雲煙一回府，下人就說老夫人有請。這次魏瑾泓回府，魏母就讓下人改了口，讓人叫她老夫人，賴雲煙從大少夫人成了大夫人了。

一進魏母的院子，請過安，魏母便和藹地問：「去哪兒了？」

「我外家要來人上京住住，讓我幫著尋兩處房屋，兒媳趁著今日空閒，就出去轉了轉。」賴雲煙淡淡地說。

「嗯。」魏母虛應了一聲，為免顯得太過急切，決定她欲說之事過兩日再問，隨後又溫和地說道：「這兩日泓兒沒歇在妳屋中？」

「兒媳這幾日不便，就讓侍妾替我伺候幾日。」賴雲煙輕描淡寫。

魏崔氏淡淡地笑了一聲，不再言語下去。賴氏不是個小氣的，那院中的侍妾都錦衣玉食，便是伺候她兒，最漂亮的那幾位也都是排的時日最多的。她日日叫人盯著來報，也沒聽過賴氏跟誰撚酸吃醋過。如此了都生不出來，這話說出去，就知是誰的問題了。

魏母跟來問過她話的人說，是他們子嗣艱難，這話裡，賴氏的責是擔了一半去的，見賴氏並不出言就此說過什麼，她便對她這大兒媳稍寬容了一點。

「這月大夫與妳把過脈沒有？身體沒什麼事吧？」魏母又問。

「把過，只是說身體還有點弱，要注意著點。」賴雲煙拿起茶杯作狀抿了抿，淡道。

「那就注意著點，要什麼藥材，打發丫頭去庫房拿。」

「是。」

從魏母那兒出來後，回她住的院子途中，祝慧真就坐在河邊的亭中賞魚。

一看到賴雲煙，祝慧真就站起，來到亭門口對著她笑道：「嫂嫂可回來了，我盼妳多時了。」

「有事？」賴雲煙微笑，微提了裙子上梯，入了亭子。

亭內的石桌上，這時擺了五色點心、好幾盤的瓜果零嘴，賴雲煙一見，詫異道：「可是有客？」

祝慧真搖頭道：「也不是，我今天這嘴刁，便想多嚐幾個口。」

賴雲煙了然點頭。

「嫂嫂，坐。」

賴雲煙聞聲坐下後，祝慧真在她的示意下也跟著坐下，先把一塊青瓜放到賴雲煙面前，才拿了梨子啃了兩口。「嫂嫂，」祝慧真吃了梨後，開口看向賴雲煙。「妳剛去了娘那處？」

「嗯。」

「娘可說了我什麼？」祝慧真拿帕擦嘴，淡淡地道。自五月那侍妾提早生了個兒子養在她膝下後，她就天天派人過來問一趟，就好像她會害了他似的。一個庶子，就這般戰戰兢兢，果然是崔家出來的人。

「未說。」

祝慧真見賴雲煙臉色平靜，看不出端倪來，她沈默了一會兒，便又道：「我兒百日，我想請幾個平日來往得多的人過來作客，嫂嫂，妳看這妥不妥當？」

「這個問娘吧，想來她自會有主意。」賴雲煙可不想摻和進她們之間的事。

「喔。」祝慧真笑了笑。

妯娌倆又聊了一會兒，這時祝慧真院裡的丫鬟來請她，說是二公子從書院回來了。祝慧真忙讓丫鬟收拾了一下，比賴雲煙還先走了一步。

賴雲煙看著她的背影從拱橋上走過，到差不多時候她才下了亭，從另一條小路進了魏瑾泓的修青院。

「大夫人。」一進前院的門，蒼松就跟她請了安。

「大公子回了？」

「是。」

「好生伺候著。」賴雲煙腳步未停，轉過走廊，直接往後院走。

蒼松跟了她兩步，見她腳步不停，只得看著她遠去，直到看不到人了，他才回頭回了書房，朝魏瑾泓稟道：「大夫人回後院了。」說罷，又朝他身邊的賴震嚴施禮道：「舅爺來了的事，小的沒來得及出口稟告，還請舅爺恕罪。」大夫人走得太快，快得讓他的話都來不及說出口。平日她就不耐聽大公子回不回來、在哪兒不在哪兒的話，蒼松也真是習慣了。

魏瑾泓把封地上繳後就又不怎麼出門了，饒是如此，他還是被太子在朝廷上揪住了死批。不過太子說得再狠，他也只跪著一聲不吭，次數多了，他快要扳回君子之聲時，太子卻硬生生地忍住了那口氣，不批他了。太子其實一點兒也不蠢，但還是不如魏瑾泓老練，盡往他挖的坑裡跳。

賴雲煙琢磨著，魏瑾泓在洪平帝未死之前，是真要在明面裡韜光養晦了。此人顯得越發深沈，兄長找上門來與她談話這事，她也是料到了，畢竟這世真不是前世了，父親丟了尚書之位後，想來兄長也不得不和出了力的魏瑾泓表面言歡。

「瑾泓說，妳身體還未全好，要再休養一段時日為佳。」賴震嚴沒有看妹妹的臉，垂著眼皮看著桌面，淡淡地說：「可我聽方大夫說，妳身體好得很。」

賴雲煙便笑。

賴震嚴無奈。「方大夫也與他把過脈，說他身體也好得緊，子嗣方面沒什麼問題。」

賴雲煙乾脆拿帕掩嘴笑。

「妳就是根本不想生。」

賴雲煙拿帕擋臉，笑道：「哥哥不要說了。」

「我跟妳在說事。」見她不正經，跟她說正經事的賴震嚴也頗為無奈。

「雲煙知哥哥的意。」

「既知，那為何如此？」

「不想生唄。」賴雲煙把帕拿下，微撇了下嘴。

她想蒙混過去，賴震嚴想及前面他還想帶她回去的心思，便也如了她的願，但還是忍不住說：「哥哥現在沒法帶妳回去。」家中父親還在，他帶不了她回去。

「嗯，我知。」賴雲煙點頭。她現在還是回去不得，父親不死，當家作主的便還是他，她無論是被休還是和離，賴遊都不會放過她，還有她這剛熬出一點頭的兄長的。

「再等幾年？」賴震嚴輕問。

「好。」賴雲煙低頭，過了一會兒才忍住鼻酸笑問：「哥哥就不責備雲煙任性？」

賴震嚴沒出聲，過了好一會兒他才長長地嘆了一口氣，沈著語調道：「不是不責備，只是他這人為人太有城府了，跟著他，以後妳的路怕不是那麼易走，還不如妳到時候跟著舅舅去了江南，尋一靈秀之人匹配的好。」那人心大，妹妹這等明媚爽朗的人不適合他。

還沒到三年，她的笑便是笑得極痛快，也帶著壓抑了。明芙說她在魏家時刻警惕的日子，怕也不比他們好，他細察了幾次，發現確是如此，便是喝口水，她也得她親自帶來的丫頭去提。他不願她過這種膽戰心驚的日子過一輩子。

「再等幾年吧。」賴震嚴輕聲地說道，似是說給妹妹聽，也似是說給自己聽。

與兄長這番話過後，賴雲煙心中又多安然了幾分。魏瑾泓這人善於步步圖謀，但人心哪是這麼容易估算的？就是她兄長如了他的願，幫他說服她，她也不會傷心的。兄長怎麼做，她都理解。更何況，兄長未如此，她在他心裡，還是那個需要他愛護的小妹妹。

「再過幾月，便又是一年了。」魏瑾泓當晚進了屋，與賴雲煙說到了這句。

「可過得真快。」賴雲煙攬袖伸手，從桌上的炭火爐上拿起熱水壺，燙起了茶壺。

一道水燙過後，她便灌起了熱水，一剎那間，茶香溢滿了整個屋子。她慢悠悠地給自己倒了一杯，抬起輕抿了一口，那入苦微澀、轉瞬就在舌尖泛起甘甜的茶水，讓她不禁微微笑了起來。這千金難買的朝露茶還真是名不虛傳，好喝得很。

「待到明年，妳我要是未有所出，族老怕是會從族中挑選孩童過到我們膝下。」魏瑾泓淡淡地道。

「喔？」

「妳我無子，更合他們之意。」魏瑾泓拿著冷茶慢慢喝了一口，不緊不慢地道：「妳願如此，便就這樣吧。」

「喔。」

「和離與休離之事，妳不要再想了。」魏瑾泓這時抬頭，朝她平靜地道：「我需要妳兄長，還需要妳兄長背後的蘇家、任家。」這幾家，缺一不可。他的變法需要這幾大家全無外心的支持，哪怕中途只稍一變卦，都會讓他功虧一簣。他不能讓這種事情發生。所以，她只能待在他身邊。

「如若不然？」

「如若不然，那只能是魏、賴、蘇、任四府一起沒落消亡。」魏瑾泓把手中書本擱置在桌上，眼看著賴雲煙，一字一句地道：「如若不然，妳我也知，用不了太長時間，我們幾家便會跟著王朝敗落。」到時，無國，就無家。

「魏大人太看得起我這一介女流了。」賴雲煙神色未變，抬手又抿了一口甘茶。

「妳拿去。」魏瑾泓把桌上的邸報準確無誤地扔到了她的桌上。

賴雲煙睇眼，看了報紙一眼後，口氣加重地朝魏瑾泓道：「大人忘了，我是一介女流，不該看這種朝廷中事。」

「妳知道的還少了？」魏瑾泓嘲諷地翹起嘴角。

賴雲煙被激不語，過了一會兒，她還是伸手拿起了邸報看。

「這不關我這等婦人的事。」淮河流域有兩支農民軍起義，不到三日就被地方軍剿滅，當地郡守上呈邸報的口吻在賴雲煙看來，邀功之餘還頗有點沾沾自喜。此事尚只是小態，宣國就算不作為，也還是能撐個七八十、上百年的。底下的人不逼到絕境，沒多少人願意造反，這起勢必要一段時間的醞釀蔓延。魏瑾泓給她看，未嘗沒有嚇唬她之意。

「妳舅父的產業大都是在江南富饒之地。」

賴雲煙放下茶杯，冷靜地看向他。

「燕北陵寢下月就要開始建了，徵令一下，各地就會有上千男丁進入燕北，各地上貢金銀，也必會在這些人身上加重賦稅，到時，我朝繁華太平的近百年光景就會成為另一派模樣。」魏瑾泓說到這兒，冷冷地翹了一下嘴角。「再加周邊戰事，妳說朝廷會不會大亂？」朝廷大亂，最富饒的江南便也最是動盪，到時京城的賴家、江南的任家，誰能逃得過？想來她也應該明白，太平盛世，豈是沒有犧牲就可得的。

「這等國家大事，與妾身這等婦人何干？」賴雲煙輕笑了一聲，垂眼斂袖端杯，繼續抿茶。

朝廷大亂也好，金戈鐵馬也好，來也好，不來也罷，跟她這女人有何關係？拿這高帽子往她頭上戴，也就男人輕易說得出口了。享受這盛世太平，左擁左抱的是這些男人，她不過是男尊女卑下的一介婦人，被這世俗束縛著，循規蹈矩地活著，她就算是為了家人，但螳臂擋車的事，她也自知沒這能耐。魏瑾泓拿這種理由要脅她上船實在太可笑，也太看得起她了。

賴雲煙不為所動，魏瑾泓看著她，有些不解。「妳不是不反對？」魏瑾泓看著她握茶杯的手。有時她是怎麼想的，他到現在也還是弄不明白。他以為她情深意重了，下一刻，她就恍若從不知深明大義是什麼意思。

「您要變法，就算是把天變了，只要您有您的道理，我也沒什麼好反對的。」賴雲煙又抬眼，直視他，嘴邊掛著淺笑。「可這於我有什麼好處？」

他變天變地都可行，但，他困住她、讓她上船，她有什麼好處？她背後的人有什麼好處？他道她不識相，她卻覺得他在占她便宜。她不再是那個為他昏頭昏腦的女人了，他若以為藉著幾個壓得死人的理由，就能嚇唬得住她，那麼，不是她太天真了，就是他太天真了。

「要好處？」魏瑾泓在這一剎那，甚是啼笑皆非。也只一剎那，他就完全回過了神。

重來一次後，透過她的嬌顏不斷回憶起的曾經的那一切，飛快地在他腦海閃過，最後在腦海中留下的，就是那個暗中跟他無情地鬥了小半輩子的女人。那後半生，她對待他的方式陰狠殘忍，就好像他們從不曾恩愛過。就如同此時，陌生得連陌生人都不如。

「不然呢？」賴雲煙好笑地看著魏瑾泓。

她什麼時候崇高過？魏家前世不是把她愛貪圖享受的名聲傳得沸沸揚揚的嗎？他覺得好笑，她也好笑。該講感情的時候，他不跟她講感情，到這種就差最後把臉撕破才能皆大歡喜的境地了，他卻來跟她講這些堂而皇之的情義？真當她是傻的。

「不只是好處，」賴雲煙想了想，又道：「您成功了，好處我自然是要討的；您要是失敗了，壞處我可是一點也不想沾。魏大人，我就是如此想的，您道如何是好？」

不愧為任金寶的外甥女，前世她跟他處了那麼久，看來任家的奸險奸詐，她是學了個十成十了。魏瑾泓沈著臉想了好一陣後，掀袍而出。

不多時，冬雨來報，小聲地說：「大公子坐在廊下看著院子，半晌都沒說過話了。」

「隨他去。」賴雲煙擺了下手。

魏瑾泓現在幹什麼都不為奇了。魏母只恨不得他一鬆口就要弄壯陽藥給他吃了，魏父不僅憂心他得罪太子的事，更是對他不能人道的事有苦難言得緊，現在府裡個個盯他的眼光都異樣得很，便是魏瑾瑜那個腦袋裡裝屎的二公子，都老對著他這長兄乾笑。如今，他這日子說來比她的日子也沒好過到哪裡去。再加上他在外面鋪陳的種種大事，現如今他晚上還能睡得著覺，沒有過勞猝死，賴雲煙都覺得那肯定是自己太老實、太膽小、太沒本事沒給他找茬的原因。

剛剛她說出的那幾句話，也不過是為自己盡點本分罷了。她對他，這世可是好人得不像個好人了。說來，這人就是愛欺熟。她是倒楣透了，回了魏府，不幸又得跟他同處一室，就又被他惦記到了理所應當犧牲的那一卦了。

九月底，送進太子府的賴畫月傳出了有孕的事。賴雲煙聽說賴遊送了大禮到了太子的東宮，虎尾一來魏府跟她報事，聽他說了拿去的都是些什麼東西時，她差一點就要捧著小廝的手痛哭了。

「錢哪！都是錢哪！」賴雲煙當著自個兒家丫鬟、小廝的面捶胸頓足，就差一把眼淚、一把鼻涕地哭訴了。

丫鬟、小廝齊齊無語，都偏過頭去，不忍看他們家主子這副守財奴的嘴臉。

「那可都是我哥哥的錢哪！」賴雲煙捶了好幾下胸，連喘了好幾口氣，才覺得這心口好受了點。十二尊玉像小佛，再加十二尊足金的十二動物肖像，這全都是賴府庫房裡的鎮庫之寶啊！賴遊這到底是想要幹什麼啊？

這廝魏瑾泓聽說賴府的人來了，便從前院回了後院，冷眼看著她咬牙切齒。等下人都退下後，見她還站在廳屋中間，一臉氣憤，便道：「坐下吧。」

賴雲煙橫了他一眼，揀了個離主位最遠的客椅坐下，口氣不大好地道：「您來看熱鬧了？」

現在魏、賴兩家都在主動、被動地裝孫子，雖說賴遊送了這麼大的禮進東宮，這確是討好了太子，但在老皇帝那兒就又要丟些情分了。但就算這麼想，賴雲煙也實在氣不過來。賴遊這是要在他死之前，把賴府的庫房搬空吧？光想想，她就牙疼，那可都是絕世珍寶，不是送出去就能再得回來的！

看著她鑽錢眼裡的樣子，魏瑾泓細不可察地輕皺了下眉，瞧著她那不顯庸俗的臉。果然是知人知面不知心。

「太子妾有孕，妳送什麼過去？」

賴雲煙倒抽了一口氣。「您說啥?!」

她驚乍的口氣讓魏瑾泓直接向她投去了冷漠的一眸。

賴雲煙這才回過神來，喃喃道：「我是她嫡姊，對，我還要送……」送啥？送封欠條去可成？讓她一一寫上不要臉的賴遊給她送去的那些東西，那可是他們賴府裡的寶貝，得還來！賴雲煙苦中作樂地想罷後，朝魏瑾泓看去，看著他的眼道：「您說送什麼才好？」

她放眼向他看去，看到了他眼睛下方皮膚裡暗暗隱著的青痕，就這麼一眼，賴雲煙的心情就稍微好過了點。在現在的魏府，只有看著魏瑾泓的不好過，才能讓她稍稍好過一點。

「送對福娃相吧，庫房裡有一對，明日我會跟娘提。」魏瑾泓撇過眼，看向空無一人的院子。他任由這後院滿是她的人，她什麼時候才肯把她的貪心稍微收斂點？

「你們送?!」賴雲煙這次是真驚訝了，朝大方的魏大人不敢置信地眨了下眼。

魏瑾泓又被她隱隱諷刺到，便不出聲地靠著椅子，不發一語。她不喜見好就收，他暫且也拿她沒辦法，那就忍著吧。至於忍到哪日……到那日再說。

太子妾有孕的事，讓賴府一小撮人跟著興奮了一下，不多久，賴畫月就又傳出了流產的事來。這事讓東宮大怒，下令上下徹查此事。

魏府送去的那對瓷娃是跟著楚侯爺的禮一道送去的，楚侯爺給太子妾送禮，這還長了東宮的面子。

東宮查來查去，最後也沒查出個所以然來，只得拿了太子妾身邊的幾個伺候之人懲罰了事。這事過後，賴遊便病了。

黃閣老那邊，這時有管事的親自找上了賴雲煙。賴雲煙跟她是在私宅見的面，那婦人一見到賴雲煙，第一句話就道——

「我家爺說奇怪得很，跟您好像上輩子就見過一般。」

「這說話可不敢當。」賴雲煙邊笑著說，邊朝她伸出手，道：「妳且快快坐下。」

那婦人又輕福一禮，才在她身邊坐下。剛坐下，她又直言問：「我家爺讓我問您，您是怎麼找上他的？」

「妳知我的外祖那一族，這上下之事多少有點門路。」賴雲煙含蓄地道。

婦人了然，這任家家主的厲害之處，他們也是知曉幾分的，想來也是透過了別處得知了此法，告知了她。她便略過此話，又道：「我家爺說，太子妾之事，他給您這個價。」她說罷，從袖中拿出一張紙頭。

賴雲煙把紙打開，看著紙上龍飛鳳舞的字樣，抽了口冷氣，隨即抬頭震驚地道：「這……」

「這是我家爺說，您長得甚是順他眼的半價。」年過三旬的清秀婦人客氣地道，嘴角的笑恭謙遜馴。「他也是想交您這個朋友，若不然，您兄長下藥落胎之事，他也不會先替您了了。」

「我去哪兒弄這麼多銀子啊?!」賴雲煙覺得這位閣老爺比上世狠多了去了，狠得她現在心肝都在打顫。

「那就是您的事了。」婦人聞言，看著她瞪大的眼，很是愉快地笑了。皇帝跟她家爺要銀子，她家爺拿皇帝沒什麼辦法，只好找個冤大頭要銀子嘍！

個個都當她是冤大頭，賴雲煙覺得她這日子簡直就是沒法兒過下去了！「我去哪兒搶錢啊？把我賣十遍我都不值這個價啊……」賴雲煙喃喃道。

那婦人聽了，頗為有趣地笑了。如她家爺所說，魏大公子這位夫人啊，可真是個妙人。

第三十二章

十月的天氣漸漸變冷了下來，魏府內落葉紛紛，僕人來不及打掃的偏僻道路上，枯葉把地面埋了，腳一踩上去，便發出啈嚓啈嚓的聲音。

賴雲煙踏過幾條落滿了葉子的小道後，又折返回去，另挑了一條沒踩過的、飄滿了落葉的長路，慢悠悠地走。

她一直都甚喜在園中散步，上世在離開魏府後，試著靜心的那頭幾年裡，她就看著這些春去冬來，從萌芽到衰敗的花草樹木，讓自己學著去觀賞它們的每一種姿態，漸漸地，這心態便隨著它們的冬去春來變得從容了起來。而每到秋天這種眾多植物枯萎的季節，她也都會有一種老朋友明年見的感覺。想著它們明年春天裡會長出嫩芽，然後逐漸長成勃勃生機的豐盈，也就不覺得這枯葉叢叢的蕭瑟有多蒼涼了。

說來，在獨守莊園的漫長時間裡，她是從很多事情中學會怎麼自得其樂地陪伴自己的，到後頭那幾年，她確是過得頗為安然的。重活以來，反倒是與魏大人的日夜提防及針鋒相對，把培養多年的心境毀了近一半，把戾氣重勾了上來。

賴雲煙又來回走了幾趟，這時秋虹匆匆過來，道：「大公子尋您來了。」

她抬眼，沒見到人，問道：「走到哪兒了？」

「秋意閣。」

賴雲煙轉身，往亭閣的方向走去。沒有幾步，她剛轉了個彎，從小石板路轉到大石板路上，就見到沿階而下的魏瑾泓。

「您找我？」賴雲煙朝他走去，笑道。

魏瑾泓在原地等她，等她走到他身邊，就默然沿階而上。

「去給娘請安？」小廝在階梯前的亭前向她鞠躬請安，賴雲煙朝他們輕頷了下，嘴裡問道。

「嗯。」

「娘昨日說了，讓我們在院中用過早膳再去也不遲。」賴雲煙說到這兒，要笑不笑地看了魏瑾泓一眼。

魏瑾泓不語，等她進了亭中，見她坐下，他揮袖讓僕人退下後，才開口道：「等會兒隨我去給爹娘請安，隨後與我回趟妳娘家。」

「我娘家？」

「岳父大人有請。」

「請我回去？」賴雲煙訝然。

「嗯。」

「一大早就有人來請了？」

魏瑾泓再次頷首。

「一大早就來了，是出事了吧？」

「說是昨晚胸悶氣喘了一陣，想叫妳回去看看。」

賴雲煙坐在鋪了厚墊的石凳上，靜想了一會兒，這才張嘴淡道：「那給爹娘請完安就去一趟吧，也是時候給我爹請下安了。」

說完她起身，下臺階時，她的裙襬過長，被風揚起，勾在了掉了葉子的矮樹叢的枯枝上。她正回過神，側頭去看，卻見魏瑾泓輕彎下腰，一手拿枝，一手拿裙，仔細且準確地把勾纏掙脫開。只片刻，他的眼便從樹枝上轉開，漫不經心地掃過她的裙襬，再伸手把她裙尾沾上的那幾片枯葉摘了下來，隨即那手俐落瀟灑地一揚，把長長的裙襬揚起絕美的弧形，輕輕揚揚地落在了地上。

賴雲煙垂著眼瞼，看著自己那繡著青鳥的長裙裙襬垂在了地上，隨即若無其事地轉過了眼，往前走去。魏大人現在確也是不比當年了，她來往的亭閣中，石桌上總擱有熱水、熱帕，便是石凳上都綁了厚墊隔涼。只可惜，她早對他無綺念了，若不然，誰能不對這樣為人費心的玉公子心動？

這一天早間，魏景仲正在正院，兩人一道向他們夫婦請完安後，聽賴雲煙說到要回娘家，魏母便輕柔地道：「那我讓管家備上幾盒藥材，妳且捎去。」

「讓娘費心了。」

「妳這說的什麼話?應該的。」魏母朝她頷首。

「早去早回。」魏景仲忙著去書院，說完此句，就起身叫老僕準備馬車。他剛走到門口，又折回來與魏母道：「把那瓶御賜的養生丸也捎去給親家。」

賴雲煙聞言，忙起身福禮。不等她抬頭，魏景仲就領著他的老僕和小廝走了。

「聽到你們爹說的了，早去早回。」魏母吩咐完管家後，轉頭又對他們笑道。

魏瑾泓聞言，臉色一柔，朝他母親微微笑了一下。

魏母看到一怔，隨即，她的笑更顯溫柔起來，嘴裡的叮囑更是切切。「今日風大，注意著些，別往那風大的地方去。」

「是。」魏瑾泓眼睛微動，黑眸在那一剎那間閃出了耀眼的光，整個人在那一刻綻放出了就似在太陽底下折射出光芒的白玉的光彩，翩翩如仙君。

魏母的眼光便越發地柔和起來了。

賴雲煙輕瞥一眼就低下了頭，讓這對母子交流感情去了。

上世她就已經完全明白，在魏瑾泓這種人眼裡，母親萬般的不是都是是，可妻子的一點不是那便是天大的不是。便是妻子有道理，也想都不用想他會站在道理的一邊。這就是這世間的孝道，賴雲煙也沒覺得他有什麼不對，只是她上世因此吃過虧，這世魏大人還是少跟她重來那套就好。她是他魏瑾泓的娘，可不是她賴雲煙的娘，他替魏母收拾爛攤子那是他的責任，但別老想拖著她再下地獄。她想，這兩年多來，他已足夠明白這個道理了。

魏瑾泓陪著賴雲煙進了賴府，賴震嚴在門口迎了他們，等進了門，蘇明芙在第二道門口迎了她，這時魏瑾泓隨著賴震嚴走在了前面，姑嫂倆便帶著婆子、丫鬟，走在了後面。

走了一段路，待前面的人遠了，蘇明芙揮了一下手，賴雲煙也回首朝她的人輕頷了下首，她們身後的人便齊齊停了腳步，待她們走遠了幾步，才繼續跟在了後面。

僕人離得遠了，蘇明芙便開了口，輕言道：「大夫說，胸悶這事可輕可重，最忌病人心情沈鬱，家人還是萬事順他的意，莫惹他生氣的好。」

賴雲煙聽了眼睛微瞪，啞然失笑。萬事順他的意？那他要他們死怎麼辦？她這個父親，還真是會病，病得恰到好處！她要是惹他生氣，氣出個好歹來，那她就真真是不孝女了。

「雲煙知曉了。」賴雲煙應了一聲。

「昨晚吃了幾劑湯藥，睡得也不沈，現下聽你們來了，便又坐了起來。」蘇明芙輕聲地道。

「嗯。」

「今日可會留在府中用膳？」

「要聽我夫君的意思。」賴雲煙輕聲地答。

蘇明芙看她一眼，嘴唇微抿了抿，等走到正門前的一道空曠處，才輕聲地道：「現在爹爹的院子裡全換了人，有好些是以前見都沒見過的，便是那掃地的僕人，也都是未曾見過一眼的。」

賴雲煙聞言，嘴角也微抿，輕輕地頷了下首，示意知曉，便不再開口言語。等進了賴遊的主院，賴雲煙發現兄長與魏瑾泓都站在正門口等她們。走近後，賴雲煙的眼睛直接看進了魏瑾泓那幽黑的眼底。

幫我？

在這一刻，魏瑾泓朝她頷了下首。

幫。

隨即，兩人若無其事地岔開眼神。賴雲煙走到他身邊，嘴角掛起了輕柔又疏離的微笑。

「小婿見過岳丈大人。」

「女兒見過父親，父親萬安。」

兩人見過禮後，這時賴震嚴夫妻也朝賴遊施了禮。

「起，賢婿多禮了。」捂著胸口坐於床前的賴遊輕咳了兩聲。

他現下兩鬢已發白，目光半閉，看得出有幾分憔悴之態，但因保養得宜，臉部還是不顯老。平日他看來，也只是剛到四旬之態，現在就算加上他頭髮兩邊的白髮，再加上憔悴之容，也沒催老他幾歲。怎麼看都不像將死之人。賴雲煙心裡哀鳴，很是為自己與兄長悲嘆。

即便他們怎麼對外人心狠手辣，卻是真不能用狠毒的法子把賴遊弄死。自古只有為父者清理門戶的事，為人子女的要是毒殺親父，哪怕名目再好聽，這當子女的都會被人千古唾罵，罵到只餘誰也不知道父親缺德，只有子女缺德的記載。

她沒那個膽幹這等事，她那個兄長更是不可能有這樣的想法。所以，他們就悲劇了。現在，連氣死他的法子都不能用了，賴遊斷了她的這條路，還裝病準備拿這個算計她。對她這個城府太深的老狐狸父親，賴雲煙站於他的床前，真是連抬頭多看他一眼的想法都沒有。她可不覺得在他的地方，她能算計得過他。

她老實地站於魏瑾泓之後，在賴遊問完魏瑾泓幾句魏景仲與書院的事，又叫兄長夫妻退下後，她就聽到了賴遊對她不耐煩的喝斥聲——

「是不是我不叫妳回來，妳就要到為父閉眼之日才回來看我一眼？」

「爹爹……」他一發狠，賴雲煙也發了狠，在袖中狠狠地掐了自己一把，掐得骨頭都疼了，這才悲痛地啼哭了出來。「爹爹何出此言？」說完，就跪在地上抽泣了起來。「千錯萬錯都是孩兒的錯，您老切莫為著我生氣，要是氣出個好歹來，女兒也不活了！」

賴遊一聽，瞪大了眼，看著他這能說會道的女兒，本半躺在床枕上的他，腰都微微挺直了一些。

賴雲煙低聲抽泣，好一會兒，她才聞那床上的賴遊悲嘆地道——

「罷了、罷了，是我不曾對妳用心，如今妳……」說到此，他就止了聲。

賴雲煙抬頭，眼中含淚，悲泣地看著他，就是一句話也不說。上世她可能還會被老不死的這句話給矇住，可這都是第二世了。這世她並不是不想要這個父親，可她還是怎麼做就怎麼錯，她兄長對他再怎麼忍讓討好，他還是無動於衷，現在賴遊還想讓她相信他真對他們兄妹心生悔意，那真是不可能了。

「我兒……」賴遊這時閉著眼，他親昵地喊著賴雲煙這個女兒為「我兒」，嘴間同時嘆道：「以後如若有那空閒，便回來多看我幾眼吧！」

「爹爹……」

賴遊悲嘆，賴雲煙更是痛徹心腑地悲泣出聲，叫得一旁的魏瑾泓眼皮都不自禁地跳。這女人，真是太會裝了。她哭得傷心欲絕，像是下一刻就會斷了氣，可是什麼話都別想從她嘴裡得到，盡叫一些沒用的。

他抬眼，見她哭得連鬢邊的髮都散了，紅唇黑眸都蒙了一層悲意，他強忍住了才沒皺眉，轉頭對床上的賴遊輕道：「岳父大人，您現下有病在身，切勿憂心。」

「是我以前對她不住……」

見他說完此句便喘氣不穩，魏瑾泓想也沒想就轉頭朝門外冷靜地喊：「叫大夫進來。」

賴遊伸手拍胸的手因他的喊叫而微微一停，但只停了一下，他就捶著胸大咳了起來。

賴雲煙見狀，心裡冷哼了一聲，嘴裡則痛哭道：「爹爹莫悲，您要是死了，可叫孩兒怎麼辦？那些不知道的，要是都道您是因曾對我之事憂心而亡，女兒這一生就真是沒法兒見人了！」

賴遊原本是裝咳，聽到她這話，一時氣岔，這下可真是大咳了起來。待大夫急忙進來，又是忙敲他後背、又是灌水的，這期間，那孽女都在其後幫手，最後賴遊真怕被她拍背拍死，忙推了她一把。這一推，卻把她推倒在了地！隨後，就聽她在地上哭天喊地了起來——

「老天爺哪，父親厭我至此，我還是死了算了，去見我那薄命苦命的娘，也好過在這世間被爹爹厭棄啊！」

她喊得賴遊心驚肉跳，下一刻，他聽到下人的急呼聲，一回神，就見她往他的床柱子上撞來！賴遊一口氣又沒憋好，生生斷了一口氣，差點把氣都嗝斷。

他看著她被下人拉住，然後被魏瑾泓抱在懷裡撫慰，這時進來的她的下人跟著長子的那些下人皆跪下地，圍著她齊齊尖叫啼哭，勸她不要去死，把賴遊氣得額上青筋猛烈地鼓動了好幾下，真昏了過去。昏死過去之前，他還聽到她尖利的聲音在喊叫——

「天哪，爹爹這是要逼死我啊！我還不如死了去見我娘的好！」

她這一喊叫，賴遊的腦門心便刺疼得就像被細刀子鑽一般，最後的念頭就是——醒來的時候，千萬別讓他再見著這個該千刀萬剮的商門之女了！

午間賴雲煙跟著小嫂子吃好午飯後，還沒聽到賴遊醒來，她便還真是不走了。

下午她又等了一會兒，終於等到賴遊醒來，叫了魏瑾泓進屋。

不多時，魏瑾泓出來，對賴雲煙道：「岳父大人說，妳有心回來看他是好的，他心中甚是歡喜，說妳日後若再有空閒，便多來瞧他幾趟。」

賴雲煙拿帕擋眼假哭。「可若是歡喜我來看他，妾身這都要走了，父親大人怎麼連見我一眼都不見？」

再見妳一次？哪怕就一眼，怕是都會被妳氣死了。魏瑾泓強忍住了衝動才沒出言諷刺她，他靜默了一會兒，才道：「回吧。」見她又當著下人的面嚎哭了幾聲，這才心滿意足地起身，他果斷地撇過眼，不再去看她的惺惺作態。

有時他甚是想不明白，為何前世的江鎮遠會為了這樣一個心腸不善、舉止矯揉造作的棄婦，連命都可捨棄？她不是個討人歡喜的女子，有時心惡起來，便是那惡鬼都要退避三舍，那樣一個隱士大族出來的男兒，卻為這樣的一個女人迷了眼。魏瑾泓是真不知那個步他後塵的人在他死的那刻，可曾有悔過？

第三十三章

賴雲煙作了半天的戲，一回府就是洗漱，又吃了夏荷她們端來的晚膳後，一覺睡下去，再醒來就是半夜。她在榻上醒來，夜靜得很，思緒清明的她把日間發生的事在腦海裡過了一遍，最終為自己沒真把賴遊氣死而嘆了口氣；在沒有想到萬全之策讓賴遊毫無聲息地消失之前，她只能忍耐他。

她的嘆氣聲一出，那床邊便有了聲響，不多時，燭燈亮起，白燭在黑暗中綻放出了明亮的光，待掛盞上的燭火全部點亮之後，整個屋子亮了一半。

賴雲煙朝床邊看去，嘴裡淡道：「魏大人還未睡？」

「嗯。」

賴雲煙見他起了身，披袍坐於了案桌前。他好似又高了點？賴雲煙看了他的身形兩眼，哪怕看得仔細了，也還是沒怎麼確定他到底是不是高了點？他的變化，她沒有前世那麼清晰了。

「魏大人有事與我說？」不是急事，他不會半夜起這個身，有事明早說也不遲。

「嗯。」魏瑾泓給自己倒了杯冷茶，一飲而盡後道：「東宮昨日夜間死了兩個人。」

「喔？」賴雲煙起身，也拿袍披於身上，赤足下地，走至了她的案桌前盤腿，拿袍蓋住了她雪白的赤足。

魏瑾泓的眼睛這時從她的赤足上轉移開了視線，看著案桌上的空杯。「兩人暴斃而亡，東宮稟報了皇上，皇上令內官徹查此案。」

「然後呢？」賴雲煙拿開擱在小爐上的紫砂壺，從案上的油燈倒了一小點油進去，隨後吹亮了火摺，往爐火上一探，火便燒了起來。

她把紫砂壺裡的餘水倒盡，再拿過鐵壺倒了水進去，便把壺擱在亮起了火的爐上。

魏瑾泓看著她慢慢騰騰地把這一切做完，才張嘴慢慢地道：「宮裡有人傳話出來，說那兩人跟太子妾滑胎的事有關。」

賴雲煙拿起茶餅，打開紙張，放在鼻間聞了聞清香的味道，精神不覺為之一振，她隨手把茶餅放在了一邊，把茶杯放在盤中展開，嘴裡笑道：「這事還在查？」

魏瑾泓聞言，眼睛一縮，頓了一下，道：「妳已辦好？」

賴雲煙不語。

「那為何會傳出那兩人是妳兄長之人的消息？」魏瑾泓皺了眉。

「魏大人何不去問問，這消息是您一人得的，還是別的人全得了？」賴雲煙抬頭，朝魏瑾泓微微一笑。「太子死死盯住了您，便是我兄長是他的人，他現在都可拿來作餌，您還是想想，在那人上位之前，您要怎麼逃過他的盯梢吧？」

「妳的意思是，這事我最好裝不知？」魏瑾泓想了一會兒就回過了神。

「您還是別讓皇上、太子知道，您有那麼多的耳目才好。」賴雲煙勾了勾嘴角，垂下眼看著爐火旺盛地燒起。魏瑾泓再怎麼謹慎，他這幾年的出手，也還是過於鋒芒畢露了，要知道，哪怕他活了兩世，這世上也不僅他一個聰明人在活著。

「妳的也不少。」魏瑾泓嘴角微揚。

「是不少。」賴雲煙坦承，看向他時嘴角笑意加深。「但您查出來幾位？」

魏瑾泓的笑意便淡了下來。

人吶，總當別人是傻的，到時摔起跟頭來，那才叫疼。賴雲煙垂眼，看著燃燒的烈火。

這一年年尾，魏瑾泓突然辭了翰林院的差，說要遊歷天下；他這一舉，令魏府在年關之際熱鬧非凡，不僅九家的人頻頻來往魏家問情況，便是宮中也來了兩次人叫魏瑾泓去說話。

魏府內，不知先前魏瑾泓與魏景仲說了何話，魏景仲甚是贊同大兒此舉，魏母那裡，賴雲煙則聞魏母聽了魏瑾泓要帶她遊歷天下後便止了聲；按她的打聽，魏瑾泓那句說「帶她遊歷天下」之後的話，便是「遍訪名醫」，賴雲煙聽了下人問來的話後，不禁哭笑不得。

她就想了，魏母怎地這麼安靜，原來她兒子早就給她下好套了。他不舉，用遊歷之名行訪醫之實，料來她也不會反對，這手段也真真是高超，別說矇個魏母了，就是魏父，為了孫輩之事，他也不得不贊同此舉；以遊歷之名，總比在京中找名醫，鬧得路人皆知的好。

他這一走，父母那兒沒有什麼問題，太子那兒也暫且無話可說了，因為宣國士族子弟遊歷山河，多有那一生也不回朝的，少則也有五年以上，到時魏瑾泓回來，那天下便是他的天下了，而魏家就再也不可能是那個宣國的魏家了，太子豈會不滿意？

魏瑾泓這一舉，算得上是破釜沈舟。

這一年過年，來往送魏瑾泓的世家子弟紛紛而至，只有親眼見了，賴雲煙才對魏瑾泓這世對士族子弟的影響到底大到了何種程度有了一個具體的認識。

這段時日裡，且不論來往的王孫公子，九家之中便是蕭家的人，其長大公子也親自過門與魏瑾泓喝了一上午的茶，送了一張以魏瑾泓之為人而命名為「君心」的平文琴。與蕭家長子喝茶那日，賴雲煙如魏瑾泓之意靜坐一邊，等躬身雙手接過琴退於側室後，她翻開琴面一看，見題字之處不僅有六皇子的手筆，另外還有兩道當世大儒的題記，她不禁搖頭嘆了口氣。魏瑾泓這世的妄而為之，雖讓他鋒芒畢露，但何嘗不是讓他得到了更多人的賞識？這兩個堪稱隱士的大儒，上世可不是魏瑾泓能拉攏得過來的。

這年年後，魏府上下為魏大公子的遊歷天下打點什物，就在臨走前幾天，魏瑾泓說是邀了一個來京遊學的寒門學子到軒昂閣飲茶。去之日，魏瑾泓又邀了賴雲煙一道，賴雲煙無奈，卻又不得不上鉤。她確實是想去看看魏瑾泓是怎麼在布棋的，即使明知這樣也會陷於魏瑾泓的局中，她也不得不為。

軒昂閣乃天下寺的大長老，也是當今國師善悟平時與人談經論道、布施善粥之所，此處是無論販夫走卒、飛禽走獸都可進入的地方。魏瑾泓這次攜賴雲煙去時走的是正門，賴雲煙走在他之後，在他邁腿進門之際，她透過遮身的紗帽看到地上盤腿之人不斷有起身者朝他們躬身揖禮，魏瑾泓也甚是謙遜，首微垂，一一作揖回禮。

而賴雲煙行於他之後，嚴守婦人之禮，微彎腰躬身，自人朝他們行禮後，她的腦袋便沒有抬起過。宣國婦人有輕易不可拋頭露面之說，便是其夫攜婦出面見客之際，那臉也萬不可輕易抬起，也不可輕易出聲，只有待坐下後，才可挺腰抬頭，但眼睛也不可正視客人，只可垂下。賴雲煙一路垂頭到了樓閣，此時有小沙彌在前面引路，不多時，他們已上了最上面的那層樓。

「司仁見過魏公子。」剛到樓口，便有人出了聲。

「見過司兄。」

兩人皆相向作揖，這時，女婢已拉開了屏風，那司姓之人朝賴雲煙一揖到底後，賴雲煙還了他的禮，便一言不發去了屏風後。

「司兄，請坐。」

「公子多禮，請。」

兩人坐下後，賴雲煙就聽魏瑾泓不緊不慢地開了口，他先從這京城房屋座落的格局談起，又談到左右的名山，那司姓之人聽得仔細，偶爾會詢問幾句話，並不多語。等賴雲煙桌前的清茶換過幾盞，那寡言的司姓之人便已離去，他走後，待身邊的僕人皆被他們揮退後，賴雲煙朝魏瑾泓深深看去，魏瑾泓垂眼看著他空無餘水的茶杯，臉色平靜至極。

司仁，當年受魏景仲言語不屑之辱後奮發圖強，終成元辰帝即位第一年狀元的寒門學子，現在被魏瑾泓在善悟的慈堂、在眾目睽睽之下，就這麼搞定了。賴雲煙都不知該向這樣勇於取捨的魏瑾泓道聲佩服，還是現在就乾脆跟他同歸於盡算了，免得後患無窮。

魏瑾泓與寒門之子見面本是可引起軒然大波的事，但卻在他兩天後攜妻帶僕離開京城的馬蹄聲中失了顏色。人已走，京城中人談論的最多的，是他什麼時候回來？暗中也有人得了他不能人道的事，皆是暗笑不語，便是東宮的太子，再聞此傳言也是啞然失笑。

等過了幾天，得知魏瑾泓出了京城的門，把人分作了兩隊，一隊去淮北瓷縣，一隊改道去了秦山後，太子便對著他的幕僚笑道：「此事看來是有六分真了。」那秦山，聽說是那方姓大夫之師的歸隱之所。

這廂，魏瑾泓帶了賴雲煙行了十天的路，這天快要到秦山腳下時，他突然朝那個嘴裡喀嚓喀嚓咬著果子的人道：「妳來過此處幾次？」

賴雲煙的眼睛一轉看向他，停了口中咬果子的動作，想了一會兒後笑道：「兩、三次吧，記不清了。」

「不止。」魏瑾泓聞言收回看她的眼，伸出長手，把她那邊已掀一半的布簾掀得更開，這時冷風吹來，吹亂了她垂於胸前的長髮，剎那長髮都亂了，他便立即停了手。

她沒什麼事一樣地依然咬著果子，見她無動於衷，魏瑾泓便靠近她，伸出手把她胸前的亂髮理了理，伸手從暗屜裡拿出青色的絲巾，替她綁了兩小撮長尾放於她的胸前。

賴雲煙先是僵了一下，過後，她笑而不語地看著魏瑾泓的動作，等他綁好，她笑道：「魏大人，您帶我出來，不是想用這萬里的風景誘我跟您重歸於好吧？」

魏瑾泓靜靜地看著她嘴邊的譏笑，未再靜止不語，而是輕頷了下首。

這次，僵住的不再是他，而是她。

見她臉上笑容盡失，魏瑾泓開了口，溫溫和和地道：「以後也是如此，妳想去哪兒，我便帶妳去哪兒。」他前世承諾她之事，沒有做到的，這世他皆會如她所願。

賴雲煙出京城的好心情不到半月，便在秦山山腳下被魏瑾泓全給毀了。

當夜歇於山下道觀，與前幾晚的隔牆而歇不同，這夜她乾脆與魏瑾泓隔房而歇了。

她還是跟臉皮不薄的魏大人隔著點距離才好。

第二日，她帶人先於魏瑾泓往秦山山頂上走，在半路，她正在認真思考怎麼跟魏瑾泓分道揚鑣之時，她的轎子停下了，一會兒後，她的心腹小廝賴絕前來輕聲地報——

「大小姐，前面有一人，身下所騎之驢的腳傷了，便問可否向我們討要一點傷藥？」

「可有帶？」

「有。」

「那就給人。」

「那人。」賴絕說到此，頓了一下，才道：「說來是相熟之人，小的曾經見過他幾面。」

「曾經見過的人？」

「是，大小姐應也是知曉此人。」

「是什麼人？」賴雲煙說時眼皮猛跳。

「是勍西江家的江公子。」賴絕很輕、很輕地說了這句。

賴雲煙一聽，心立刻就從胸口跳到了喉嚨口，眼睛猛張！

「請問這位家人，可是有藥？」

這時不遠處，溫文爾雅的聲音輕輕柔柔地響起，聽到他聲音的賴雲煙整個人都僵在了轎中，那猛張的眼睛也僵在了原位，不知眨動。

「前方何人?!」

在馬蹄噠噠的鳴動中、在那傳在耳邊的大喝聲中，賴雲煙清楚地感覺到自己的心從嗓子眼以一種死寂的降落方式慢慢落回了胸腔。她回過頭，只看到了轎子的壁面，她靜靜地看著轎面，聽著馬蹄聲靠近，再聽那喊叫之人的聲音再次響起後，她慢慢地閉上了眼，把心中的悲傷再次獨自吞下。

「這位家人，我的毛驢傷了，想問問你們可有傷藥，想討來一點藥，不知可行?」

他的聲音還是溫溫柔柔，帶有一點他的獨特懶散。賴雲煙聞聲微笑了起來，放鬆了身體，躺在了軟枕上。

「就你一人?」

她聽見那傳來喝聲的春暉道。

「是。」

「賴絕。」

「在。」

賴絕離開轎前的腳步聲響起，賴雲煙略挑了一下眉。

「給這位公子傷藥。」

「是。」

「夫人。」馬蹄聲靠近，春暉的聲音在轎前響起。

「何事？」賴雲煙不輕不重地開了口。

「公子讓我前來護送您到山頂，他隨後就到。」

「嗯。」賴雲煙垂頭，看著自己的手指，漫不經心地應了一聲，也想不明白為何事到如今，她還是沒有把魏瑾泓給活活掐死？

秦山山頂的石廬中，賴雲煙靜坐在屋外的小亭裡，聽著不遠處廬內魏瑾泓與方大夫之師的說話，魏瑾泓欲請仙醫為他排一次毒，他府裡先前有別府的探子在，身上一直有餘毒。

「方醫者說，我身體尚存餘毒，又說道您對排毒甚是精通，晚輩便求了老人家的方向，還望老人家莫惱晚輩這次不請自來，擾了您的安寧。」

魏瑾泓聲音溫潤，賴雲煙不用想像，也知他說話時嘴角肯定噙著微笑。一般第一次見到他的人，甚少有人不喜他，魏大人向來最擅蠱惑人心。她撇過頭，看著路徑的那方，不再仔細去聽他於她的狼子野心。

他與和善可親的老仙醫一直談著話，賴雲煙盤腿靜坐於亭中，喝著老者小僕端來的清茶。小僕這時與她再次添茶，途中沒有忍住，悄悄投來好奇一瞥，賴雲煙眨眨眼，朝他嫣然一笑，嚇得年紀小小的小僕臉紅手亂，砸了手中的茶碗，打破了石廬周圍的寧靜。

那石廬內的聲音也止住了。

站於賴雲煙身後的春暉進了廬內，不多時，廬內聲音繼續不急不緩地響起。

小僕已紅著臉收拾好灰壺的殘片，紅眼含著欲滴的淚水，朝賴雲煙恭敬一躬後，羞怯地退了下去。

這時，不遠處有蹄聲響起，聲音一聲響過一聲，不用細聽，都能聽出那是什麼蹄聲了。

廬內那溫善的老者這時大笑道——

「我那小友來了！快快請起，我來替你們引見一番！」

「有勞老人家了。」

魏瑾泓的聲音依舊不緊不慢，就好像先前他趕到她身邊時的臉色沒有因那來者之人而對她冷過一般。賴雲煙垂下眼，嘴邊的笑意淡了，毛驢的蹄聲慢慢，不須去想，也知這時來的人是誰了。

不到半會，路的那頭走來了一人一驢，人走在前面背手而行，那腿上綁了青布的灰驢則慢吞吞地跟在主人的身邊，時不時去蹭蹭他的衣角，再慢悠悠地別過驢臉，垂著頭走路。

賴雲煙的眼睛朝那邊的人看去，這時廬中出來的人也沒有引開她的眼神。

小路不長不短，一人一驢走了一會兒才到石廬之前。

「小友！」

「老友！」

一老一小，等到近了，才揖禮相叫，隨即相視一笑，兩者目光都清澈。

「這是京城魏氏一族的大公子。」老仙醫朝他指了指魏瑾泓。

「久聞大名。」江鎮遠微微一笑，眼睛清澈又明亮。

「這是勍西江家出來的江公子。」老仙醫說到這兒，猛拍了下頭，朝江鎮遠笑道：「你看我都忘了，你排行第九還是第八來著？」

「族中排行第九。」

「對，第九，九公子！上次去給你探病，他們叫的就是九公子！」說到這兒，老仙醫搖頭領他們進屋。「年紀大了，忘性大，不行了。」

「老友且慢。」這時，江鎮遠突然出了聲。他往旁邊的亭中看去，朝那靜坐亭中的婦人一揖到底，隨後，他的腰未起，直視著地面，很是認真地說：「這位夫人，我們可曾見過？」

他未起身，就沒有親眼見到，在他此話後，那坐於亭中的婦人微笑了起來，笑容真摯明媚，有如春天四月的豔陽般溫暖迷人。

她未語，他便沒有起身。

良久後，那旁邊的魏公子開了口，道：「內婦這是隨我第一次出遠門。」他說罷，江鎮遠起了身，那亭中的婦人斂了嘴邊的笑，垂首低眸，讓人看不清她的臉。

「那就是未曾見過了。」起身之人嘆道，轉頭朝那身形修長，氣息恍如白玉般清雅尊貴的男子道：「是鄙人唐突夫人了。」他未再唐突地去看她的人。剛剛不過是因為遠遠走來的一眼，他莫名覺得她坐在那兒，就似是在等他，且像是等了很多年似的。

那老仙醫看看他，再看看那亭內垂首的婦人，靜默半晌，決定什麼也不說，回身領客入門。

他們轉身入門時，賴雲煙抬首朝他們看去，那一刻，魏瑾泓與他都回過了眼，她默然地看過他們後，再次垂下了眼。

魏瑾泓這時朝江鎮遠看去，見他若有所思地回眸看他，他便直視了過去；兩人對視良久後，再次伸手作揖行禮時，動作都帶有了一點疏遠。

盧內老仙醫的聲音又起，賴雲煙看著盞中冷掉的清茶，止了丫鬟欲要抬走的手，拿過杯子，把冷掉的苦茶慢慢地喝下了肚。

哪怕這麼多年沒見了，哪怕他們提前那麼多年見了，他還是那個她心中的他。

第三十四章

只半炷香的時間，魏瑾泓就出了盧，走至了賴雲煙的身前，拉她起身，把身上的厚氅披在了她的身上，他攙她走到了轎前，看她入轎，這才翻身上馬。

「晚輩告退。」他朝盧前的老者揖禮，又朝江鎮遠拱手道：「江兄。」

「魏兄慢走。」江鎮遠眼睛帶笑，朝他回了一禮。

他們走後，江鎮遠還沒收回眼神，他身邊的老者則動了嘴，道：「如我沒有看錯，他們現如今的姻緣線固若鐵石。」

江鎮遠聞言失笑，抬起自己的手腕看了看，自嘲地搖了搖頭。

「仙叔，別瞞我，是不是她？」江鎮遠回頭看他。

老仙醫撫鬚靜默不語。

「去年，我不該離開京城？」

老仙醫朝他搖頭。

「呵……」江鎮遠愣在原地想了一會兒，隨後輕笑出聲，搖著頭進了盧內，盤腿靜坐於窗前，看著那個她剛剛靜坐不語的亭子。

這個先前與他有幾面之緣的仙叔說，他兩世姻緣的線都被人先他一步搶走了，兩世裡，他都是孤身之人，不得伴他之侶。他還當這只是他這個一見如故的老仙叔戲謔他之言，但只是她在轎中不輕不重的一道淺應、剛剛不遠不近的一眼，他就已知，仙叔於他說的話，與別人說的都無異，都是一語破的。他就像認識了她許久許久似的。

「你可曾……」江鎮遠看著亭子，輕語三字，還是把下面的話按捺在了心間。使君未有婦，奈何羅敷有夫啊！晚了？晚了，便是什麼都不能說了。

一行人回到了山腳下的道觀後，僕人皆退，兩人安靜地用膳。

膳畢，賴雲煙喝了半杯茶，才開口道：「我先走一步。」這樣的話，他們皆大歡喜，他先調理他的身體，也可拖住江鎮遠，與她不見。

「不必。」魏瑾泓抬頭，自再生以來，他頭一次用很清楚簡明的話告知她。「妳留著，他會走。」

「魏大人有這麼大的把握？」賴雲煙看向他的眼，見裡面過於冰冷，她便轉過了頭。

「妳說呢？」魏瑾泓冷冷地看著這個當著他的面朝別人嫣笑的女人。

賴雲煙低頭，看著他放下筷子鬆開的手心上那道被她掐出來的紅痕，看了一會兒，她譏嘲地笑了笑。「都這麼多年了，魏大人，我們不小了。」哪怕還是年輕之貌，但皆是老態之心，都應是倦於曾經的情愛帶來的糾纏了。

「這世，妳現下還是我的妻。」魏瑾泓抬手給她重倒了一杯熱茶，擱下茶壺才淡淡地道：「妳是有夫之婦。」

賴雲煙抿唇不語。

「不要給他想望，他還是前世那個江鎮遠，前世他為何不娶妳，今世他還是會為了相同的原因娶不得妳。」

「魏大人。」賴雲煙抬頭，看向他。「他為何來此？」

「我的人沒看住。」魏瑾泓抬頭看她。「為何不問問妳的人，是如何沒看住他的？」她不是也派了人盯住他？

賴雲煙聞言不語，好一會兒才嘆道：「都變了。」這次見面，她的震驚其實大於摯友重見的驚喜，她還以為他在勍西安養，想來魏瑾泓也如是認為；但誰料他竟來了此處，就像是芸芸之中，她再怎麼慎重躲避，也避不掉一般。

道觀中住下的幾日間，老仙醫下了秦山給魏瑾泓把過脈，談過什麼賴雲煙就不得而知了。她身邊的人也多了魏瑾泓的一隊護衛。魏瑾泓派人給她送來了茶具與書籍，這幾日沒再出現在她的眼前。賴雲煙對他也是頗為無奈，他們之間牽扯的利益太深了，這讓魏瑾泓根本不想放棄她，而她也輕易走不得。至於感情，她與魏瑾泓之間其實早已是沒有了，她不是那種等男人走得遠了還會在原地抱怨他曾對她不住的女人，魏瑾泓更不是那種因為曾對誰不住就會犧牲自己去彌補的男人。

這日黃昏，賴絕來報。「江公子來了，大公子迎了他。」

賴雲煙那時正盤腿坐在道觀的亭中靜看夕陽，聞言頷了下首。

春暉這時從門邊大步過來，看了來報信的賴絕一眼，就朝賴雲煙行了跪禮，在她朝他頷首後，靜站在了一邊。大公子說，她是大氣之人，從不會為難下面的人，光就這點，春暉覺得夫人是極配得上大公子的。

賴雲煙煮茶喝了幾盞，婢女送上了晚膳後，亭中點亮了夜燈。此時不過二月下旬，天氣還是寒冷，在夜晚中的寒風中吹上一會兒，人都會全身冰冷；早有小廝燒好火盆，等冷風一起，就放進了已布下帷帳的亭中。

魏瑾泓走來時，透過白紗看著亭內她模糊的影子，思慮了半晌，這才提步進亭。

「大公子。」賴雲煙抬頭，朝他頷首後，朝身後的冬雨道：「拿杯。」

魏瑾泓掀袍在她對面盤腿坐下，等丫鬟拿杯上來退下後，他看著她給他倒茶，等壺口離去，他伸手拿杯放到嘴邊輕抿了一口，他抬眼，見到她笑了起來，他便輕點了下頭。「好茶。」

「魏大人好膽量。」

魏瑾泓垂眼輕笑了一聲。她總是虛虛實實，看不透她的人誰敢輕易信她？這兩年多來，他也算是弄明白了，這世的她只要別逼她入絕境，她也就不會絕地反擊；如她所說，她還想留著條命活著，她不願為誰死，她還沒活夠。

「過幾日，蚌河那邊會送來幾條鮮魚。我與道長談過，此處半山中有一處無人居住的靜宅，到時可上去住上幾日。」

「蚌河裡的鮮魚？」她的眼微亮。

「嗯。」魏瑾泓看著她的明眸，又輕頷了下首。

「可得好生烹製才好。」她微微笑道。

她極重口腹之慾，口舌自比一般人挑剔，上世吃不妥時與他鬧過兩次，他當時厭她冷淡，就想她要是真有本事，那就由她自己去了，等後來一發不可收拾，她已中毒，而他悔之晚矣；那時，他們之間的裂縫加深，他又不再只她一人，她又不是非他不可，便慢慢地遠了。

「讓翠柏掌手。」翠柏此等的技藝比他的武藝還要更勝一籌。

「甚好。」她垂眼，伸手拿茶，掩下了眼睛裡的笑意。

真正愉悅時，她便會掩飾，不讓人看到。魏瑾泓靜靜地看著她，突然又想起她對江鎮遠那明媚的笑，他嘴邊的笑便慢慢地冷了下來。

「道長說，三月滿山的桃花會在一、兩日之內全開了。」

「魏大人想三月走？」

魏瑾泓「嗯」了一聲，再看向只要他說前半句，就會懂後半句的她。「到時會有詩友過來一聚。」

「魏大人不怕朝中之人？」

「到時只留幾日，等他們來時，我們就走了。」他當然不會等著朝廷裡的人再請他回去。

「下一步您要去何方？」

「梓江。」

「梓江路遠。」

「嗯，妳多作準備。」自然是免不了舟車勞頓。

「大人好意境。」半會，她笑說了這句。

「那裡是什麼樣的？」忽視了她言中微諷之意，他平靜地朝她問道。

前世他困於京中，那天下可去之處，他也只去了別人言道中的四、五處，不像她，後來便是梓江這等世外桃源之地都去過。當年探子回來與他報完訊後，過不了兩年，就來向他告辭，說是要隱於那處，那時他就頗好奇那是個什麼地方，竟讓他身邊之人捨他而去。

「水秀山青。」她淡道。

「我聽說甚美，水清得能看清過往。」

「魏大人說笑了。」她微笑著看他，眼睛裡跳動著笑意。「想來再清的水，也是照不清魏大人的魂魄，哪能看得清您的過往？」

魏瑾泓回視著她，再次清楚明白，她根本就不想和他再在一起。

但，她只能與他在一起，這一世，他們注定要拴著過。

山宅的歲月很是幽靜，除了沒有各處的探子與打發時日的樂師，這裡的幾日生活讓賴雲煙回到了前世在京郊宅院的日子，她就是在那裡慢慢心如止水的，而在這裡的幾日，就是沒有格外修心，那戾氣之心便也自行止了下來。

魏瑾泓隔上個一日就會來與她靜坐半晌，他經常一語不發，只是靜坐品茗，賴雲煙開頭還會故意譏諷一、兩句，但她到底不再是心性尖銳之人了，便是裝，也裝不了長久，於是便還是靜默了下來，回歸了本性。

許是兩人安靜地處了些許時候，都習於常態了，這天他來時，賴雲煙看著他的心都是靜的；

這次他前來，身上有點酒氣，在他坐下喝了她倒的一杯茶後，他開口道——

「江大人走了。」

「是嗎？」賴雲煙垂眼淡道。

他正在用藥排毒，最忌服酒，看來為了送走人，他是破了戒了。

「他家中來人接他回去，我與來接他的族兄曾有一面之緣，這次一見，相談甚歡之餘，便多飲了兩杯。」魏瑾泓解釋道。

「呵。」賴雲煙輕笑了一聲。

魏瑾泓見她眼睛裡毫無笑意，目光清冷，就若無其事地轉過眼，並不再談此事。江鎮遠與她，這世是絕沒有交情這一說的了，就是見面，也不能再出他的意外。

「他與我……」她開了口，目光悠悠，口氣裡也有著兩分真正的笑意。

魏瑾泓便朝她看去。

「其實並無多少兒女私情。」

「但他願為妳死。」他冷道。

她頷首。「我也願。」

魏瑾泓聞言，抓緊了手中之杯。

賴雲煙看著他修長的手指，搖頭道：「無過多兒女私情，就無太多侵占之意，魏大人還是不要插手過多，要不然，到時真如了您的意思，那就不好了。」

男女之間的感情確實不會太純粹，但她與江鎮遠之間，向來是知己之情大於一切，所以才會那麼冷靜地知道對方最適合什麼，不忍對方被自己連累，受世事牽制。現如今她也是，但如若江鎮遠還是受了她的牽累，那麼她現在的求全也就不盡完美了。

「他只是回了勍西江家。」魏瑾泓道。

「希望如此。」

「妳會為他與我重布棋盤？」魏瑾泓又淡問。

「會。」

她字句清楚，眼神平靜，魏瑾泓的眼睛緊緊地盯住她好半晌，才道：「孩子，雲煙。」

只有生下了孩子，她才可為所欲為，要保護誰也好，要去哪裡也好，還是要利用他，也可與他母親面不和、心不和，這些她都可以去做；但，她必須要為他生下孩子。

「孩子？」賴雲煙重複了一遍。

魏瑾泓頷首。

她垂下頭，沒有情緒地搖了搖頭。

「我可以再等。」魏瑾泓看著她烏黑的髮頂，笑了笑。

她不生，那他就等，她不信他等得了那麼長的時間，那他就多花點時間讓她看清楚，這世的有些事任是她私下動作再大，也改不了結局。

第三十五章

三月，桃花開得甚豔，看過最豔的那段時日後，月底魏瑾泓便攜了賴雲煙離開，他們連趕了幾天夜路，在四月初七那天，一行風塵僕僕的人上了船。

上船之後，丫鬟們都因一路的顛簸，站都站不穩，便是最健壯的粗使丫頭都對著大江狂吐不已。賴雲煙的貼身丫鬟春花已經是病得只有出的氣，沒有進的氣了，隨行的年輕大夫給她們把了脈，開了藥，當晚大船在江心慢慢行駛了一夜。

一早，冬雨就從床上爬起，去了她們小姐的房間，見她們小姐正枕著枕頭，半臥在窗邊的榻上看書。

「小姐。」冬雨叫了她一聲，把水盆端到了她面前。「是奴婢的不是，來得晚了。」

賴雲煙朝她笑著搖了搖頭。

「小姐昨晚歇息得好嗎？」冬雨洗帕，問了一句。

這一路的疾行，那健壯的侍衛都是疲憊不已，她們這些伺候的內婢昨日上船之後更無一個站得住腳的，只有小姐像是沒事人一樣，現在看她這精神，簡直比她剛看到的、昨日才上船的船伕還好。

「甚好。」

「可有哪兒疼？」冬雨多嘴了一句。

賴雲煙聽丫鬟非要問話，便嘆道：「屁股疼。」那馬車轎子，快把她屁股都顛碎了。

魏瑾泓這幾日的行路，哪是在遊歷天下，簡直就是在逃命嘛！為了躲朝中那些人，他可是都不顧她們這些女子的死活了，把她們當有壯士一樣體格的人趕路。

她嘆氣，冬雨也跟著她嘆了口氣，苦笑道：「您就趴下吧。」

「我昨晚早給自己上藥了。」賴雲煙沒事人一樣地趴下。

冬雨把她身上的青袍掀開，見她真上了藥，便又嘆了口氣。「您怎不叫我？」

「想妳們也歇著了。」

冬雨想想昨晚她倒下去之前以為自己必死無疑的感覺，便不再說話了。這次所帶的奴僕不多，能近得她身伺候的就她們這幾個，現在她們這幾個人沒死上一、兩個，都是老天垂憐了。

冬雨拿著熱帕給她擦了臉和手，又去廚房給她端來熱茶後，與她輕道：「奴婢去給您熬粥。」

「自有下人，妳不必去了。」

「可……」不是不放心嗎？

「沒什麼好擔心的了，在這大江之中，大公子要是想讓我死，把我們推下江裡去就得了。」

賴雲煙馬上就看得開了。

「小姐……」冬雨不解。

「去給我煮茶吧。」賴雲煙朝她笑了笑，又支使她去拿來剛擱在小桌上的書。「把書給我拿來。」

冬雨看她一眼，把書拿起給了她，又福了一禮，就退了下去，剛到門邊，就見秋虹在那兒，朝她道——

「冬雨姊，小姐……」

「正躺著。我去煮茶，妳候在門邊吧。」冬雨輕聲地道。

「好。」秋虹這時欲要打哈欠，拿帕擋住打完後，朝冬雨苦笑道：「下次妳還是叫醒我一起來吧，免得小姐沒人伺候。」

冬雨急於去煮茶，沒再贅言，只是朝她叮囑了一聲道：「妳去走廊那道看著，大公子要是來了，給小姐報得快點。」

秋虹點頭，跟冬雨走到了長廊這口，等冬雨端了盆走後，她吁了一口氣，伸出手掐了自己的臉兩把，振作起精神看著前方。這女主子也好、男主子也好，都似不用休息似的，什麼時候見他們，什麼時候都優哉游哉得不像這凡間的人。

這廂屋內的賴雲煙等門外兩個丫鬟的腳步遠了後，趴著的她伸手捶了捶自己的腰，嘆道：「真是作了天大的孽了！」說罷，伸手去搆榻下昨晚魏瑾泓轉交給她的信，看著她那可憐的老舅在信中一番痛訴生意的不利後，她又把頭趴到了枕頭上，覺得自己的腰更痠了，頭更痛了。

「小姐。」

她這會兒剛要痛得睡過去時，門外秋虹在叫。

「什麼事？」

「大公子來了。」

賴雲煙搖搖頭。「請他進來。」

「是。」

門吱呀一聲便開了，聽著他的腳步聲進來後，賴雲煙頭也沒抬，懶懶地道：「秋虹把門關上。」又一聲吱呀，門被關上後，賴雲煙自語道：「這門聲聽著比京中的門清脆得多，不知是什麼木頭做的？」

魏瑾泓回眸看了門一眼，剛收回眼，又聽她道——

「妾身身子骨兒疼，魏大人幫我磨下墨吧。」

他聞言靜默了一會兒，就依言去了案桌前，倒水磨墨。

不多時，她就下了榻，站於案前，毫不避諱他在前就彎腰執筆揮灑。

留得青山在，不怕沒柴燒。

寫罷就擱筆看他。「大人以為如何？」

魏瑾泓無語。他拿過她剛擱下的筆，另起了一封寫給淮南族中族兄的信，叮囑他務必派官兵護送任夫人與子女上船到淮西與任老爺相會。兩封信分別裝入信封，魏瑾泓親手封的蠟。

「燕雁。」魏瑾泓朝外叫了人。

「在。」有人在外應了聲。

魏瑾泓便不語，另拿信紙寫起了生子的契約。

賴雲煙看他寫過，就接筆在其上畫了押。「得想個法子，要不我怕我吐出來……」在他收紙時，她喃喃道，跟這種人上床，她真的怕自己當場就吐。

魏瑾泓未看她，抬頭朝門外喊道：「進來。」

燕雁毫無聲息地推門進來，那吱呀的門一聲都未響，他跪下接過信，再朝兩人行禮後便退了下去。

船行十日，再到龜縣又花了近半月的路程。

一進龜縣，任金寶的信便來了，信中誇賴雲煙是個貼心之人，說他的船已經離開淮西往淮北走了，另道她給舅母、孩子們帶的禮物都帶了，他們甚是歡喜。

這世上真是幾家歡喜幾家愁，那廂私自走貨被抓的舅舅高興了，賴雲煙這裡卻是並不怎麼高興。

這晚與魏瑾泓談話時，她很是直言不諱地道：「我們要是生個龜兒子，就真有那麼好？何不趁我們在外，您挑個喜歡的生下，就當是我生的，我也拿他當嫡子養，便是日後我翻臉，您咬死了就是我生的，誰又能說他不是？便是我兄長，您也是有法子讓他信您的，您又何樂而不為？」

魏瑾泓還是不為所動，繼續看著手中的聖賢書。

見他充耳不聞，賴雲煙自嘲地笑了笑。其實她心裡清楚知道，讀書人的心才是最硬、最不容易打動的，自古以來，最缺德的事就是這群飽讀聖賢書的人做出來的，有什麼陰招是他們想不出來的？她看了那麼多的策書，走一步看三步，也還是不如土生土長的他們厲害。

就像舅父之事，他早她好幾步在淮西挖了溝等著她那視金錢如命的舅舅跳了。她那見錢必會眼開的舅父私下一把他在淮西發現的貴重木材伐下剛裝好船，什麼事都做好了只要東風一起就揚帆去往淮北時，魏瑾泓那些為他備好的官兵就妥妥地出現了。

這事她被他通知的時候就知道了個結尾，怎麼開的頭，她根本毫無所知，等事情發生了，遠不在京的她這時也來不及處理了，只能萬分窩囊地認了栽。

「有個您這樣的父親，再有個像我這樣的娘，您就不怕你們魏家出來個比你們兄弟還混帳的逆子？」快要到梓江了，賴雲煙覺得自己一想那事就食慾全無。

她說個不停，魏瑾泓忍了又忍，這次也是有些不耐煩了，把手中書扔到了桌上，對著那個想把隔夜飯吐出來的女人冷冷地道：「到時妳眼睛一閉就好。」

「要是只是如此，也就罷了。」她打了個像是噁心至極的嗝後，把頭重重偏過，如此嘆道。

魏瑾泓木然地別過臉，垂眼重拿上書，繼續看，係是聖人，都會被這等女人逼瘋，她也快把他噁心透了！

這年龜縣深處的梓江，十二月已冷得就是山中之王的金絲猴也不願意出來了。梓江深處高山的一處房屋裡，係是房中放了五盆炭火，賴雲煙也是冷得沒力氣吐了；跟這人試了三次，第三次是成了，現在她沒嘔吐致死，但快要被這寒冷至極的天氣凍死了！

這處他們居住的房屋因是新建的，本就沒什麼人氣，現下這寒冷的冬天裡便是炭火放得足，從來真沒想過要去死的賴雲煙都被冷得時不時朝丫鬟抱怨。

「我還是冷死了算了，就不用受罪了！」這天秋虹一端湯水進來，門開時帶了點冷風，賴雲煙便又說道了這話。

自確定她懷孕兩月有餘，就一直守在她身邊的魏瑾泓聞言，在案桌那頭接話，淡淡地道：「生下孩子，到時妳想死，便去死就是。」

賴雲煙聞言，瞪大了眼。

這半年來快被賴雲煙逼瘋的魏瑾泓見她瞪大了眼，便微微一笑，繼續寫信，她已有了孕事，他便可助她舅父淮西、淮北經商的事情。

寫完信後，他抬眼看她。「要看嗎？」

她聞言瞇眼咬牙，一會兒便點了下頭。

魏瑾泓謹慎地看了眼她手中的熱湯後，叫來她的丫鬟，讓丫鬟拿過去給她；他要是自己過去，她肯定二話不說就先把湯潑他臉上。

丫鬟拿了信過去給她，在看信之前她皺了下眉，把手中的湯一飲而盡才拿了信。

魏瑾泓見狀，暗中輕吁了一口氣，哪怕等一會兒她會吐掉，也比一點都不喝強。

「妳兄長去了吏部。」在她看信時，魏瑾泓揮退了丫鬟，一一跟她說著他剛知曉的朝中之事。「蘇大人已接到皇上聖旨，年後回朝就任戶部尚書。」

「這事定了？」

「嗯。」

賴雲煙這時長舒了一口氣。戶部的老尚書乃賴遊的同盟，兩人都是老皇帝的老部下，現在老皇帝想以他重用的蘇旦遠接了老部下的職，這是再好不過了；不用一兵一卒，兄長就少了個老辣的敵人，多了個是他岳父大人的靠山。

「但願這事不會再生波折。」她喃喃道。

魏瑾泓頷首。「還有一事，妳還是要寫信告知妳兄長。」

「什麼事？」

「妳庶妹已有孕三月了。」

「什麼？」

「讓震嚴兄這次止一止手，這對他日後疏遠太子有益。」

賴雲煙聞言，一陣強烈的噁心襲來，她頭一轉，把剛喝下的湯吐到了腳下備好的痰盂中，好一會兒才在跑進來的秋虹、冬雨的伺候中緩平了氣，疲憊地朝這麼精於算計的魏瑾泓道：「你還是趕緊出去，再看著你，你孩子我都能給你吐出來。」這男人，實在太讓她噁心了，便是日日待在梓江這能洗清靈魂的世外桃源，也止不住她心中的噁心。

「妳肚子怎地還這般小？」盯了賴雲煙的肚子半天後，魏瑾泓說了這話。

被他盯了半天，就聽來了這句話，賴雲煙被堵得無語，指著門疲憊地道：「你還是趕緊走吧。」

魏瑾泓不語，從她的對面站了起來，他沒有出去，反倒坐到了她臥的軟榻處。

「魏大人。」換賴雲煙瞪他了。

「這軟榻是我差人搬進山來的。」魏瑾泓淡淡地道，在她身前坐了下來。現在她裹成了繭，諒她也暫且奈何不得他，他伸手去碰了碰她的肚子，覺得真跟看起來那般小，不由得皺了下眉頭。

「還不快走？」

「妳不要老動氣，大夫說這不妥。」他頗有幾分不以為然。

「魏大人！」

魏瑾泓收回手，拿起桌前的溫茶放到嘴邊輕觸了觸，抬眼看她，見她想也不想地撇過眼去，他也就把茶給自己喝了；他不是不想對她好，而是她實在厭他。

「明天大年三十，該採辦的下人都採辦好了，但他們怎麼打點？」他提了他來她處的話。

賴雲煙先是無聲，過了一會兒，見他還靜坐著不走，便無奈地道：「一人一百兩銀，你要是有人回京，就讓他們記上帳，把銀子給他們帶回去給他們家人。」

「再給他們家人五十兩？」魏瑾泓接道。

賴雲煙搖搖頭。「不必了。」他們這些人跟著他們出來時，那些家人就已經賞過一次了，再賞一次，魏母會有話說的，旁的奴僕還會嫉恨。

「嗯。」她未多言，魏瑾泓也沒再問。

「孩子怎麼這麼小？」魏瑾泓又重提了老話，清澈的眼睛幽靜地看著她。

賴雲煙長吁了一口氣，把心中的濁氣全吐乾淨後才平靜地道：「三個月，能有多大？」

魏瑾泓聞言又頷了下首，朝她肚子看去。「三個月就這點大？」

看著沒完沒了的魏瑾泓，賴雲煙無奈地看著他。「你上輩子的孩子都是白生的？」

「未曾仔細看過。」魏瑾泓淡淡地道。雖說兒孫是根脈，但懷了讓下人好生伺候，免了她們的請安服侍就是，他確也是沒仔細見過她們大肚子的樣子。

賴雲煙本還想譏諷他其他事情守禮得很，偏就愛跟丫鬟在書房胡搞，但她精神實在疲倦，這話只在腦海裡閃了一道，還是沒有把話說出口。

「我要歇息了。」她找著老藉口趕人。

「妳已睡了半日了。」昨晚她睡得不安寧，今天早上用過清湯後就又睡到剛剛，大夫說她不宜睡得太多，他也就只能過來礙她的眼了。

「我還不能睡了？」賴雲煙看了他一眼。

魏瑾泓拿過她旁邊擱置著的枕頭，墊到了她身後，又把她扶起靠在榻背上，給她蓋好了被，這才淡道：「說一會兒話吧。」

賴雲煙孕吐嚴重，前兩天才稍好點，她一沒把命噁心掉，二沒把孩子吐流掉，現在實在也不想再重來一回，便也不願再折騰了。

魏瑾泓這時端過來一盤醃梅，她捏了一顆含到嘴裡，被梅子酸了一會兒，精神也稍好了一些，才道：「有什麼話可說的？」

「妳舅父聞妳有了孕事，給妳送了幾擔鮮果子過來。」魏瑾泓淡道。

賴雲煙又拈了一顆醃梅，含著梅子不語。

「妳兄長那兒也應是得了訊，回信的人就在路中吧。」

賴雲煙漫不經心地輕應了一聲。說來真相確也殘酷，她這一懷孕，安心的不僅是魏瑾泓，也還有她這邊的人。有了魏瑾泓非常明確的態度，從她這裡得了明確回信，在淮西那兒做生意的舅父便安了心；在京中的兄長知道她有了孕之後，當他們和好了，便也不須再分神為她著想，加之有了魏瑾泓在他背後，他更有底氣走得更穩。強強聯手，確也是要比拆開相互為敵來得好。人生總有那麼多難以預料的變化，前世賴雲煙對此深有體會，再來一次，她也只能無奈。

「明日妳早點起來。」魏瑾泓又道。她不喜跟他說話，但他每天都來與她說上一段時辰，他與她都能習慣成自然，而他與他們的孩子，以後也定要是親的；想到他的孩子，魏瑾泓目光柔和地看向了她的肚子。

見他又看，賴雲煙遲疑了一下，還是說出了一直未說出口的話。「如果是女娃怎麼辦？」她不覺得她還有勇氣與他再試一次。

她的話也讓魏瑾泓僵住，好一會兒他才撇過頭，端起冷掉的茶一口喝了。

「到時再說。」他垂眼說道。

賴雲煙從他擱在她身上的小盤中又拈了顆梅子，含到嘴裡止了剛湧上來的噁心，好一會兒才把噁心強嚥了下去。「茶。」這時她道。

魏瑾泓起身，去了外間，把擱在爐火邊上溫著的清湯和溫水都拿了過來，先餵她喝了點溫水，又倒了點清湯，餵她喝了。

賴雲煙重躺下後，與他道：「你真以為這樣養得親孩子？」

「先試試。」魏瑾泓想來他這找人議出來的法子也沒什麼大問題，國師也說孩子是他的有緣之人，算來是他的天命，只要他護之，父子定能齊心一世。

「好了，你今天試完了，讓我歇會兒吧。」賴雲煙只能怨自己沒有飛毛腿，大冬天的她又怕冷，不能他一來她就跑掉躲起來。

「嗯，妳歇著。」魏瑾泓點頭，待出了門，見蒼松、翠柏皆站在那兒等著他後，他也暗中輕呼出了一口氣。她這幾日較以往還是溫和多了，不像之前，凡是手上能握上的，必會向他砸來，精力好得根本不像吐了一整天。

這年七月，賴雲煙把孩子生下來就昏了過去，再醒來時，魏瑾泓抱著孩子坐在她身邊。他眼睛盯著孩子沒移開，嘴邊咧開了奇怪的弧度，讓賴雲煙直覺她第一眼看到的是個傻瓜；待魏瑾泓轉眼看向她，嘴角慢慢撫平，成了平時的模樣，全身還疼得厲害的賴雲煙才有氣無力地咬著牙道：「我就該在你們魏府生，生之前一定要把你娘的脖子咬斷！」這樣才不枉她這等與魏家有仇的人為魏家生了個孩子出來，一命換一命。

她愛耍嘴皮子也不是一日、兩日，魏瑾泓早已習慣充耳不聞，他與她曾夫妻生活多年，也只有到這一、兩年，他才學會對她的有些話忽略不聽。「妳看看孩子。」魏瑾泓沒忍住，把孩子抱到了她的跟前。

賴雲煙瞪著她生的孩子半晌，瞪了半會嫌看不清楚，又眯著眼睛看了半會，這才抬頭問他道：「怎樣？」

「長得像誰？」魏瑾泓誘哄。

賴雲煙閉嘴不語。

這時丫鬟們都已進來，見她不語，都不敢說小公子長得有點像大公子。

「像我。」她不語，魏瑾泓自答，又不禁微笑著問著懷中的孩子。「你說是不是，我兒？」

「他傻了？」賴雲煙轉臉問她的丫鬟道。

離她最近的冬雨哪敢答話？拚命把頭垂得低低的。

「把孩子給我。」她生的，不能光讓魏瑾泓占便宜。當把孩子抱到手中後，賴雲煙看了緊緊閉著眼睛的孩子半會，總算發現他嘴唇的形狀是長得跟她相同的，她不由得長舒了一口氣，是她生的。

「陪娘睡一會兒。」賴雲煙把孩子放在了自己的身邊，把頭半埋在他柔軟的抱被裡，掩飾住了自己的鼻酸。

上世有一段時日，她發了瘋地想要孩子，但終其一生，她還是沒有自己的孩子；這世真有了，簡直就像作了場夢一樣，她用手又去碰了碰他柔軟溫暖的臉，看了他好一會兒，才閉上了眼。

「先用點東西再睡吧。」魏瑾泓站在床邊靜靜地看了他們一會兒，在她閉上眼睛睡在孩兒身邊後開了口。說罷，床上的人沒有聲響，他就又重坐回到了床邊，和衣躺在了外面，道：「晚點再來叫我們。」

丫鬟輕應了「是」，就且退了下去。

第三十六章

孩子百日那日，魏瑾泓與賴雲煙在堆了好幾盆火盆的屋子裡看著丫鬟給格格亂笑的孩子換新衣；他雙手雙腳在空中歡快地擺動，格格笑個不停，丫鬟一碰他，他就發出一長串的清脆笑聲，就跟被搖動不休的銀鈴似的。

賴雲煙聽他笑了好一會兒後，有點不安地挪了挪腳，頭微轉，道：「有點像我？」

魏瑾泓板著臉，看著他笑個不停的兒子，頗為嚴肅地點了下頭。

賴雲煙瞥到他下巴微動，尷尬地笑了一下，伸手摸了摸自己的嘴角；她不覺得自己喜歡假笑有什麼不妥，但孩子笑得像她，她就有點莫名的羞窘了。

「兒。」魏瑾泓見他兒笑得太像他那喜好假笑的娘親，忍了又忍，還是拂袖讓下人退了下去，走到了著了薄襖的兒子面前抱起了他。

魏世朝一見到日日抱他的父親，腦袋在他胸前拱了拱，抬頭朝他吐了個泡泡，就又興奮地揮起手、格格笑出聲來。

「昨日並未這樣笑過吧？」抱著手舞足蹈的兒子，魏瑾泓回頭問她。

「昨日是你抱的孩子。」賴雲煙揉著自己的嘴角道。

「前日呢？」

賴雲煙「呃」了一聲，靜默不語。

前日她抱著孩子時，正看著京中來的信，從信中得知魏瑾瑜私自從外納的小妾被祝慧真轉手送給了有名的荒唐公子，他跟祝慧真大鬧了一場，鬧得京中人眾所周知後，她便格格地長笑了一會兒……

魏世朝百日這日，抓週的物件從文房四寶到金銀珠寶，琳琅滿目地擺在了雪白的羊毛毯上，魏瑾泓一把他放下，他就跪趴在地上這裡瞄瞄、那裡看看，最終他回過頭看著他父親，格格地笑。

「兒，要哪樣？」魏瑾泓盤腿坐下，把他抱到腿上坐著，問他道。

魏世朝什麼都不懂，伸出雪白的小手去抓他的長髮。

魏瑾泓被他扯了幾下，也不拉開他的手，只是朝他柔聲地勸。「去抓一樣給父親看看。」

魏世朝回了他兩聲格格笑聲後，把手中抓住的頭髮往嘴裡送。

賴雲煙正坐在椅子上喝著熱茶，見兒子一點也不挑剔，連魏瑾泓的頭髮都吃，她不禁搖搖頭道：「學得誰的？」她可不是什麼都不挑的人。

魏瑾泓聞言，抬頭輕瞥她一眼，把小兒抱起，扯過自己的頭髮後放了他到毯子中心。「朝兒，拿一個。」

魏世朝坐在毯中心，他先往左右都看了看，然後對著坐著的賴雲煙揮起了手。「哇、哇……」

賴雲煙便笑了起來，朝兒子道：「你哇什麼？」

「您就過去一下吧。」見她們家小姐不動，冬雨頗為無奈地道。

賴雲煙笑了兩聲，那邊魏世朝聽到她的笑聲，就又格格格地亂笑，笑得比她這個娘還痛快。

「咳！」聽得賴雲煙輕咳了一聲，站起身走到了另一角，朝魏世朝伸手。「兒子。」

魏世朝一聽，精神一振，想翻身，但他人太小翻不過來，一個擺動，眼看就要往後翻倒，這時被飛快向他伸出手的父親扶起擺正身體後，他就又朝著賴雲煙哇哇亂叫了起來。

賴雲煙笑著搖搖頭，也盤腿坐下，把他抱到腿上坐著，低頭親了親他的額頭後，溫柔地道：「挑一個給娘吧。」說著，就拿了幾樣什物放到了他的眼前，有書冊文墨，也有短刃寶劍，還有依她的意思擺上去的金銀珠寶。

魏世朝「啊」了一聲，又揮舞起了手，隨後，他雙手一伸，頭一扎，人倒了下去，把這幾樣近在身前的東西全撲在了身下！

「哇——」

賴雲煙正震驚於兒子什麼都要的貪婪時，剛倒下的魏世朝「哇」地一聲便哭了起來。

那邊看著的魏瑾泓長手一伸，就把他抱了過去，朝盤腿坐在那兒驚訝地看著兒子的賴雲煙投去了冷冷一瞥。

「不哭了，朝兒乖。」魏瑾泓雙手抱著他起身，來回走動安撫著他。

「哇，哇，哇……」魏世朝卻得勁地越哭越大聲，聲音聽著淒迷得很。

賴雲煙聽得好笑，但兒子正在哭，她便忍著沒翹起嘴角，在丫鬟的攙扶下站起了身，卻還是不由得讚道：「什麼都要好啊！」什麼都要，魏家就也是他的了。

「別哭了。」那廂魏瑾泓又寬慰了兒子幾聲，剛哄了他止住了哭，便有護衛在門前說有事稟報，他只得把兒子放在了賴雲煙的手中，提步去書房。剛走到門口，他又回了頭，遲疑了一下還是道：「不要說些不宜小兒聽的話。」

抱著孩子的賴雲煙抬眼，朝他眨眨眼，還故意朝他露出了明媚的笑；有本事，別要她生的孩子，既然是她生的，她想怎麼教就怎麼教！

這一年年後，他們離開了梓江這個世外桃源。

這趟離開，賴雲煙是願意走的，孩子還小，她願帶他多走一些人間路，回京後，他怕是不得自由。

她見魏瑾泓時不時要掐一下指，知道他在算著回去的時間，而按她的預估，魏瑾泓再想回去，至少也得熬過五到七年。他們在梓江待了兩年，這算是隱居，根本都談不上遊歷，所以五至七年是最短的預測，魏瑾泓要是不想在各大世家裡落人口實，最好是七年後再回去。

遊歷在世家裡從來都不是小事，更不是過兩年想回去就回去的事；名山大川、世外仙境，那說是去遊歷的子弟最好真去過幾處，要不然，與京中那些名門隱士相談起來，你什麼都不知曉，那才是丟人丟到祖宗爺那兒去了。

他們自梓江離開後，一路往西南的方向走，途中歷經近一年，他們來到了最西南的瑤水，最終選擇了這個地方停下。

瑤水城終年被水霧瀰漫，但一到中午，太陽就會驅散掉水霧，這個建在高山上的小城就會露出它秀麗的全貌，一道道水光會沿著水壁往下流動，那晶瑩剔透的水滴跳動在空中，在太陽的照映下發出五光十色的光彩，這時的瑤水城漂亮得就像被拔開迷霧的仙境般，每一處都光亮非凡，找不到一點陰霾之處。

這裡的人也很安靜，日出勞作，日落而歸，見到陌生人便是好奇，也只打量一、兩眼，那外地人要是多看他們一、兩眼，就是壯年、老者，也都會害羞不已；而那孩童，受了家中大人叮囑，遙遙走過來就會向他們行著當地人對客人的禮節，他們生動，但不膽怯。

那個看得當地人都害羞的賴雲煙尤喜這個地方，她對這裡的每處都感到好奇，吃食也甚是合她的胃口，每日午間都要牽著小兒出去轉一轉。她難得這般愜意，魏瑾泓就從縣官那兒尋了適合的房子，從簡陋的官棧處搬到了那處，打算在這裡住上一段時日。

這裡民風純樸，便是縣官，都是個沒事就扛著鋤頭出去勞作的老者。

上世賴雲煙去過不少地方，但這樣生活氣息濃重的人間仙境卻是沒有到過，她對這個連世朝都老想著往外跟人跑，而不迷戀他那些金珠子、銀裸子的地方真是喜歡，見魏瑾泓做了長待的打算，因此她還跟魏瑾泓真心地道了次謝。魏大人對此的反應就是淡淡地瞥她一眼，隨後就是垂首靜坐不語。

在瑤水城的時日，魏瑾泓也是帶著僕人常出去，往往出去幾日不會回來，賴雲煙聽他那邊的僕人說，是去各地採錄當地的縣史去了。

這日回來，魏瑾泓給了賴雲煙一份冊子。她翻開一看，是一本食譜，書上還記錄了她喜愛的一道米粉的製作方式。看罷，賴雲煙掩卷，朝他剛剛離去的門口看去，搖搖頭輕嘆了口氣，她大概明白他是怎麼想的了，但，晚了，一切都晚了。

不管如何，魏瑾泓現在想給她一些東西，帶有一些彌補之意，賴雲煙是信的，她也不拒絕，這種於她有利、能讓她痛快些的實惠好處，沒什麼好拒絕的，她也根本無拒絕之意。

而他此時是真意，他以後利用她，或者再有什麼不得已的事情要犧牲她，到時也會是真的，魏大人可不是那種會放過她的利用價值的人。所以，現在魏瑾泓願做什麼、不願做什麼，那都是他的意思，只要於她無害，她便不會多費力氣對付；至於她，要怎麼應對，是多給幾個笑臉，還是如何，那也就是她自己的意思了。

她與小兒現在身處桃源，只要魏瑾泓不拆臺，世朝也正在幼童期，她確是不願把這種日子搞砸了，有一時就貪得一時，她可不想為難自己的生活。

在瑤水城住了半月後，魏瑾泓也隨他們母子出門，有時也伴這母子倆晨間去接露水、採野花，下午也還是會跟在他們身邊，在夕陽的餘暉中散步，跟夕歸的百姓微笑，彼此見禮。

時日多了，這瑤水城的人都知住在山中間那幢大宅處裡的貴公子和貴夫人是好相處的人，平時他們會送些地裡的菜和山裡採的新鮮果子來，也會放任自家的孩童偶爾來宅子處討要一、兩次糖果。

魏世朝這些時日常帶著伺候他的人往外跑，在瑤水城半月後，他已在城中結交了不少當地的小夥伴，偶爾還能說出幾句當地話來，聽著還挺像樣的。

這時七月，魏世朝要滿兩歲，岑南王府那邊知道他們在瑤水城住下了，這月就派來了十來個僕人，連府中最好的廚師都派來了，給魏世朝辦了一場有著岑南風俗的生辰宴，擺了三天的流水宴，請來了瑤水城周邊幾個小地方中最會唱歌跳舞的人過來給小公子賀宴。

身為小壽星的魏世朝風光無比，等人辦完他的壽宴欲要走時，他還學著其父的樣子，有模有樣地給來替他辦壽的人作揖、打賞賞銀，逗樂了那天在場所有等他打賞的人。

魏世朝打賞別人的銀兩做得也饒有趣味，是比銀裸子還要大一點的銀珠子，上面刻了個福字，很是精緻。

這是賴雲煙早前就寫信讓任金寶為兒子的生辰做的，本來她讓舅父做的這些小玩藝兒不多，只是讓兒子賞給那些照顧他的親近下人的，但任金寶聽說他這個小甥孫子尤喜金珠子、銀裸子，便各多做了半箱給他送來。

魏世朝對他這舅外祖的禮物很是歡喜，所以當賴雲煙與他商量，讓那多的半箱金珠子留著他日後打賞人，另外那半箱多的銀珠子就打賞給那些向他賀宴的人後，他還頗有點不捨；但魏世朝在擺於床前的兩個箱子的陪伴下睡了一夜後，第二日早晨還是朝賴雲煙點了頭，終於捨得把他的銀珠子給賞出去了。

賞銀珠子時，他看那些被賞的人個個都笑咪咪地看著他，小公子打賞人的時候也覺出了舒服之感，別人朝他笑，他便朝別人笑，全都樂呵呵的。那天，所有的人都過得很是歡喜，等到人全散了，那笑聲都似還留在原地的上空中沒散盡一樣。

人走後，小公子這天有些失落，在夜間睡覺時拍著胸口向他娘道：「世朝這裡不舒服。」

「那娘親親？」賴雲煙撫摸著他的頭髮笑道。

「好。」魏世朝想了想，點了頭道。

當晚，魏世朝睡得香甜，賴雲煙夜間醒來兩次替他掖被，在暗淡的燈火裡，每一次她看著睡夢中的他小小的嘴角微微翹起、看著他睡夢中的笑，她的心便無比平靜安然。

就算他是她不得已生下來的，但他是她的孩子，她會盡她最大的能力來守護他，讓他活得自在安寧。

第三十七章

這日清早聞了雞啼聲後，魏世朝起床站在屋子中揉著眼睛讓秋虹、冬雨給他穿衣裳，那廂賴雲煙靠在床頭微笑地看著他迷糊的樣子，伸手掩嘴打了個哈欠，想著等他早間功課完畢就領他去山下開店的大婆婆那兒吃米粉。

「夫人。」這時春花在門間報。「大公子來了。」

賴雲煙起身，剛下地讓走過來的秋虹替她披上外衫，就看到魏瑾泓手上拿了一把淡紫色的小花進來了。

他隨意地把那把小花放到了桌上，朝魏世朝走過來，嘴間道：「何時醒來的？」

「雞咕咕叫的第二聲，孩兒就起了，娘有幫孩兒數。」魏世朝大力地揉了下眼睛，朝父親稟報。他與父親已經商定好，起得越早，唸好功課，就能隨娘親下山去玩耍。

「如此便好。」魏瑾泓走到兒子跟前，讓丫鬟退下，他則把兒子抱到他身後的凳子上坐著，自己蹲下身，拿過丫鬟手中的小鞋替小兒穿鞋。

「爹爹……」魏世朝搖著穿了薄襪布的小腳板與他道：「今日世朝想去捉魚兒。」

「與娘說過了？」魏瑾泓替他穿好一隻鞋，這時抬頭問他道。

看著父親的臉，魏世朝「呃」了一聲，轉過臉，眼巴巴地朝母親的方向看去。

「世朝想跟誰去呢？」這時在屏風後穿衣的賴雲煙笑著問道。

「跟保宜，還有椿哥。」魏世朝報道。

「可今日午時要習字呀……」賴雲煙嘆道。

「世朝習好再去。」魏世朝想了好一會兒才嬌聲地答，雙眼連眨個不停，他知只有得了娘親的答，他才去得成。

一邊的冬雨見著，忙幫話道：「小公子聰穎，定能把今日的字習得好。」

「是呢，世朝習得好！」魏世朝一聽冬雨幫話，忙連連點頭。

他學會清楚說話後，賴雲煙便不斷跟他說話、談話，從他玩的金珠子，到歡喜見過的哪家的小小孩兒，她都會就著他眼睛所看到的事物跟他說個不停；這鍛鍊了魏世朝的說話能力，雖然年紀小小，但話語間的應答能力要比同年齡的人略勝一籌。

「這樣嗎？」

「是呢！」

魏瑾泓給他穿好鞋，聽著他們的一問一答，站起身。

這時穿好鞋子的魏世朝從凳子上滑了下來，往他娘親的方向跑去。

「娘、娘，世朝香香妳！」

他剛坐下，就聽見屏風那邊傳來小兒的這話。

「世朝可是在討好娘？」她帶笑的聲音響起。

孩兒先是沒有聲音，不多時就聽他撒嬌道——

「娘，香香嘛！」

「那世朝可是最歡喜娘？」

「最歡喜！」

一會兒，他就聽到了他們一起笑起來的聲音。魏瑾泓抬眼，眼睛掃過那沒收好的床鋪，再到她擱在床邊案桌上的書、凌亂的針線籃……等他的眼睛再回到屏風上時，那屏風後的人走了出來。

迎上他的目光，她笑容平淡有禮。「大公子就帶他去吧。」

魏瑾泓無聲站起，朝小兒伸出了手，見他過來便牽了他的手往外走，帶他去書房。

待教了小兒功課，她派人前來帶走他後，他就讓僕人去候在門口，他前去淨手。出來後，聽安在她院中的人來報，說他早間放著的那把花放到現在還是未動，想來，等到她出外回來，日到晌午，那擱在桌上的花就會萎了……到時，就又是被扔出去吧？魏瑾泓想著，淺搖了下首，微抿了下嘴，不語地往外走。

這時他走到門邊，在滿是薄霧的空氣裡候了一會兒，才候到他們出來。小兒換了青綠色的衫，這些時日被陽光曬得稍有點紅的臉這時在輕霧中顯得格外朝氣，他眼睛閃亮，笑容飛揚，看著他生氣勃勃的樣子，魏瑾泓那冷著的溫笑便真切了起來。

「爹爹，世朝穿新衣去了，娘給我做的，你可是等得久了？」

小兒朝他跑來，跑到他旁邊，執起了他的一根手指握著；前世他的兒女間，從未有一人像他這般大膽、生動、柔軟……

魏瑾泓被他握著手，那冷硬多年的心又朝兒子鬆開了一角，忍不住彎下腰，抱起了他，朝他溫和地道：「沒有等多久，新衫很好。」

「娘說世朝像剛長出的青果子，果子好看，還新鮮。」魏世朝覺得他娘讚美他的話太好聽了，就專心地記著，前來說給他父親聽。

一邊的賴雲煙沒料到小兒把她胡亂說給他聽的話學給了魏瑾泓聽，她笑著搖搖頭，先下了石階往下走。

「夫人。」冬雨攜著籃子走在她身邊，這時朝她家小姐無奈地道：「您滿腹詩書，想來能尋著更好的詞誇我們小公子。」

賴雲煙笑了兩聲，朝魏瑾泓懷中的小兒看了兩眼，這才與冬雨說道：「想不出了，這可是我心中最好的詞了，不過想來像我們家小公子這樣的人物，這書上也是尋不著更好的詞來說他了。」

冬雨聽了頓時有些生臊。

這時魏瑾泓抱著魏世朝走到了她的身邊，抬眼看了她好幾眼。她很擅長說話，一直很是知道說什麼話討人歡喜，就是如此，當年她離開魏府後，也知道怎麼用最簡單直接的話語刺得他連去見她一面都不行；只有到最後，央了她的兄長，他才見了她最後一面，就是如此，她眼中的估量與謹慎，也還是讓他的心直往下墜，就跟當初她第一次讓他離開他們的臥室那樣痛苦不堪。

瑤水城的日子先是過得很悠閒，但魏世朝自生辰後，就開始識字、寫字，玩耍的時日確也是比以往少了。

魏瑾泓有事，經常出門，就想讓身邊帶著的門客守著魏世朝唸書，這一點，他提了兩次，賴雲煙都搖了頭。

「京中小孩能學會的，我的孩兒也學會了之後，他可以多去玩耍。」賴雲煙說這話時，眼睛直接看向魏瑾泓的臉。

「他聰穎，可多學一些。」

「他還小，能多學到哪裡去？多學這一點了，還能讓他小小年紀就成為你們這樣的人去朝廷上廝殺不成？」賴雲煙稍帶譏誚地翹了翹嘴角。「大公子太心急了，好歹等到他滿了十五再說。」

「妳……」魏瑾泓皺眉，但想及小兒那不只是聰穎，就連悟性和記性都要比一般人強不知多少的事，他還是沒再說話，就讓她再教兩年吧。

這時京中魏府來信，說祝慧真有孕。

而長兄賴震嚴給賴雲煙來的信中，就像之前來的每封信一樣，字句皆道的還是她與她小兒的安危，詳說的都是日常瑣事，尤是切切叮囑她不要貪圖玩耍，病了身子。

賴雲煙只有從舅父給她的信中得知嫂子身子不好，但兄長公務繁忙，她便瞞了兄長重病之事，差點病亡；兄長恰逢此時升至吏部侍郎，公事纏身，在知情嬌妻病重之事後憂慮不已，再加上嬌兒也是身子不佳，他現已處在焦頭爛額中。

任金寶見形勢不對，已攜妻，還帶著方大夫，還有他藥鋪裡最好的大夫趕到了京中，讓舅母親自照顧外甥媳婦這對母子。賴雲煙見舅父已經出手，心中就算焦慮，但還算沈得住氣。

家中之事，她沒有說給魏瑾泓聽，但到了十月底，又接京中舅父之信，她才知魏瑾泓寫了信給舅父，讓舅父在京中要是有衙門之事，可拿他給的託信去找楚侯爺。舅父信至末尾，又道他在京中這段時日，生意之事受了一點他查不出來的助力，問賴雲煙是否知情？賴雲煙接信當晚看罷信，思量了許久才寫了回信。

等她的人拿走信後，她看了看床上沈睡的小兒，轉身走到門邊，問門邊守夜的春花。「剛剛大公子來過？」

「來過，聽說您在看信，他就走了。」春花輕聲地道。

「可有說何話？」

「未置一語。」

賴雲煙輕頷了下首，欲要轉身，就又聽春花猶豫地道——

「奴婢有一話不知當說不當說？」

「說吧。」賴雲煙看著她，淡淡地道。

「大公子這些時日，每日夜間這時都會過來看一眼，並不是只有今晚來過。」

當瑤水城入了冬，天氣變得冷了起來，小溪間的水也冷得徹骨後，小學子們才跟了自家的大人各回各族、各回各家，熱鬧了一會兒的瑤水城就又安靜了下來；因他們的回去，這時的瑤水城靜得讓人悲傷。
失去了以往那些在身邊成群結隊的小夥伴，在裡頭交了好幾個好夥伴的魏世朝好幾天都悵然若失，做什麼事都提不起精神，便是唸書習字的心情也沒有了。這天他沒有忍住，總是問賴雲煙，他的小夥伴什麼時候才能回來？
賴雲煙回答他。「等到下一個季節，大家的翅膀上都長出羽毛了，能飛到高空上，你亦如此，那時你們必會相見。」
魏世朝的下一句話就戳穿了他娘親過於浪漫的回話。「可是孩兒跟寶山他們都沒有神山爺爺所有的翅膀。」
魏世朝聽長老說過，瑤水的神山爺爺身上長了對大翅膀，能飛過最高的山，直達天庭；可那是神仙才有的翅膀，他跟寶山他們都沒有，說罷，還摸了摸自己的肩膀，確定了自己話中的真實性。
賴雲煙笑，緊緊抱住他，她抱著他笑了一會兒，才道：「要等你們長大了，且要有緣，你們才會相見。」
「要許久嗎？」
「要許久。」
魏世朝就沈默了下來，小臉上一片黯然。
「孩兒可不可以帶他們走？」他問道，並說：「孩兒把金珠子給他們，他們拿去讓他們的爹娘跟路上的阿婆換餅吃，這樣就不會餓肚子了。」

賴雲煙聞言，臉上的笑也傷感了起來。她養的孩兒終不是自私之人，他知道對那些對他好的人好，這真是太好了；可是，他是他們的孩兒，這幾年間，不知要去多少地方，要面臨多少聚散，要是次數多了，把他小小的心也磨得硬了怎麼辦？

「他們要跟著他們的爹娘過活，他們還有別的路要走，就像世朝要跟著爹娘過活，要跟著我們一起走一樣。」賴雲煙輕輕地回答他，忍不住在他的頭髮上輕吻了一下。她很珍惜他，真是捨不得他傷一點的心。

魏世朝沒再說話了，他轉過身，伸出小手抱著他娘親的頭，默默地在她的肩間流淚。

在這個冬天來臨的第一個月，他們要離開瑤水城，去往下一個四季如春的小城避寒。賴雲煙跟魏瑾泓商量過，這次離開他們得在夜間毫無聲息地走，不要驚動當地百姓得好，魏瑾泓應了好。這夜夜間，一行人沒弄出什麼聲響，離開了半山上的住宅處。

只是轎聲悠悠，馬蹄噠噠，再怎麼謹慎地不發出大的動靜，一隊近五十的人馬還是弄出了一些聲響來；當他們剛到城口，還沒出城門時，身後便追來了不少當地的百姓，送來了不少早就製好了備妥當了的乾糧。

這時賴雲煙懷中剛才還半睡不醒的魏世朝突聞保宜、椿哥他們的聲音，猛地從賴雲煙的身上坐了起來。

賴雲煙伸手把他身上裹著的狐皮襖穿好，放了他下地。她靜坐在轎中，掀開布簾，在奴僕手中提著的燈光裡，看著這幾個小夥伴告別。

不知世朝說了何話，保宜哭了起來，把手中的包袱塞給了世朝，就哭著跑走了；椿哥也擦了眼，把手中的包裹遞給了站在他們旁邊的僕人，又把世朝的手放到僕人手中後，他給世朝緊了緊襖子，最後朝世朝作得一揖，就擦著眼淚，一步三回頭地走了。世朝站在那兒看著他們遠去，小臉上全是淚。

賴雲煙在轎中看著他，直到他再也看不見他們了，她才下了轎，抱了他回來。

這時，前面的護衛再次領隊，騎馬的魏瑾泓過來把哭著的魏世朝放到了自己的前面。

魏世朝的手緊緊地抱著他，哭著道：「父親……」

魏瑾泓拍了拍他的肩，安慰他道：「別哭，爹爹在。」他在揚韁時，看了賴雲煙一眼。

「去吧。」見他不語，賴雲煙朝父子倆頷了下首，讓打簾布的丫鬟放下手。

等簾布一下，轎中只有明珠發出的幽暗的光，賴雲煙拿布擋了珠子，身子往後躺去，伸手揉頭，疲倦地輕嘆了口氣。

月有陰晴圓缺，人有悲歡離合，無論年紀大小，世事對誰都大概如此。

第三十八章

幾年後，魏瑾泓與賴雲煙在經過多年的遊歷後，終於帶著兒子回了京城。

這時魏府內，一位清俊童子帶著僕人行走在青石板路上。

「給祖父大人請安了。」一進祖父院子，魏世朝一看到長鬚紫袍、神采矍鑠的老者，忙眉開眼笑道。

「來了？過來。」膳後就回了他的書院等候長孫的魏景仲微笑道。

「是。」魏世朝穩步走了過去，走至書案前就跪坐了下去，肅了下小臉，道：「孫兒給您磨墨吧？」

「嗯。」剛剛正在練字的魏景仲輕頷了下首，又重提了筆。

一炷香後，魏世朝磨墨畢就開始默寫《禮記》，他每次見魏景仲就默寫一段，不用翻閱，每段都能接著前次的來，一字不錯。

他有個父親極不屑、母親卻覺得極有本事的老師跟他說過，人的嘴皮子再厲害也不及真功夫的強，想讓人刮目相看，就得有投其所好的真本事。

祖父喜好讀書的人，魏世朝就打算趁這段時間把他記下的幾本經書默下，就當默習鞏固了一遍，反正他寫字速度快，誤不了什麼事。

舅父也說了，擒賊先擒王，他要是想在這以前沒住過的府裡繼續當他的小公子，那就得把說話最算數的那個人拿下；按祖父大人對他的看重，魏世朝覺得他現下做得不錯。

等他默寫完三張紙放下筆後，見祖父看向他，一直肅穆著臉的魏世朝含蓄一笑，朝魏景仲道：「孫兒寫得不好，讓祖父見笑了。」娘親說了，內心再得意，面上打死都要謙虛，哪怕回去之後自己都忍不住給自己寫幾份表彰書，也忌當人面露出得意之情。

魏景仲撫鬚頷首，又拿過他寫的一頁紙，從頭看到尾，見端正有力的字從頭到尾未錯一字，行文中未往外沾一點墨，他又朝孫兒的手看去；聽說他從小是被綁了沙包練字的，練得不好，就會被罰打，他兒子清雅，但看來，教兒卻是很有一套。

魏景仲是嚴肅之人，這時臉上也是和藹了起來，與他道：「明日與祖父一道去書院，帶你去見見幾個當世大儒，到時可要知禮。」

「孫兒知曉了。」魏世朝微一轉身，對著他行了跪磕之禮。

「起吧，夜深了，回去休息。」

「是，請祖父也早些歇息，明早世朝再過來給您請安。」

魏景仲忍不住欣慰地笑了起來，撫鬚頷首。嫡長孫不愧為嫡長孫，比二兒養出的那幾個孫子要機敏孝敬得多。

魏世朝剛出了門，賴絕就跟在了他的身後，走了一段路後，賴絕輕聲道：「我來揹揹你。」跪坐了這麼久，想來腳都跪疼了。

「不揹了，我走著回去。」魏世朝腿上是綁了軟包的，跪久了疼倒不是太疼，就是腿有點木，在老人面前又得端坐著，確也是有些辛苦，此時還不如走走，活動下筋骨得好。

「小公子。」這時前面提燈籠的下人回過頭朝他示意周邊沒什麼人了，賴絕便走到了魏世朝的身邊，勸哄道：「讓我揹一會兒吧，見我揹你回去，孩子他娘一會兒還會允我多喝盅酒呢！」

魏世朝聽了哈哈笑出聲，忙七手八腳地往彎下腰的賴絕身上爬，等賴絕揹上他往前走後，他拍了下賴絕的肩，道：「冬雨不給你喝，我改天去舅外祖那兒要上幾罈給你！」

「不成。」賴絕嘆氣。「她鼻子比狗還靈，我藏不住。」

「沒事，藏我那處！」魏世朝打算全都包辦了。

「如此甚好，這事我跟賴三兒他們幾個也說一聲？」

「說吧！」魏世朝點頭。

冬雨一直候在外院，見相公揹了小公子回來，忍不住笑了，伸手欲要去抱魏世朝，魏世朝卻從賴絕身上跳了下來，她忙去給賴絕整理衣裳，這時聽小公子問她孩子們睡了沒，她便笑道：「沒，小姐正哄著他們。」

魏世朝忙跑進了門，一進門就見冬雨的孩兒和秋虹的孩兒都在他娘的榻上，他不由得伸出手朝他們走去。「我回來了，都來讓我抱一下！」

秋虹正在給他準備今天為他做好的新裳，打算送到他的小院子去，聽到這話便笑道：「小公子快些抱，待會兒就要哄他們睡了。」

賴三兒正在門口探頭探腦要接兒子回去，這時聽到這話，忙朝小公子道：「小公子，把寶崽抱過來，我把他接回去。」

秋虹聞言，笑看了他一眼。

「小公子哥哥！」魏世朝一過去，兩歲的寶崽就朝他伸出了手。

「寶崽要去你爹爹處？」

「嗯，爹爹！」寶崽點頭，他由賴三兒帶的時候多，與賴三兒親密得很。

魏世朝笑著把寶崽抱到了賴三兒手裡，等人抱走後，他朝秋虹抱怨道：「賴三兒都不把妳兒子多給我抱一下，我平時可是疼他疼得很呢！」

「少跟秋虹說些孩子話，快過來和弟弟們玩。」賴雲煙插話，笑著道。

冬雨這時進來把賴雲煙手中的孩子抱回了手中，跟她道：「時辰不早了，您就趕緊帶小公子回房歇息去吧。」

「誒。」賴雲煙見孩子睏得小眼閉得緊緊的，實在是沒精力和她玩了，她不禁遺憾地嘆了口氣，下地牽了魏世朝的手，和一旁直打盹的大孩子憐惜地說了幾句話，囑他乖乖睡，就帶著小兒回他的小院了。

剛出了外屋的門，在裡屋待著看案冊的魏瑾泓也走了出來。

「爹爹。」魏世朝叫了他一聲。「娘送我回屋就好。」

「一起。」魏瑾泓看了他一眼。

魏世朝的小院子就在修青院內，離他們夫妻住的院子不過數十丈遠，沒多時就到了。

這時，丫鬟、小廝們已把他屋內的燈點亮了，一進去後，魏瑾泓就朝他道：「你舅父給你的小寶刀在哪兒？」

魏世朝看向他，見父親輕皺了眉，他不由得笑了起來，看向了他娘。

賴雲煙搖搖頭，撫額道：「大晚上的，你們父子又鬧什麼事？我看得頭疼，我回去了。」說罷，就按著腦袋往外走。

魏瑾泓的眉頭皺得更深，看了兒子一眼，搖了搖頭，回過身跟在了她的身後。

近來早間賴雲煙都睡得沈，便是醒來，也要眨好一會兒的眼，眼前才看得清東西。

待她這次醒來，見魏瑾泓坐在床邊的凳子上看著她，她緩了一會兒，含了冬雨遞來的溫鹽水漱了下口，才道：「您上朝回來了？」

「嗯。」

「什麼時辰了？」

「午時。」

「都這時了？」賴雲煙是真真訝異，她怎地一日比一日睡得沈，且起得晚了？

「叫方老過來給我把把脈。」賴雲煙朝冬雨說完便輕吁了口氣，朝魏瑾泓道：「您下午還要去宮裡？」

「嗯，皇上傳我去趟御書房。」

「用完午膳就去吧。」賴雲煙起了身，穿了秋虹拿來的外裳，往窗外探了探，對魏瑾泓淡道：「天色不好，出門小心點。」

他一進京就被封為主管少府，還是有實權的少府，掌帝室銀錢，這仕宦當得算是一步登天了，讓不少人眼紅得很；要是換成她是魏母，這時候鐵定夾緊了尾巴做人，哪會在這時候還拿著她這大媳去刺激二媳？把二媳婦和她背後的祝家全哄好了來並肩作戰都來不及了！魏母要踩人，祝慧真要鬥，她們要鬧，賴雲煙便先把自己摘出來，躲得一時清閒是一時；但祝家那兒，她還是要打點的。

祝家祖母身體不好，賴雲煙已先派人去問了話，看方不方便派方大夫去把個脈，得了答訊後，便又帶了些用得上的珍貴藥材上了門。

方大夫已是京中名醫，不是誰都能請得著的，賴雲煙欲帶人過來前還先派人來問一聲，來了又帶了全是老太君用得上的拖命的東西，因此祝老太君在她來的這天上午硬是半躺了起來，摸著賴雲煙的手，說道了好幾聲「好孩子」。

老太君年齡已大，精氣已不比當年了，看著她萎靡垂暮之樣，賴雲煙心中有些難受，嘴上跟她道：「說句為難您的話，您還得再忍忍；如今岑南那邊不平靜，她不好回來，您得等等她回來，讓她陪上您一段時日才好，若不然，她這一生怕是都得……」說到此處，想及老太君若是就這麼去了，好友怕是一生都要因此難受，賴雲煙的語氣便難掩哽咽。

「熬、熬，我熬……」老太君見她語有哽意，忙道。

結果她話說得太快，都快岔了氣，身邊伺候之人忙給她順氣，又餵她喝了參茶，賴雲煙這才敢說話，卻也是不敢再刺激她了，只挑老太君歡喜的話講。「您這月可收了您曾外孫兒給您的信？」

「收了。」老太君笑，與她道：「每次都五封，連上她的，一共六封，每次都跑不了，虧得她有心，不忘我這老婆子。」

「說來，小世子們可從沒跟我寫過，只有慧芳與我提過幾句他們的事。」賴雲煙嘆道。

跟她來的秋虹聽了忙掩嘴輕笑。瞧瞧她家小姐這厚臉皮，人家給外曾祖母寫信那是應該的，給她寫信是哪門子的由來啊？

賴雲煙回頭瞥了發笑的丫頭一眼後，湊過頭去與老太君道：「您看看，這丫鬟都讓我寵成什麼樣了，連主子都敢笑。」

老太君笑了起來，笑了好幾聲後才道：「就妳來看我是真心來寬我心的。」

「瞧您說的……」賴雲煙不以為然地道：「我這嘴沒遮沒攔的，什麼話都敢跟您說，不像別人，生怕會逆著您，一句話都得尋思半會，說來也都是敬著您吶！哪像我這樣嘴上像沒把門似的，一張嘴便什麼話都來。」

老太君聞言又笑了起來，道：「妳這嘴啊，還跟以前一樣，哄得人開心得很。」

「您不嫌我聒噪的話，我就常來看您。」賴雲煙笑著道。

「誒！」老太君應了聲。

兩人說說笑笑了一會兒，賴雲煙陪她用了頓午膳，還親手餵了她碗參粥吃。

賴雲煙走後，老太君身邊的婆子與前來看望老太君的夫人古氏輕聲道：「是替芳小姐過來盡孝的，說是讓老太君再熬熬，務必要熬到芳小姐回京才好。」

「嗯。」

「帶來的那參身，就跟小兒的手臂一樣大。」

「誒……」古氏嘆著氣點了頭，回身進了老太君的房。

「鍾容也是出頭了。」她一進去，老太君就睜開了閉著的眼，用眼睛示意她在自己身邊坐下，接著又道：「近日忙吧？」

「不忙，早上出門的時候說了，晚上一回來就來看您。」

「嗯，讓他酉時來，正好陪我用兩口飯。」她久時不聞屋外事，但也知慧真那丫頭在魏府的動靜，知現下魏家的那位大公子風頭正健，背後得有人把持住才行。

祝府算得上同心，但大房那兒她是管不著了，就這二房、三房還聽她的，她便幫著再最後規劃一把吧；便是拖，她也沒幾個年頭可活嘍，但願真能熬得到她的心肝乖孫女回來陪她的那天……

第三十九章

此時魏瑾泓的日子算不上好過，他一回來就被皇帝重用掌管少府，少府下面各司部的事情就算他心中有數，但真跟這些身後皆有背景的下官共事時，問題就一一出來了，饒是他是大家出身、皇上欽派，那些背景皆不弱的下官陽奉陰違的也還是多不勝數。不僅如此，家中也不太平，蕭家又想送一個表小姐進來，賴雲煙那個女人嫌他現在後院女人少，不夠給她出去跟人露臉說自己是賢慧的，便慷他之慨地說她樂意多個人，當著蕭家人的面把頭給點了；而他卻得跟他兒子去解釋，說他沒跟他祖母一樣，在等他娘死翹翹。

對，還有兒子私下跟他說話的語氣問題，他還得花時間好好教教，死翹翹這等詞都出來了。

還有她給世朝找的那些亂七八糟的先生，有幾個拉家帶口來了京都安家，她差了僕人拿了銀子去辦，大小事都要過問一遍，連其中一位愛去勾欄院的先生，她都找了極厲害的人管著，但他魏家雞飛狗跳了，她卻只會讓自己「病」得連床都起不來。

魏瑾泓得了這麼個妻子，卻不能像前世那樣休了她，現下只能忍一時、算一時；說來，實則也是不忍心，她身上確也是病著，得養上好一陣子。年前他接了皇帝的令回京任官，回京之時天上下著鵝毛大雪，他們一行人的馬被人下毒，半路發作，瘋嘯狂奔，她抱了小兒跳出了馬車，摔斷了腿不算，肺腑也跌出了血；又為讓他趕上皇上當朝下旨的時日，調來的精馬讓他先騎了回京，她耗在風雪之地裡等了一夜，這才等來了救援的馬車。

他這時上任少府，已是眾矢之的，這事便如了皇上之意，不再追究下去，她自也沒跟誰說起為何大病之事，便是賴震嚴與任家那邊心中有數，也如她的意思沒有宣之於口，只在私下與他一樣在查禍起之源。

他焦頭爛額，如今她袖手旁觀，他也無話可說。

這日魏瑾泓回府，得知世朝隨祖父出去還沒回來，就先去了母親處請安。

魏母一見他，說罷幾句問及身體的話後，便遲疑地問：「昨夜又是請了大夫在看？」

「是。」

「又是怎地了？」

「胸口有些喘不過氣來，扎了兩針就好了。」

「唉……」魏母說到這兒，搖了頭，嘆氣道：「這孩子是個不順的，真是可憐，一想她我心口就揪得發疼。」說著眼底泛了淚，拿帕擦了下眼，與大兒輕聲地道：「想來她現在這身子不行，又是個賢慧的，你就別讓她操心了，去外屋好生歇著，你陪著她，她反倒不安心。」

魏瑾泓在心中輕嘲了一聲，臉上神色不變，淡道：「母親說的是納妾之事吧？您就別替我們操心了，她身子不好也是為著我，別人不知，您是知的，這時納妾，孩兒心裡過意不去，您就別再提了。」

他如此直言，魏母怔住，一時半刻沒接上話。

這時魏瑾泓站了起來，對母親道：「此事您就別再跟任何人說起了，爹要是知曉了，怕是得道孩兒的不是了。」

了娘的。

魏母忙勉強笑道：「怎會？」

魏瑾泓搖了下頭，再作一揖就走了。

他走後，魏母跟身邊的吉婆子黯然道：「出外了幾年，到底是跟我生疏了。」

「唉……」吉婆子也跟著低低地嘆了口氣。

魏母看著魏瑾泓離去的方向，悵然地嘆了口氣。她這爭氣的大兒啊，沒料也是個有了媳婦忘了娘的。

這年的五月，天氣炎熱了起來。

這天氣一熱，賴雲煙的胃口就更不好了，為此任金寶讓江南那邊捎來了楊梅，賴震嚴則偷偷摸摸地從自家裡送冰塊過來，就好似魏家苛待了他妹子一般。

賴雲煙覺得也挺好玩，自家兄長送得悄悄，她也就悄悄接了。

這事弄得魏瑾泓臉上相當的不好看，現在的魏家哪敢苛待賴雲煙絲毫半點？可她非要用此暗中擠兌他，他是忍了又忍，忍無可忍之下，只能找賴震嚴說這問題去了。為了不用她的銀子，這幾年他是花了相當大的功夫存私庫的，這事她多少知曉一二，魏瑾泓只當她明知情，還非讓他不好過了。

賴家送冰，被魏瑾泓推了回去，如此他每天清晨去上朝之前，總要招領大管家前來吩咐一道修青院院中的事；到了宮中，下完朝去御書房等候議事的路中，他也會與同僚聊起家中病妻的事，言語中憂慮不已，嘴邊溫笑往往也會全然褪去，眼中全是沈重。

這天賴震嚴與他同去過一道後，仔細看過他的神色，回去就與娘子撇嘴道：「妹妹說他最會裝，比她還更勝，如今我也算是看明白了她此話是何意；妳可沒看到，我看他說起妹妹的那臉，就好像我妹妹一個不行，他就要垮了一樣。」

蘇明芙好笑地看著他。「你怎麼知曉是假的？」

「這怎是真的？」賴震嚴不以為然地道：「我這麼歡喜妳，妳病了我心裡跟被刀子割一樣疼，一生也只會有妳一個妻子；但妳要是哪天去了，我也不會垮，國事、家事我都還要顧好，哪還顧得及去垮？」

「那是因你是個有擔當的男人，便是天都掉下來了也弄不垮你，別的人怎及得上你？」蘇明芙把他的手臂抱到懷中，頭靠著他的肩，把別的人都嫌棄完後，嘴間淡淡地道：「我捨不得你，定要你走了我才走，我得活到長命百歲。」

賴震嚴點頭，順著妻子的話意，很是自然地接話道：「那妳比我多活兩年吧，替我多顧著妹妹兩年。」

蘇明芙聞言咬嘴笑，用手輕輕地捶了他兩下，真是不解風情。

賴震嚴也笑了起來，握住了她的手，把她的手指弄開，五指交纏後才道：「我走了妳就跟著我走吧，我怕別人護不住妳。」

到了五月底，天氣是越發炎熱，朝中也是因立后之事動盪不已。元辰帝於四年前在魏瑾泓遊歷途中登基為帝，原來的元配皇子妃早逝，登基那日他並未封后，現下四年都過去了，朝中以太師為首，都在逼他立后。

元辰帝也是個扛得住的皇帝，上世他硬是扛了十年，待立了太子才立皇后，這世賴雲煙估計他若想按這節奏來怕是不行了，今世不比上世，元辰帝這次的上位比上世有點像撿便宜般得來的帝位要艱難得多了。

這世他用得的人多，欠的人情也多，想躲乾淨？那是沒門的事；那些提著腦袋幫他謀帝位的人，可不是那麼好打發的，他就是嫌煩，想把他們一個個都收拾了，也不是一年、兩年的事。

這不，在天氣最炎熱、人心最浮躁的時候，這些個老臣子仗著自個兒的身分，一個一個往宮中去逼皇帝立后了。有些個老臣，那叫一個老奸巨猾，皇帝跟他們打哈哈，他們就乾脆一跪一磕頭，當場就暈給皇帝老子看；他們也不死乾淨了，他們就是暈，捨不得死，這個暈完，換下一個暈。

賴雲煙聽道宮中又暈了一個老王爺後，很是為元辰帝掬了一把同情的汗，這皇帝爺過得也是不輕鬆，這才登位幾年啊，啥鴻圖大願都沒展開，就光為著這些個想操縱他的老臣忙得團團轉了。廢太子還沒死不算，這些給他找麻煩的老臣子這次暈了，隔段時日，下次又哆哆嗦嗦地來暈給他看，賴雲煙一想皇帝過的那日子，也是樂得很，這得抱多少如花似玉的美人，這氣才喘得順啊！

她這裡在隔岸觀火，魏瑾泓卻是皇帝近臣，又跟皇帝有那麼多不可言說的事情打底，皇帝一不痛快了，就傳他進宮商量事情，這日日夜夜的，耗在宮中的時辰就要較以往多了。

他不大進家門，魏世朝在這天早起跟父親一道用早膳之際，很是奇怪地問他。「爹爹您昨夜是不是又進宮了？是上完早朝才回來的吧？」

賴雲煙聽了清咳了一聲，魏世朝聽到，忙伸出手拍了拍她的背，叮囑道：「喝慢一點，誰催著妳了？」說罷，拿過她手中的勺，餵她喝了兩口，這才作罷。

魏瑾泓冷眼看著小兒的那作態，不聲不響地悶喝了一口粥。

「又有臣子暈在皇帝陛下的華極殿裡頭了？」魏世朝回過頭又問。

這話一說，把賴雲煙逗得差點又笑得咳出聲來。她這孩兒，可真是個萬事通，啥都曉得。

魏瑾泓聞言，瞪了小兒一眼。他放任她養兒，養了這麼多年，終是養出了這麼讓他又怒又恨，卻又真是讓他萬般歡喜的孩子出來了；又想及無論他回來得多晚，小兒都會讓下僕叫醒過來與他請安的事，魏瑾泓這怒臉也是擺不出來，只能淡道：「朝中之事，不是你一小兒能管的。」

「孩兒不想管。」魏世朝聞言，頗為嚴肅地搖搖頭。「只是您不能再這麼操勞下去了，要是您都病了，孩兒又要照顧娘親，又要照顧您，到時怕是會荒廢學業，無心學問，便即無才能為朝廷效力，且又無才學掙銀兩與娘親買首飾戴，那才叫一個——」

「閉嘴。」見小兒那嘴一張，便要滔滔不絕地說下去，魏瑾泓終是把筷子一放，警告地瞪了他一眼。

「孩兒遵令。」魏世朝被吼，並不傷心，雙手一揖，就又挑了個包子，把薄皮小心地用筷子撕了下來，放到娘親碗裡，他則把餡放到了自己嘴裡。

吃了兩個，見父親看他，他也不忍心只自己一個人吃肉，就又另挑一個，把娘親愛吃的皮撕好了放到她碗中，把餡送到了魏瑾泓的嘴邊。「那您也吃一個？」

魏瑾泓這時哪忍心拒絕？嘴一張，就把餡含了進去，先前對兒子那微有點不大不小的不滿，也就忽略了過去。罷，這算得了什麼？兒子還是與他親暱，也並不是只認他娘一人的，他是他魏家兒，他不能對他比她對他差。

說來，皇帝老召魏瑾泓進宮，那是去找安慰的還是商量對策的，有的是人這麼猜；外面都這樣傳，賴雲煙跟人面露的也是這麼個意思，但心中到底都是對此很不以為然。

這皇帝、臣子都不是什麼好鳥，哪有表面看起來這麼簡單？賴雲煙也不知道這兩個老奸巨猾的人在商量什麼事情，心中存著警戒，但到底這也是兵來將擋、水來土掩的事，只能等著他們把事情發作出來才知道真相了。

至於家中會不會為此而有凶險的事，她目前還是不大擔心的。這一過去就是近十年了，兄長已不再是當初她轉世時的那個兄長，他現下知道的事情怕是只比她多，他與賴家的路以後怎麼走，他心中是有數的。

再然，兄長是個性子霸道的人，就像他的妻子自有他護著，他的妹妹自有他疼著一樣；他不喜別人對他的事情指手畫腳，賴雲煙也是不想對兄長多加干涉，損耗兄妹感情，自也是必須要提醒的才透過嫂子多言幾句，別的，她是一字也不會去與兄長多言，挑戰兄長威嚴。

所以她心中就算暗猜這皇帝、臣子怕是在打什麼鬼主意，也是靜觀其變，什麼也沒多說，便是孩兒，她也沒有多去提點；這種事，她也不想世朝太早接觸了，儘管他早晚也避免不了，但他年紀還是太小。

這時皇宮中不太平，臣子、皇帝都在耍心眼，魏府這裡怕也是天氣熱了，接連不斷地出事。天氣一熱時，族裡的人老往魏府這裡來取冰塊還有瓜果，派的都是老人帶著小孩來拿，這不給不行，給少了人家哭鬧埋怨，次次都如此；終有一次，魏母動了氣，給了來取物的一個老人沒臉，那老人是個輩分比她還大一截的，見她如此，扯了腰間的腰帶往她房梁上一甩，就要上吊！

這可把魏母房中的人嚇得，聲聲叫著活祖宗，把人抱住了，去請賴雲煙。賴雲煙裝病不起，最後還是請了二媳婦過來，被祝慧真裡裡外外一道話勸哄住了，得了比原先要的還多的一份瓜果，還有兩箱冰，這才出了門去。

這些小事且是其一，這時族中族老見魏瑾泓官拜少府，主了皇族中的金銀，來託事謀位的人也就多了。這便是謀個採買，也是盡撈油水的事，魏家的人是真沒有一個想過這種事落不到他們身上，想的僅就是看誰家厲害，能從魏家這裡先把好位置謀走；所以待魏瑾泓官定一段時日，又受皇帝如此青睞，來往魏府的人更是多不勝數。魏母一日半月地接待幾個那是風光，時日一久，謀位的人得不了准信，人見多了的魏母臉色也是不好看。

她也是被夫君叮囑過，不能收這些個人的禮，所以她一分好處都沒得，還得盡聽他們的埋怨，於是這些人再來，她也是不見了；她是當家主母，一次、兩次不見，這無不妥，但多次不見，就成了話柄，被告到了魏景仲那裡去了。魏景仲便又私下訓了她一次，口氣甚重，把魏崔氏訓得都掉了淚，自第二日，再請大媳婦不來，她就把祝慧真帶在了身邊。

賴雲煙這邊得知祝慧真又幫著魏母理事後也是鬆了一口氣，按她說，有著祝慧真這麼一個媳婦，已是魏家祖上有德了，魏母還老跟二兒媳作對，也是好日子過得太久了。

不過祝慧真這人吧，賴雲煙也真是喜歡不上來，她這一幫著管家，這小心眼的毛病沒幾天就出來了，給修青院送的東西，總是要晚那麼一會兒，為此，賴雲煙也沒打算忍著，這晚魏瑾泓回來後，她就跟魏瑾泓說了這事。

魏瑾泓一聽她上午要吃的鮮果到中午才送來，什麼話也沒說，還未坐定的他一轉身就出去了，不多時，他就帶了鮮果回來，沒過多久，魏瑾瑜就與祝慧真過來賠了罪。

賴雲煙這果子還沒啃上兩口，忙吐了出來，讓丫鬟拿走殘果。

魏瑾瑜與祝慧真道明來意，施了禮、賠了罪之後，賴雲煙還沒開口，魏瑾泓就開了口，這時他嘴角的溫笑不見，眼睛也是微冷。「娘讓你們幫著管家，那就好好地管著這個家，可不是讓你們當著來輕待嫂子的；要是當不好，我自會去族中找人過來幫著當好，下不為例。」

媳婦當家，魏瑾瑜要錢也方便，這時忙又拱手道：「是我們的不是，還望兄長、嫂嫂多諒。」

祝慧真這時再朝賴雲煙一福身，眼睛含淚，道：「是我不知下人怠慢，慢了給您送的吃物，以後那下人若是再犯，我定會提了那賤婢過來，打死她向大嫂謝罪。」

賴雲煙這氣還沒順平，乍聽到她這殺氣騰騰的話，眼皮都不由自主地微跳了一下，但她也不說話，只微垂了垂頭，等著旁邊的男人說話。

她與魏瑾泓鬥了這麼些年，其中得益多少暫且論不出來，但這地位還是跟上世一樣，鬥著就鬥出來了。

她不開口的話，那麼……

「妳這話是何意？」魏瑾泓深眸直視向祝慧真。

祝慧真頭一低，急速一福。「我只是想教訓了那——」

「即使要教訓人，也要當著你們病中也還要禮佛的嫂子面前打死人？」魏瑾泓這話是衝魏瑾瑜說的，眉頭深鎖。「這才當幾天家，就嚇唬到你們嫂子面前了，過不了幾天，是不是要趕我們出這府了？」

他話一出，屋內鴉雀無聲，靜得連人的呼吸都能清楚聽見。

這廂門外，手中拿著書本的魏世朝也擰了擰與魏家人相似的眉頭，站在門口沒有進去。

這年六月末的一個晚上，睡在床上的賴雲煙突然喘不過氣來，睡在榻上的魏瑾泓被驚醒，急叫候在外院的方大夫進來，扎針、灌藥都行了一遍，賴雲煙才在第二日的下午醒了過來。她這一次突病，急壞了賴、任兩家，任金寶與賴震嚴都守在了修青院。

賴雲煙醒後，魏府庫房裡那從裡側搬到外側的白帛，又悄悄地搬回了原位，此事府中除了魏母與大管事知曉，另兩個知情的人就只有春暉和魏瑾泓了。

送走任金寶與賴震嚴兩家人後，當夜，魏瑾泓守了賴雲煙一夜。

清晨待她睜開眼，眼睛在房內找她的丫鬟時，魏瑾泓閉了閉眼，乾啞著喉嚨道：「當年，是真不知妳有那麼難。」

「嗯？」賴雲煙沒找到丫鬟，聞聲困惑地看他一眼，便又調頭往屋外喊。「冬雨？」

「是。」守在門邊的冬雨忙應。

「水。」賴雲煙這心總算安了下去，她都快渴死了。

等喝下冬雨端來的水，解了渴的賴雲煙才朝魏瑾泓看去，道：「您剛要說何話？」

魏瑾泓輕搖了下頭，嘴邊是常掛著的溫和笑意。「無事。我現下欲去宮中，有事妳叫僕人來喚我。」

「去吧，這兩日煩勞您了。」被他照顧了兩日，賴雲煙現下也很是客氣。

等他走後，累倦的賴雲煙朝冬雨輕道：「我怎覺得我這身子不聽我的話了。」

「您的意思是？」冬雨跪在了她的身前。

賴雲煙仔細想了一道，從大夫到煎藥，用的都是她的人……其中是哪兒出問題了？

「我要回娘家一趟。」只有回了娘家，她才能弄明白，到底是她這身體的問題，還是這府裡哪裡出了問題；還是說，有了世朝後，魏大人最終還是覺得弄死她最為妥當。

「是。」

「先不用備東西，讓我來跟大公子說，也別跟世朝露了口風。」

「奴婢知曉了。」

「我帶秋虹回。」得留下冬雨，探知這府裡的事情；要不是她身體的問題，那麼她得弄清楚了，這次到底是何方神聖要她的命？

「是。」冬雨應了一聲，突然鼻酸了起來，過了好一會兒她才緩平了心中情緒，與賴雲煙道：「小姐，帶著小公子回吧？」要是真有那暗中害小姐的人，小公子可怎麼辦？

「世朝？」賴雲煙輕呼出了一口氣，思量了半會，才道：「帶著吧，帶著吧。」明知不妥，但也還是要帶著，要不然不放心吶！

「妳要回娘家？」

「是。」

「這時？」

「是。」

「為何？」

賴雲煙抬眼，看著眼前那俊雅內斂的男人。「我這段時日昏昏沈沈，大人不會當是我真病了吧？」

「妳懷疑有人在給妳下毒。」魏瑾泓嘴角的笑慢慢地冷了下來。

賴雲煙不語。

「懷疑我？還是懷疑娘親？」他淡然道。

賴雲煙依舊不語，垂首看著自己的膝蓋處，懷疑誰都沒區別，她所能確定的是，上世她沒讓自己死在這府裡，這世也會一樣。

「回吧，我送妳回。」

「世朝可能讓我一起帶去？」賴雲煙的語氣是溫和的。

魏瑾泓久久無語，他沒有看賴雲煙，頭一轉，直接看向了窗外。良久，他道：「要住多久？」她不退，那他再退。

「一個月。」賴雲煙說到這兒，苦笑了起來。「就一個月吧。」她不能要得太多了。

「太長。」

賴雲煙頓了頓，轉頭看向他，道：「跟外面就說我的病適宜在娘家養，就不會有太多的閒言碎語。」

「妳既然想到了，就依妳的意思。」魏瑾泓徑直起身往外走去。

十年了，十年都過去了，還是沒換回她幾許信任。

第四十章

進了賴府，蘇明芙迎了她。

這時賴震嚴還在宮中，但為了賴雲煙的回門，他想法子把賴遊弄去了別院，其中還有賴畫月和她的兒子。

「兄長此舉不妥。」賴雲煙見了蘇明芙，等世朝隨著來請安的煦陽走了，下人退去後，才與蘇明芙道。

「無不妥，父親也是想去別院散散心。」蘇明芙說到這兒，淡淡一笑。「再者，父親願意見誰就見誰，哪是我們這些小輩們勸得住的。」

賴雲煙聞言，不禁笑了起來。這倒是，儘管賴遊跟廢太子還糾纏在一起對賴家不是什麼好事，可賴遊這「親庶女，遠嫡女」的行為看在別人的眼裡，以後他們就是各不相認，也沒什麼好奇怪的；賴遊也是老糊塗了，才真帶了賴畫月去別院。

姑嫂倆談得幾句話後，就有丫鬟進來報大夫來了。

「是舅舅家藥材鋪的大掌櫃，進京有點事，本來前幾天要走的，逢上妳出事，就留了下來，等給妳探過病後再走。」蘇明芙道。

「嗯。」賴雲煙沈吟了一下，靠近蘇明芙道：「讓他等兄長回來了再來吧。」

「嗯？」蘇明芙微有點不解。

「我有點事與你們說。」

這事，她一人查，顯然不妥，如若讓大掌櫃的幫著驗梅，兄長、舅父肯定是都會知曉的，還不如等兄長在的時候說了，也好商量著怎麼守口風，不讓世朝知曉；這事，不管是不是出在梅子上，她都不想讓兒子知道什麼。

見賴雲煙神態自若，蘇明芙還當沒什麼大事，只是到晚間，他們夫妻倆從賴雲煙口裡聽到梅子的事，又逼問出梅子是誰給的之後，賴震嚴板起了臉，蘇明芙則好半晌都沒說話。

「世朝還小，又與我自來親昵，知我貪嘴，就常在外尋些好吃的零嘴與我，這事要是給人鑽了空子，還是不讓他知道得好。」賴雲煙看著皆不語的兄嫂，見自己說完了他們也不說話，挺為無奈地續道：「現下還不知是不是梅子的問題。」

「叫榮掌櫃進來？」蘇明芙看向了賴震嚴。

賴震嚴搖了搖頭，他看了妹妹蒼白的臉一眼，又靜坐了一會兒，才緩緩道：「先叫舅舅過來。」任榮是舅舅的人，可靠不可靠，要舅舅點了頭才算。

「現在就叫？」

「嗯。」

蘇明芙聽後起了身，輕步出了屋去。

這時屋內只剩賴氏兄妹，賴震嚴看向妹妹。「妳什麼時候發現的？」

「上午。」賴雲煙苦笑道：「他如往常一樣想哄我開心，拿出梅子，我才……」他們母子一直很親密，她再謹慎，也不會懷疑到自己兒子身上去；如若不是她這段時日生病喝完藥時，兒子會習慣性地拿糖給她吃，她哪會想到這上面去？

「妳怎地這般粗心大意！」賴震嚴有點發怒。

「回京後他去哪兒，我都讓賴絕和三兒他們跟著了的。」賴雲煙嘆道。「那畢竟是魏府，誰要是在其中作了什麼手腳，我哪有那麼多眼睛看得著。」

「妳就不能提醒提醒他？」賴震嚴還是不滿。

「是我的不是。」賴雲煙滿心的苦澀。這確是她的不是，老想著他還小，不想讓他過早地面對這小宅內處的骯髒。「我以後會說的，哥哥。」賴雲煙哀求地看向他，希望他不要再說下去。

這時蘇明芙又進了屋，走到賴震嚴身邊坐下後，她伸手拍了拍夫君的手臂，輕道：「煙煙正難受著呢，你就別讓她更難受了。」

「去躺著。」賴震嚴臉色鐵青，說著話時卻站起了身，親自去扶了她，陪坐在她的身邊。

屋內燭光閃爍，過了半晌，回過神的賴雲煙才與靜坐著一聲不吭、不知在想什麼的兄長道：「想起上一回，你這樣坐在我的身邊，不知是我七歲摔下河那次，還是九歲把腿摔壞那次了……」

「妳九歲。」賴震嚴想也不想地答。

賴雲煙笑出聲來。「哥哥還記得。」

賴震嚴的臉色這才好看了點起來。「妳馬虎得很。」怕她再馬虎出事，他只能守著。這時賴震嚴心中也難受，看著妹妹那蒼白瘦削的臉，薄唇抿成了一條線，口中嚴厲地道：「想來還是把妳嫁錯了人。」

賴雲煙微笑不語，伸出手去抓緊了他的袖子。沒什麼嫁錯不嫁錯的，那時，她確實得嫁魏瑾泓，嫁給九大家中的魏家，這樣才能幫不得父親喜歡的哥哥撐氣；而那個時候，她那麼歡喜魏瑾泓，確實也是想嫁給他。

「要是——」

「哥哥。」賴雲煙打斷了他的話，平靜地朝他搖首。「沒什麼不對，沒什麼錯的，路也是我選的，走了就走了。」她的路也好，兄長的路也好，都一樣，選了就得往下走，說壞說錯都無濟於事。「先看看是不是梅中有毒。」賴雲煙不緊不慢地接著說道：「如若是，再幫我想個法子，好好把這事掩過去，別讓世朝知道。」

「若是如此，那查出來的真相呢？」賴震嚴覺得這事免不了是小外甥身邊的人犯錯。

「不知者不怪，知情的嘛……」賴雲煙笑了笑，道：「哪兒來的就回哪兒去。」陰曹地府來的，就回陰曹地府去吧！

不出三日，任金寶就又再來了賴府。梅中確實有毒，裡面有種北方不常見的蜜草，嚐來甚甜，但血氣不足的人要是吃了，就會呼吸不順。

榮掌櫃也暫且留了下來，和方大夫一起與賴雲煙用藥；但此事歸根究柢，哪怕身體調好了，還是會讓賴雲煙落下病根，身子要較以前差上一截。

聞醫者之言後，賴雲煙頗有些不以為然，道：「活著就好。」能活著，有手有腳，還能呼吸，就是差點又如何？要不了命。

她看得開，神色間也無陰霾，這些年來，任金寶也算是知道他這外甥女的心性，這時也道：「嗯，差一點就差一點，要是休了妳，就跟舅父回江南，到時隨妳活。」

賴雲煙笑著看向他，眼波如水似煙。「舅父此話當真？」

任金寶被她看得背後一冷，嘴裡笑嘻嘻地道：「妳如今也是有銀子的人了，到時舅舅再給妳處好宅子住，豈不是想怎麼活就怎麼活了？」

賴雲煙笑著出了聲，與身邊的兄嫂道：「看看吧，還是自己的銀子最要緊，哪是最疼我。」

「說這麼沒良心的話，哎喲……」任金寶猛搖頭，搖完見他們家三個人都笑著看向他，他遂大大地嘆了口氣，從兜裡拿出個銀錠，塞到外甥女的手裡，翻著白眼道：「這次給妳的見面禮，總成了吧？」

「哥哥、嫂嫂呢？」

任金寶瞪她，又割肉一般地拿出了兩錠。

賴雲煙這時雙掌一拍，抵著下巴道：「還有煦陽、世朝未叫來……」

「好了。」見妹妹還要逗弄下去，賴震嚴制止了她。

這時他用眼神示意妻子出去，等她走後過了半炷香的時間，門外傳來了輕輕的兩聲輕敲聲後，賴震嚴這才開了口，與舅父道：「這事除了您和舅母，還有榮掌櫃的知情，還是別讓其他人知曉得好。」

賴雲煙感激地看了兄長一眼，眼睛就又看向了任金寶。

任金寶這時也褪去了他那張笑彌勒的臉，點了一下頭。「你們要怎麼查？」要想不驚動那小精明鬼，怕是不容易。

「這些日子，他常跟著他祖父的人出去。」他們這邊的人，沒什麼好查的；賴絕、賴三兒、冬雨、秋虹這幾個人沒什麼好懷疑的，這些近身伺候的人要是要她的命，她這命早沒了。

「從那邊查？」

「嗯。」賴雲煙看向兄長。

「已經在查。」賴震嚴點了頭，看向妹妹的臉是柔和的，也只有他的妹妹，才會在出嫁多年後，讓他的人還是聽他的吩咐，她也依然萬般信賴，以及依賴他。

「那就好。」看著他們兄妹，任金寶的眼睛又笑得瞇了起來，他等了這麼久，總算等到姊姊的小樹長成大樹了。

賴絕他們鋪了大網在查，半月後，來了結果，是魏父身邊老奴的小孫子調了魏世朝放在祖父書房外間的一包梅子。這事，魏瑾泓也知道了；再詳查，無非是那小孫子收了外面的銀錢辦的事，再查那是什麼人，就說不出個一二來了。

為著這事，賴震嚴去了趟魏府，他回來後，臉色鐵青無比。魏府這次保住了那老奴，只是把那小孫子打斷了手腳，趕出了府去；作罷，魏景仲還對賴震嚴說了一句「媳婦現今無事，而她識情禮佛，是個知禮仁義的，就別損她的福分了」，這話把賴震嚴氣得回到家後，那臉色都沒緩過來。

這次賴三兒跟了過來，見兄長臉色不對，賴雲煙便招他問了話，問清魏景仲說了什麼後，她也不禁啞然失笑。魏景仲這世也還是一樣，把她這媳婦分外當外人，要是換個魏家人，魏瑾泓也好，魏瑾瑜也罷，哪怕是世朝，看他還會這麼輕拿輕放之後，還說這麼輕飄飄的話出來不？魏大人為魏府這麼忙忙碌碌，最致命的，他一項也改變不了。

那小孫子被趕出府外，確定再也從他嘴裡問不出什麼來，賴震嚴就把他弄死了，丟在了魏府大門口，魏府那邊毫無聲息地派人收了屍。

半月過後，魏府來接人，賴震嚴沒有准，而是上門與魏府談和離之事。

這和離之事被魏瑾泓拒絕了，魏景仲不知此事竟讓賴震嚴為其妹出了頭，對賴震嚴不滿得很，但這和離之事卻是萬萬不可能的；別說她是世朝之母，且說要是讓人知曉大兒與大兒媳和離之因，他當初想不了了之的事就要公諸於世了，到時，魏家的名聲就真是要受損了。

這事，賴震嚴也知道不可行，但他提是要提的，他的態度要擺出來。

和離之事私下一鬧，也就幾人知情，隔了幾日，魏瑾泓就帶了禮物過來親自接人；賴府這邊，賴遊回了府，天天叫賴雲煙過去請安，賴雲煙也是不堪其擾，還是打算回魏府。

賴遊見了魏瑾泓，那張剛正不阿的臉上現出了幾分和善來。

他撇了大兒，與魏瑾泓喝了酒，宴上提起了小女要去魏府暫住之事，言語中望魏母和大女能多照顧一下他那可憐的小女兒。

魏瑾泓聽他說了這話，微微一笑，眼神一瞥，看向了身後的蒼松。

蒼松悄然退了下去。

「如何？」賴遊的臉色這時冷淡了下來。

魏瑾泓未答話，過了許久，他把酒杯抬起，淺淺酌了一口，才道：「這事您與雲煙提過？」

賴遊淡道：「畫月久鬱成病，你府中風景如畫，秋天更是漫山遍野的秋花，讓人心怡，我就想讓她過去散散心。」

「是嗎？」魏瑾泓笑笑，那廂賴三兒在門外恭叫了他一聲，他朝賴遊禮貌示意後，叫了人進來。

「夫人說，時辰不早了，讓您少喝一些，早些回府。」賴三兒給兩人請了安後，恭敬地道。

「喝完這盅就走。」魏瑾泓抬起杯子，朝岳父敬了敬。

賴遊冷了臉，但還是把杯子抬了起來。

一杯過後，魏瑾泓起身告辭，出院門的時候，他看到了那個細腰不堪盈盈一握的婦人；她抬起臉來，如水波一樣的大眼，瓷白似紙的臉，滿臉都是孱弱的風情，只一眼，他就瞥了過去，心中談不上什麼波動。

上世他已在這些女人身上耗盡了情愛和耐心，一面是分崩離析的家族，一面是她們還在死活爭著地位，多要塊布、多得支釵子，就是那胭脂差了，她們都要哭鬧得滿院皆不安寧，完全無視死路就在她們的眼前。她們生的蠢兒子，也一年比一年壓得他喘不過氣來，最後逼得他在臨死之前只能把族長一位轉給瑾榮那一支，以期保全魏氏一族。

歡喜她們？是歡喜過，但有過多少歡喜，後來他就有多累。

瑾縈說，這些女子再歡喜她們也是沒用的，他要是慘死在金鑾殿，哭喪中的人有她們，但穿著喪衣來皇宮為他收屍的，這些人中可能不會有一二；相反地，憎厭他活著時對她不好的、少給她一分銀的、曾損過她們臉面的，都會因他的死而拍手稱快，哪怕哭喪都怕是得狠狠掐一把肉才哭得出聲。

而賴畫月，這個他從不曾薄待過、嬌弱天真得什麼也不懂的女子，也會為她那個蠢兒子不是氏族之長而在他臨死的時候在他心口插著刀，逼他改立契紙。

她那時哭得多傷心啊，彷彿錯的人全是他。魏瑾泓大步出了院門，嘴角泛起輕笑，算來，確是他的錯，娶她逼那女人出了府，從那天開始，他就一直活在走三步、疑三步的深淵，從此不知從心底發出的歡愉為何物。

如花的美人，確實讓他得到了一時極致的慾望，但得到的多，逝去的也多；他越想要回到過往歡笑的年月，那些與她的過往就越遙遠，等到時間長到連新鮮的軀體也不能排遣寂寞時，他才終知一切都晚了，哪怕是她憎惡的臉孔，那個時候他都已經看不到了。

那世，一切都晚了，但這世，他不能再重來一遍。

魏瑾泓加快了腳步，回了她的院子，還沒進大門，就看到小兒站在門口，板著一張小臉，見到他來，朝他就是一揖。

「爹爹。」

「有話？」魏瑾泓揮走了他身後之人。

魏世朝也略一回首，他身後的人也退了下去。「是。」魏世朝抬起了眼，坦承地朝他父親道：「有人要害我娘嗎？」他曾跟父親約定過，他們誰都不跟誰撒謊。
魏瑾泓看著兒子，輕頷了下首。
「是誰？」魏世朝抬頭看著他父親的眼不動。
魏瑾泓靠近了他，彎下了腰，在他耳邊輕輕地說了幾字。
魏世朝良久都沒有再抬頭，等魏瑾泓拉了他一起往前走後，他才張嘴道：「爹爹，你打算怎麼辦？」
「你看著為父辦就好，可成？」魏瑾泓緊拉著他的手。
「娘知情嗎？」
「應知五分。」
「那毒餞……確是孩兒送到娘親嘴邊的嗎？」這一句，魏世朝問得很輕。
魏瑾泓聞言頓住了腳步，低頭看向了他。
魏世朝向他笑了笑。「別當孩兒什麼都不知曉。」娘親從小讓他養著為他辦事的人，給他銀子，教他為人做事，又把她的人全給他用，她的人就是他的人，他要是有心探知，她豈能什麼事都瞞得住他？
魏瑾泓不語。
魏世朝這時便又輕笑了一聲，不再問了。娘親說，那通往瓊樓玉宇的一路上，是一路的骯髒；他以前還不懂這是什麼意思，如今，算是有點懂了。

第四十一章

「他想把賴晝月塞到你府裡去？」兩人往外走的時候，賴雲煙低聲跟身邊的男人道。

「嗯。」

賴雲煙冷笑了一下。她出了院子的門後，直接對賴三兒道：「去外門。」給他再請什麼安吶？他這個當父親的都要撕破臉了，她也陪他唱這一齣就是。

這時走在另一邊的賴震嚴聞言，看了她一眼。

賴雲煙對上他的眼神，朝他輕搖了下首，示意沒事；這一次，由她來出手。

另一邊，與賴煦陽走在一道的魏世朝聽賴煦陽與他輕道——

「不只吃食，便是曾去了哪兒？要去哪兒？外人問起來，都不能言道太多。」

「唉……」

聽他嘆氣，這兩日著了點風寒的賴煦陽輕咳了兩聲。「凡事要自己上點心，莫讓別人害了自己，若不然，姑姑怕是比自己遭人害了還傷心。」

魏世朝點了下頭，伸出手拍了拍表哥的背，這時見父母回頭看他，他低聲朝表哥道：「你也要好好的，有事差人來告知我一聲。」

「嗯，你且去；我那書看完了，回頭我差人給你送過去。」眉眼間略有些病氣的賴煦陽抬起頭，微笑著朝表弟說道了一聲。

「多謝表哥。」魏世朝作了一揖，這才在身後小廝的簇擁下，快步走向了父母那處。

見孩兒回了身邊，賴雲煙臉上的笑便深了起來，朝兄嫂道：「你們就別送了，趕緊回吧。」

「送到門口。」賴震嚴朝魏瑾泓看了一眼。

魏瑾泓朝他一笑，見賴雲煙拉了小兒的手，他便離了她的身邊，朝賴震嚴身邊踱去。

再走幾步，婦人、小兒走在了前面，他們走在了後面。

「你想好了？」賴震嚴開了口。

「嗯。」

「要是還有下次？」

魏瑾泓偏頭看他一眼，先是不語，過了一會兒才道：「雲煙不想有下次，就不會有下次。」

她要是不出手，他縱有再大的能耐，也不能把內宅的事全管了。

「但願如此。」賴震嚴並不信他，但看在魏瑾泓誠意尚可的分上，他暫且信上一信。

這廂他們帶著魏世朝回了府，一到府門口，魏瑾瑜夫婦就過來相迎。

一下地，祝慧真就對賴雲煙笑道：「嫂子的娘家果然養人，您看您，現在這氣色有多好！」

賴雲煙笑嘆道：「看妳多會說話，我一下車聽著妳這話，心中就舒爽。這段時日，想來家中的事也是累煩妳了吧？」

祝慧真聞言真真是訝異，賴雲煙久不對她如此和善了，今兒這是怎回事？

但賴雲煙對她言笑晏晏，她也不好說什麼，便附和著笑著搖了頭，道：「哪有，都是分內之事，哪來的累煩之說。」

回了府，又去魏母那兒請了安，說不了兩句場面話，魏瑾泓便要帶他們母子回去。

「我看樣子是好多了，多與我聊聊吧。」魏母留了人，說著這話時，眼睛沒看向要走的魏瑾泓，這話她是笑著對賴雲煙說的。

賴雲煙笑而不語。

這時魏世朝突然開了口，與祖母作揖道：「祖母，大夫說了，娘親現在還須靜養，擾不得神，一擾便又得舊病重發，爹爹與孩兒現在還是擔心得緊。」

「如此……」魏母嘴邊笑意不變。「那世朝留下陪祖母說幾句話吧？好長時日都不見你了，祖母想你都快想出病來了。」

賴雲煙想都不用想，就知魏母這是在暗指她在娘家留的時日長了。她笑著看向說話的魏母，肩膀往身邊的魏瑾泓處斜，又拿帕擋了嘴，微蠕了蠕嘴皮，與這孝子輕道：「您瞧瞧，您娘啊，這是個做了虧心事還睡得了安穩覺的主啊，您擔心她被妾吃了？妾還擔心被她吃得骨頭都不剩呢！」說罷，掩了嘴輕笑了一聲。

「在說什麼呢，這麼好笑？」首座上，魏崔氏拉著孫兒的手，笑著向他們道。

「媳婦跟夫君在說，您如此歡喜我家世朝，這麼長的時日害得您怪想得緊的，真真是媳婦的不是了。」賴雲煙笑著朝魏母說完後，轉頭對魏瑾泓頗有點怪意地道：「娘想世朝，您怎地不派個下人來告知我一聲呢？早知曉，我早就把我們孩兒送回來伺候祖母了。」

她一嘴一個「我家世朝」、「我們孩兒」，言語中把魏母撇在了外，魏母聽著，那掛著的笑便冷了下來，眼睛同時也冷冰冰的，威嚴地朝這挑釁的兒媳看去。

賴雲煙微笑著迎回去，嘴角笑意不變；兩人對視一會兒，魏母的眼神沒變，她的也亦然。

魏瑾泓沒出聲，這時魏世朝也垂首看著自己的腳，不聲不響。

在這一刻，空氣恍若凝滯了。

又一會兒，魏崔氏的眼角抽了抽，隨即，她的眼睛轉向了魏瑾泓，眼裡有說不出的無盡的傷心難過；她的兒子，懷胎十月，精心捧於手掌心疼愛長大的孩子，居然不幫她。

而在她指控般的眼神下，魏瑾泓的臉色是平靜的，眼睛也如是，他平靜地看著他的母親，身形不動，眼睛也未眨過一下。

只有在他身邊的賴雲煙，能感覺到他在衣袖下的手此時握得緊緊的，許是繃得太緊，以至於他的半個身子都是僵硬的。

這時，魏崔氏倍感痛苦地閉上了眼，好一會兒，她才淡淡地道：「不用瑾泓與妳說，下次我想了，自會派人來跟妳說。」

賴雲煙笑著瞥過魏大人，愉快地朝魏母道：「哪還有下次？這不，世朝回來了，天天待在府裡，您哪日都瞧得見他。」說罷，拿帕擋嘴，笑道了好幾聲。

她這時是真心愉快的，一邊是魏母看不清兒子的痛苦掙扎在責怪他，一邊是魏瑾泓在忍受她的指責之餘還得繼續忍受著她帶來的後果；母子離心離得這麼遠，目測還無共心的可能，她怎能不愉快？

她笑之後，無人答話，這時魏世朝抬起了頭，接了母親的話，側過頭與祖母溫和地道：「是呢，祖母，世朝回來了，定會天天與您來請安的。」

魏崔氏聽了話也笑了一笑，低頭看了孩子一眼，慈愛地撫了一下他的頭。「好孩子。」

魏世朝便朝她笑。祖母疼不疼愛他，他是真心明瞭的。他見過真的疼愛他的人看他的眼神，如父親、母親，如冬雨、秋虹，還有格外疼愛他、拿他當傳人的先生們，這些真的疼愛他的人的眼神，他見過許多；但祖母的疼愛卻不是如此，如現在她看著他，滿臉的笑容，但她的眼睛深處卻是冷的。

他從不跟父親說他不喜愛祖母的事，那是因為就如娘親所說的，喜不喜歡誰，心裡有數就好，沒必要說出來傷人的面子；祖母畢竟是父親的母親。

但父親也應該明白，父親有母親，而他也是有母親的人。

魏世朝說完這話，眼睛看向魏瑾泓。

魏瑾泓對上兒子的眼睛，袖下握緊的手微鬆了鬆，他緩了好一會兒，才對兒子微笑道：「不要誤了時辰。」

「是，孩兒遵令。」魏世朝這次笑得眼睛都眯了起來，朝父親作了揖，父親不責怪他就好。

魏瑾泓這一開口，魏世朝這一笑，賴雲煙便閉了嘴，笑看著魏瑾泓關心魏崔氏的起居，當魏崔氏的回話裡透著不熱忱的冰冷後，這時她看到兒子朝她投來的笑，她便微淡了假笑，認真地看向了他；哪怕是假裝，她也不希望兒子知道她對這對母子的狀況在幸災樂禍。

賴雲煙回了院，當夜魏母那邊有人來說祖父留飯，世朝就在那邊吃了；隨即過不了一會兒，就說大公子回來了，到主院那邊吃飯去了，讓她自己用膳就好。

冬雨一聲不吭地端來晚膳。

賴雲煙先前回來時就去睡了，現下才仔細打量起冬雨，她端看了冬雨半晌，隨後搖了搖頭。「清瘦了。」留她在魏府，不知私下受了多少委屈。

冬雨笑，幫她把杯盞弄好，道：「您多用點。」

賴雲煙微笑地點頭，看著她又笑了兩下。

待她拿了筷，冬雨便起身站到了她身後。

這時秋虹上下打量了她一會兒後，也說道：「確實是瘦了不少，得補補，回頭我給妳做兩個小菜。」

冬雨笑著推了她兩下，道：「才瘦了點下來，可別給我補了，妳自個兒吃吧。」

秋虹看了看自己的腰身後，猛搖了下頭，還是算了，她家三兒挺瘦的，她也還是瘦點好，與他般配。

賴雲煙用過膳沒多久，魏世朝就回來了，與她道：「孩兒等一會兒要去祖父書房，要是晚了，怕是要在那邊歇著，就先來與妳請安了。」

賴雲煙笑著道了聲。「知道了。」

魏世朝又找冬雨說了下晚上用的何膳，問過後與賴雲煙道：「娘妳好生歇著，明早孩兒過來與妳用膳。」

「嗯。」賴雲煙不焦不躁地應了聲。

魏世朝走後不多久，魏瑾泓就回來了，進屋時他臉色還算正常，等下人退下後，他坐在窗口沈著臉，好半晌都沒動彈；賴雲煙暗猜在他母親那兒用膳，魏母也沒讓他多好受。

到了就寢的時候，賴雲煙看他沒打算走，心裡也是無奈又好笑。他要是不留下來，魏母看他冷落了她，明兒個興許還會給他個好臉看，現在他不走，卻也無法從她這兒得了好話；不過，他留下來，世朝看在眼裡，怕是會安慰些吧？一想到兒子，賴雲煙也就無所謂窗邊杵著個人了，蓋被轉身閉眼，沒一會兒睏意就上來，她打了個哈欠就夢周公去了。

子夜她醒來睜眼的時候，發現窗邊那個人還坐著杵在那兒，她輕搖了下頭，起身靠在床頭，朝那邊道：「您還未睡？」

那邊的人不出聲，過了好一會兒，才轉過頭來看賴雲煙。

牆角留著的燭光燒了小半夜，這時也不明亮了，賴雲煙看不清他的臉，她也無意看清，在瞄過他一眼後便道：「去歇會兒吧，今日不上朝嗎？」

魏瑾泓先是沒出聲，隨即他起了身，朝床邊走來，然後靜靜地在賴雲煙的身邊坐下，雙眼看著她。

「唉……」這一次，賴雲煙看明白了他眼中的紅絲，她嘆了口氣，抱著被子挪到了內側，躺下閉上眼道：「歇會兒吧。」

身邊的人躺了下來，半會後，快要入睡的賴雲煙聽到他說——

「妳們也曾和睦過。」

賴雲煙「嗯」了一聲，沒有睜眼，漸漸入了睡。

確實是和睦過，在她尚還能滿足魏母的慾望前，她還有餘力退步前，確實和睦過。

第二日早上，魏世朝來與母親用過早膳才與祖父去書院。

這廂魏母說昨晚身體有些不適，大媳的身子在娘家養好了不少，就幫她來管事兩天吧；這事賴雲煙也推拒不得，就答應了下來。

這時離魏家宗族那位為開國皇帝一起創下宣朝的祖先的百年祭只有半年了，很多準備了兩年多的祭祀細節也漸要搬上檯面，族中管著禮祭的族老也過來商量著置辦的事情了。

百年祭這麼大的事，魏家在各地的族人都要過來，不論是來人的安置，還是近百日的祭祀，都是繁瑣無比的事情，要花的銀兩也巨大。魏母未把府中帳冊給她，這次賴雲煙也不小氣了，從魏瑾泓那裡拿了銀兩過來，大大方方地給了族老，且也說她暫管家，這家中的銀兩也不知有多少，也沒在她手上，但瑾泓為祖先後孫，這銀錢，就先讓他們大房出著吧。

她話說得含糊，族老知她賴府富貴，就當還是她的私銀出的，只是掛了大房的名目。他先猶豫了幾番，但在身邊兒孫的幾聲耳語後，還是抬走了銀兩；現在是用錢之際，且名目也是族長這邊的銀兩，說出去，也沒什麼不妥的。

那銀兩一抬走，當晚魏母那邊沒出聲，但魏瑾泓一回來，就被她的人請走了；過不了多時，賴雲煙聽說魏瑾泓在那邊的門前跪著，而魏母的院子那裡也請了大夫，說是魏崔氏氣病了。

魏世朝隨祖父回來後，匆匆到了她這邊請了個安，與賴雲煙言道：「母親病重，就別去給祖母添麻煩了，孩兒這就去替妳盡孝。」說著不待賴雲煙回話，帶著下人就快步走了。

賴雲煙詫異地看著他的背影，與冬雨道：「什麼時候長成這樣了？」

冬雨看著她家小公子的背影，抿了抿嘴，一會兒才道：「奴婢早說過，這京中，能不早回就別早回。」回了，誰人是乾淨的？

魏崔氏那邊還在小打小鬧，把手中的帳目給了祝慧真，說是賴雲煙從不管家，不熟帳務，就讓熟悉管家與帳目的弟媳幫襯著，免得亂了手腳。

賴雲煙應了下來，也不管祝慧真的花費，也讓她把用銀的族人請到她這邊來，自是一句話都不說，拿著魏瑾泓的銀子用就是。

那邊魏母心中還暗諷看賴雲煙到底有多少財可破，但到底，她這段時日的不顧一切還是弄壞了與魏瑾泓的關係；她讓人再來請她這大兒，魏瑾泓也會找了託辭，不再像過去那樣，當天請當天就過去了。

而魏瑾泓這段時日在宮中被廢太子搭了話，說到了他的侍妾被她同父的姊姊請去府中暫住一事；他說只允侍妾回娘家伺候病父一段時日，是萬萬不許她前去嫡姊家中添亂的，便由此來向他告個罪。

廢太子這話一出，饒是元辰帝那兒已先被魏瑾泓通告了一聲，但見著他這心腹大臣，他也是嘆氣不已，與他道：「你那夫人回的什麼娘家？明知賴遊跟那人打斷骨頭連著筋，她去湊什麼熱鬧？你就不能教教她！」

元辰帝遷怒，這事魏瑾泓回去也沒告知她，但她不知從哪兒得了消息，第二日，廢太子的侍妾被賴遊安排著，當著她的面給她的夫君暗送秋波的事，便傳得滿京城都是。

這下可好，元辰帝只遷怒她，而她卻連著賴遊、廢太子與他，全部遷怒了，誰也沒放過。

第四十二章

當晚魏瑾泓回來，與賴雲煙對坐半晌，還是開了口，冷靜地與她道：「這次的手伸得太長了。」

「那我還能如何？」賴雲煙一臉請教的表情。

「禍從口出。」她終是一介婦人，即便她在外邊把黃閣老的人用得再好，也總有一天會引火上身。

這世不比上世，皇上自己的帝位現在都還不是太穩，何況賴震嚴也還不是賴家家主，現在與皇上的關係也沒有上世那樣穩定。上世賴震嚴、任金寶攀上了皇上，這世雖也是按著這個軌走，但到底還是沒到連成堅固一線的那步，皇帝也不會站在賴、任兩家身後，她要是惹了太大的是非，哪可能像上世那樣輕易脫身。

「那您教我，我要如何才是好？」賴雲煙看著魏瑾泓，嘴邊笑意淡下。

她出了這個頭，雖說也把他置於風波之中，但他並不是一點好處也未得，而他所想到的後果她豈能沒想到？他再來說，便是多此一舉了。

魏瑾泓聞言看了她一眼，一會兒後才開口疲憊地吐了口氣。「不要盡想著我的任何話對妳都無好意。」說罷，他起身去了榻處，也未脫衣，直接掀被蓋上肚子，就再無聲響。

賴雲煙先是冷冷地笑了一下，過了好半會，見他再無動靜了，她覺得有點不對勁，還是起了

身，去了靠近窗戶邊的臥榻處。這時榻上的魏瑾泓雙眼是緊緊閉著的，面色緋紅，臉上全是汗，

賴雲煙伸手一探，發現手心一片滾燙的潮濕。

她皺著眉收回了手，還是無聲地去了門邊，輕聲叫了那守門的人。「春暉。」

那臥在房欄上的瘦個兒立即從欄上躍下，躬身作揖。「夫人。」

「你家大人病了。」

春暉一愣，不過只一下，他就朝賴雲煙匆匆再一揖，然後就進了門，隨後他一個躍起又出了門，不多時，方大夫被請了過來。

方大夫的衣衫不是太整齊，看來是從床上被拉起的。他低腰進了房內，過了一會兒，房內傳來細語聲。

一會兒後，春暉出來，雙手拿著藥方子，送到賴雲煙面前，恭敬地道：「還望夫人作主。」

賴雲煙看了他的臉一眼，見他滿臉的恭敬，頓了好一會兒，才從他手中抽走了藥方，把它交到了一直候在身邊的冬雨手上；罷了，他不想讓人知道，那她就幫這一把吧。

「藥汁苦得很呢！」魏世朝給父親餵了藥後，伸出舌頭往碗上一舔，剎那間整張臉都擠在了一塊兒。「娘，苦得很。」他又偏過頭，朝他娘親說道。

坐在一旁的賴雲煙點頭。「良藥苦口。」

魏世朝搖頭。「真的苦喔！」

賴雲煙看兒子的臉都擠成了一團，有些好笑，便朝他招了招手，等他靠了過來後，就在他耳

邊輕輕道：「要是再加點黃連，娘看著你爹喝了，這心裡還不知要怎地舒坦呢！」

「爹都病了，妳怎可這樣？」饒是習慣了他娘老愛作弄他爹，但魏世朝這時還是有些不敢苟同。

「娘是壞心眼。」賴雲煙笑了起來。

魏世朝這時突然瞪大了眼睛，了悟了過來。「妳已經加了?!」

賴雲煙「噗」地一聲笑了出來，把魏世朝惹得眼珠子都快瞪了出來。

他立刻氣鼓鼓地坐回了父親身邊，拉著他父親的手臂，恨恨地道：「有時想想，她也確實怪可恨得緊！」

「你爹爹雅量大。」椅子那頭，賴雲煙笑著給魏瑾泓戴高帽子。

魏世朝搖頭，皺眉不語了。

賴雲煙也笑著嘆了口氣，但沒有過去哄他。

這時魏瑾泓回過頭看了她一眼，沒有說話，但伸出手把兒子拉下，攬到了懷裡。

她自詡不能時時跟他愉快相處，有時便也在兒子面前有意無意地露出她的惡意來，便是兒子惱她，她也不會收手，時日長了，世朝也跟他一樣，都習慣她對他的不妥了。她這麼做，他也無法說不好，因她從不阻止兒子對他的維護，也坦然面對孩兒對她的指責；她這連對自己都不願意粉飾太平的性子，兩世都一樣，她的頭也從沒有真的為誰低過。

強留留不住，硬是挽回都挽不回，瑾榮也說讓他死了那分心，他那時才真正死了那分心；誰知，真死了心，曾經不在意的過往就慢慢蔓延，終成了他心中的魔障，直至死時都無法釋懷。

「爹爹……」父親的臉從滾熱變得有些微涼，魏世朝看著有些可憐的父親，在他耳邊賭氣般地說：「娘不對你好，孩兒對你好！」

魏瑾泓打心底發出笑，他垂眼看著懷中的孩兒，悶笑得胸膛一陣抖動，他這一道笑沒沈住，讓他走了氣，隨即就咳嗽了兩聲。

魏世朝伸出手去輕拍他的胸，倍是心疼地道：「你笑輕點，可別嗆著了。」說完，又回頭朝母親皺眉道：「妳這樣要不得。」

賴雲煙老神在在地靠在椅子上玩著手絹，聞言眼皮都沒抬，懶懶地答。「藥可是娘讓冬雨煎的，我可是好人來著。」

「妳……」魏世朝頓時被他娘氣得胸悶，半晌都不知說什麼才好，最後眉頭一皺，朝自己怒道：「唯女子與小人難養也，古人誠不欺我！」

賴雲煙聞言，摸摸自己的臉，朝腳邊那坐在矮凳上、老神在在地給她自家孩兒繡肚兜的秋虹道：「可沒紅吧？」

秋虹頭都沒抬，哭笑不得地搖了搖頭。這天下，哪家都出不了像他們家這樣不正經的主子。

魏世朝聞言，乾脆把頭埋在了父親的懷裡，羞愧得無地自容，他怎有這樣的娘？

魏瑾泓懷攬著孩兒，無奈地朝那婦人看去，示意她少說兩句；她現在要是逗了個起興，是連自個兒孩兒都不放過了。

魏瑾泓清晨歇了半會，吃了藥發了一身的汗後，上朝的時辰就到了。

賴雲煙半夜未歇，這時已是哈欠連連，見魏瑾泓已在著裳，她便靠在了床頭，與他道：「您等一會兒帶世朝去祖父那兒再走吧。」

「嗯？」在給父親扯袖子的魏世朝回頭，與娘親道：「孩兒自會給祖父母請安。」爹爹要上朝，無須多走路帶他去。

「一起吧。」賴雲煙睜開眼，溫和地朝他道。

她是從魏父那兒找了世朝過來陪魏瑾泓的，魏父那邊也是知道動靜，現下由魏瑾泓帶了他去請安，就顯得找他過來是魏瑾泓要見兒子，也省了魏父對她的意見，免得還以為她這媳婦要跟他搶孫子。尤其現在魏母又開始跟她對著幹了，隨便說幾句話，都會弄得魏景仲對她意見很大，她還是按著這家人的性子來走，讓他們無什麼過大的錯處可挑才好，免得麻煩。

魏世朝還是不大懂其中的糾葛，只是見母親堅持，便沒什麼意見地點了頭。「好。」

他身邊的魏瑾泓聞言看了她一眼，等父子倆收拾妥貼，走到門邊的時候，魏瑾泓又回過了頭，走到床邊彎下腰，跟賴雲煙道：「午時我回來用午膳，下午正好有那空閒，妳不是要去靜安寺還願？我帶妳一同去。」

賴雲煙「呃」了一聲，靜安寺還願？哪門子的事？但一想這次出去可能是魏大人又要當那深情夫君，她也能透透氣，她就很快地點了頭，道：「好。」

魏瑾泓又給她拉了拉身上的被子，這才轉了身。

門邊，魏世朝向著與爹爹親昵的娘親賊笑，還用手指刮了刮臉。

賴雲煙剎那哭笑不得。等他們走後，賴雲煙沒抵住瞌睡，就此睡了過去。

沒睡多久，冬雨就推醒了她，跟她苦笑著說：「您還是趕緊醒吧，族裡來了個老太太，說是要跟您說說家中姑娘下月出嫁的事。」

賴雲煙看了看時辰，見這還只是卯時，她不由得哀嘆了一聲。「怎地這般早啊！」

「那老太太說，她想這事想得一晚都睡不著，所以一早就來了。」

賴雲煙撫著額頭，呵呵笑了好幾聲，再嘆一聲。「真是細刀子要我的命啊！」她這身體雖說現在也不是太差，但要是再這樣磨下去，要不了幾天，就又得真病倒了。

魏瑾泓與司仁在靜安寺見面談事，便也把賴雲煙帶到了身邊。到了寺廟，他沒去會晤之處，先帶她燒了香，見過了方丈，就又帶她走了一段路，走得她都朝他瞪眼了，這才到了一處靜宅，帶她進了小宅裡。見她一見到檀榻就倒了下去，便讓她的丫鬟守著，也囑了春暉和賴絕一起守著前門、後門，他則回了寺廟。

一見到人，司仁朝他作揖的時候漫不經心地掃了他滿是泥土的鞋底一眼，魏瑾泓裝作未見，也朝他作了揖。

談罷皇上要他們做的事後，司仁跟他往外走了幾步，有些猶豫地開口道：「您夫人也來了？」

魏瑾泓微笑著輕頷了下首。

司仁這時朝他看去的眼睛滿是讚賞，又朝他作揖道：「魏大人真乃謙謙君子也！說來，我妻從渭水來京多年，她性子從小有些怯於見人，但我想如貴夫人那等貴氣和善之人，她定是欣於前去拜見一番的，不知到時上府遞帖拜見，貴夫人能否賞下官之妻這一個臉？」

「司大人過謙了，內人最喜結交新友，想來也定是欣於見上司夫人一面的。」魏瑾泓淡笑道。

「如此，下官就與大人說定了？」司仁再次作揖道。

魏瑾泓微微地笑了起來，輕頷了下首。

那廂賴雲煙剛睡了個飽覺醒來，一聽完魏瑾泓跟她說司仁夫人會上門拜見她的事，頓時就傻了眼，不由得嘆道：「我的天，我還以為您大發好心帶我來補覺，哪想，這次還是讓您給鑽了大空子去。」

那司仁，也是出了名的疼髮妻如命的人，身邊別說小妾了，連伺候的丫鬟都沒有，誰跟他提納妾、送妾之事，他就能跟誰翻臉，被貶職罷官也在所不惜，所以把他夫人拉攏了，豈不是跟拉攏了他一般？魏大人為了把司仁收為心腹，這可真是用心良苦得很啊！賴雲煙說完這話，眼睛都瞪大了些。

魏瑾泓看著懊惱得眼睛瞪得分外明亮的她，情不自禁地笑了起來。

「可好？」魏瑾泓看著明眸璀璨的她，輕聲地道：「給妳這個數。」說著，他就從袖袋裡拿出銀票，把整整一疊都給了她。她喜歡銀子，他便常帶了一些在身邊，以備不時之需。

賴雲煙看著他微笑注視著她的臉，一剎那真是哭笑不得。

她抬手揉了揉有些發疼的額頭，另一隻手卻很是不聽話，把那銀票收了回來不算，嘴裡還道：「再給點。」

魏瑾泓「嗯」了一聲，這時他袖袋裡再無他銀了，便道：「先欠著。」

賴雲煙略瞇了瞇眼，道：「說來，您桌上那塊玉硯，那成色看著怎地一年比一年好了？」

魏瑾泓很是上道，她話一開口就明瞭了她的意思，她話一落音就點頭道：「給妳。」

賴雲煙這才微笑了起來，讚賞地看著魏大人。看，要說魏大人沒長進也不是那回事，他可比以前上道多了去了！這硯臺，她回頭送給舅舅，哄他開心去！

又得了一份意外之財，還是人家主動奉上的，賴雲煙回去時格外的精神煥發，還拉著魏瑾泓一道去給魏母請安。

魏瑾泓先聽她之意時略斂了眉，但還是隨了她去了。

請安時，賴雲煙又是笑、又是嘰嘰喳喳的，那愉悅萬分的樣子，別說魏母看得刺眼了，就是魏瑾泓也看得眼睛有些刺疼。這都多久了，她自由自在歡笑著的樣子他真是多少年都沒見著了，反倒是在這種境況裡，在她臉上露出了兩、三分。

「娘，您都不知曉，夫君非拉著我走一段山路，差點把鞋都走髒呢！」賴雲煙拉著魏母的手嬌笑著。

魏母輕扯了兩下手，沒有扯出來，她暗狠了下心，便大力地咳嗽了兩下。

「哎呀，娘，您這是怎地了？」賴雲煙慌忙站起來，抬手就要拍打她的背。

魏瑾泓這時眼睛一瞇，見她拍下去的力度正常，沒打算把他娘拍死，這才放下了剛急提起的心。這心剛一放，想及自己的反應，他自嘲地笑了一笑；她不信他，他，也是不信她的。說起來，十餘年了，確實沒變多少，變的不過是因著世朝，他們不再是兩個不相信對方的仇人，而是兩個互不相信對方的合作者。

「好了、好了。」魏母掙脫開了她的手，又推了她一下，掩飾不住眉目間的惱怒，道：「請完安了，就回吧，我頭疼，讓我歇會兒。」說著，就從椅子上站了起來，往內屋走去。

「娘親慢走。」賴雲煙在她後面福禮，嬌笑道。

魏母腳步一頓，等到了內屋，人還沒坐下，她的氣都喘不平了，待外屋的門一響，知道人走後，她便狠狠地砸了桌上的杯子。

這時她的貼身丫鬟小紅進了門來，魏母看到她，伸手就抽了她一記耳光，道：「她來了妳給她奉什麼茶！」

「大公子、大公子也來了啊……」小紅摸著臉，被揮蒙了腦子的她結巴著道，眼睛裡流出了淚。

「妳就不知道只給他端！」魏母恨恨地道，見丫鬟跪下叫了「老夫人饒命」，她又憤怒地瞪了她一眼，等回到椅子上，吉婆子給她端來了茶水後，她這才恢復平靜。「我老了……」丫鬟退下，身邊只有吉婆子後，魏母淒然地笑。「孩子不是我的了。」

「您不是還有孫子？」為了讓她開心，吉婆子在她耳邊輕道。

「是啊，孫子！」魏母立馬重振了下精神，道：「夫君最歡喜他了！今夜他可也是隨祖父一道在書院用膳？」

「是。」

「還不快快囑了廚房，多送幾道他愛吃的菜過去！」魏母站起身來，臉上淒態不見，病容也無，精神萬分。

第四十三章

這夜，賴雲煙聽說兒子隨了祖父回了祖父母的主院歇息去了，她也沒吭聲。當晚魏瑾泓有事去了外院書房，但到了亥時，她就把人請了回來，對外說大公子歇息了，屋內則隨他自己去辦公務；不用這招，府裡的那大管家，只要不到深夜，之前不管什麼時辰，只要有事了就會令人來叫她，讓她一個好覺都睡不著，魏母此招挺毒的。

賴雲煙這夜躺下後，對在書案前挑燈看冊的魏瑾泓也感嘆了一句。「您娘那心思啊，也怪磨人的。」

魏瑾泓聞言抬頭看她一眼，溫和地笑了笑，就又低下了頭去。

賴雲煙這時自言自語道：「要是再給我弄這些不三不四的，我就讓她知道什麼叫吃多少就得吐多少出來。」說完，魏瑾泓那邊沒反應，她就安心地閉上了眼，睡起了覺。

沒反應好啊，沒反應代表只要不把那老太婆真弄死，魏瑾泓大概不會出什麼手；不過，說來，她真出了手，魏大人還是占便宜啊！他不是一直想讓她幫襯著魏府這攤爛攤子嗎？到頭來，還是如了他的願，說來，還是她吃了虧啊！她心裡也是憋屈得慌，不知要多少的銀子才能撫得平？改天得找個時間再跟魏大人好好說說這問題，她可不能再當那白工！

因祭祖之事，魏府又再買了上百的僕人，本是寬大的宅院因著這百餘雜僕的進入，平日有些清靜的宅院這時倒是顯得有些喧鬧起來。

這晚賴雲煙由了大管家要了兩次銀錢去，這時辰也是子夜了，這時府中管事要是沒那天大的事，也不可能拿小事來擾主子的清靜，她便也歇了下去；只是過不得多時，她就又被搖醒了來，她這剛睡下就又被搖醒，正想發脾氣，卻對上了魏瑾泓那有著五指血痕的臉。

「被打了？」賴雲煙張了張眼，攬了被子坐起，靠在了床頭，與那在床邊坐下的男人說道。

「嗯。」

「疼嗎？」賴雲煙意思性地問了句。

魏瑾泓點了頭。

見他點頭，身上沈靜，但沒開口的意思，賴雲煙便打了個哈欠，道：「那就睡吧。」這才只是個耳光而已，算什麼事？還及不上魏母想要她的命的一半呢！

「小時我發高熱，是她守了我好幾夜，才把我守了回來。」他輕道，言語沈鬱。

「那是大夫的藥管用，不守您也不會死。」賴雲煙不想聽他跟他娘的那些破事，不耐煩地道，這人好生擾她的安眠！

魏瑾泓聞言閉上了眼，輕笑出了聲，言語中有說不出的辛酸。「父親死前囑我照顧她，上世我未能做到，這世我真是不想再重來一遍啊！」

「唉……」賴雲煙是真煩了，便與魏瑾泓真心地道：「不想再來一遍也簡單啊，護著唄！一起死、一起活，誰阻得了你們全家人一起發蠢啊？神仙都不能！但您想怎麼做就怎麼做，可別讓我兒子也陪葬！他沒你們魏家沒關係，他還有我呢，他要的我給得起，您就別糟蹋我兒子了！」

魏瑾泓這次徹底沈默了下來。

賴雲煙沒想當他那解語花，把話粗暴地說完後，本打算再躺下入睡的，這時門邊突然有了聲音，冬雨在門邊道——

「小姐，您讓我給姑爺備著的宵夜來了。」

賴雲煙剛想「啊？」出聲，冬雨就端了盤子進來，房內剎那全是食物的香味，頓時，她覺得她都有點餓了，就閉上了嘴。等她披好衣，淨了手入了座，她斜眼看了冬雨一眼。

擺好了盤中膳食的冬雨靠近她，在她耳邊輕語。「小公子讓賴絕來吩咐奴婢的，奴婢沒法子。」小主子也是主子，囑她辦什麼事，她也得聽不是？

她們這邊剛說了兩句，魏瑾泓那邊就已經喝起了湯。他的速度比平時快了一些，賴雲煙見機不妙，忙搶了一碟小包子和一份肉末麵過來。

冬雨見狀，拿盤擋目，退了下去。

許是化了悲痛為食量，魏瑾泓把端來的五樣小菜都吃完了，最後見賴雲煙的碗中還剩了點肉湯，問都沒問一聲就端去喝了。

賴雲煙咋舌，好半晌才道：「說出去，您魏家的臉面都要被您丟光了！」

魏瑾泓不聲不響地喝完湯後，拿過溫帕往嘴上一拭，這才抬頭與她道：「多謝。」

這時賴雲煙才看清，他除了左臉上那道明顯的指痕，右邊臉上還有另一道不大明顯的掌印。

「嘖！」賴雲煙彈了下舌頭，與近在眼前的魏大人道：「你們母子這大晚上的到底是幹了什麼啊？」

魏瑾泓聞言皺眉看她一眼，過了一會兒，他長吁了一口氣，與賴雲煙道：「她想讓我給崔睦奇謀個官職。」

「您沒答應，她就打您了？」賴雲煙覺得魏母還不至於這麼衝動，畢竟這兒子也不是隨便能打的，尤其現在魏瑾泓是有官職在身的人。

「崔睦奇此次來京，是因他在邢縣失手殺了當地縉紳家中的公子。」

「啊？」賴雲煙目瞪口呆，這她可是真沒料到，殺了當地貴族家的公子？崔公子好本事！

「她想讓我攔了那要遞到京中的狀紙。」

魏瑾泓這話一出後，賴雲煙實在沒有忍住，朝魏瑾泓伸了下大拇指，心服口服地道：「崔家人真真厲害，妾身好生佩服！」他老子崔平林的事被魏瑾泓掐死在搖籃裡了吧？沒想這兒子就以青出於藍勝於藍之姿橫空出世了！真是快要把她笑死了。「您明早要上朝吧？」賴雲煙盡力讓自己的聲音透出點關心來，而不是幸災樂禍。

要是頂著這一臉巴掌印去，那真是最最好的，滿朝文武都有得是舌根嚼了！這種事大家可以一道同樂，再美好不過。

賴雲煙笑得臉就像綻放的花，魏瑾泓無言地看了她一眼，起身去了門邊，吩咐了春暉一聲。不久，春暉就拿來了冰膚露。

賴雲煙見此，臉上的笑就淡了，輕嘆了口氣。好了，熱鬧是看不成了，這冰膚露塗上，過兩個時辰再敷一遍，到了朝上，只要不細看，是看不出什麼痕跡來了。

「您想瞞了？」他把指印化了，還是想不了了之？但他被掌摑之事可瞞，崔睦奇殺人之事可是瞞不住的。縉紳之子可是那麼好殺的？就算魏家勢大，也還是得一命換一命，才能換個了結；當年清平駙馬的下場，朝中沒幾個人忘了，她想魏瑾泓也沒忘。

「殺人之事？」

「嗯。」

魏瑾泓放下揉臉之手，掀袍靜坐了下來，垂首過了一會兒才搖頭道：「瞞不住，是邢縣蔡家，其祖曾是吏部之首，現在的甯尚書與其祖有名義上的師徒之稱。」

這時賴雲煙臉上的笑也完全褪去了，嘴裡毫不客氣地道：「那您可要好好想想怎麼辦了，甯尚書跟我兄長名義上也掛有師徒之稱了。」如此蔡家算起來，與她兄長也有淵源，他們魏家這爛糟事，可別連累了她兄長。

「我已跟娘親道明了個中關係。」魏瑾泓聞她話之後沈默了好一會兒，才緩緩地道。

「如此就好。」賴雲煙略想了一下，也沒再跟魏瑾泓廢話，當即叫冬雨去把賴三兒叫來，就去案前寫了信，寫完信後就叫候在門外的三兒去賴府送信；這等事，她兄長得心裡提前有個數，日後也好應對。

魏瑾泓一直靜坐在燈下的椅子上，見她忙完就回了床上，打著哈欠蓋上了被，他等著丫鬟進來收拾了碗筷，這才回到床邊躺在了她身邊。

上世，她曾有一次說他的心是她捂不熱的；這世，臨到他捂不熱她的心了。

第二日，賴雲煙在前堂處理瑣碎之事，聽僕人說七老太爺家的三公子來了，她也沒去見，只是囑了秋虹給魏母送了盤冰果子去。

到了下午，魏母來人叫了她。她還以為是什麼事，魏母卻是跟她展了笑臉，說族中大祭，很多事也煩勞了賴家，假若她兄長有空的話，就請來過府飲兩杯清茶。賴雲煙一聽，心中頓時冷笑了一聲，但她面上也沒顯，嘴上還笑道了聲好。

當晚她也沒把魏母打主意打到她兄長頭上的事告知魏瑾泓。

這日早間，世朝從祖父那邊過來與他們請安，當著兒子的面，賴雲煙從他那兒要了他身邊的蒼松，說是今天要囑他辦一道府中的事，借來用用。

她話一出，魏瑾泓看了她許久，引得魏世朝也困惑地看向他娘，不知他娘又做了何事惹了他爹？魏世朝看看他娘，又看看他爹，這時他爹在他開口詢問之前點了頭，道了聲「好」。

他出門上朝，魏世朝送了他出門，路上他拉著父親的手，輕聲地問他。「娘要做不好的事嗎？」每當娘要做不好的事的時候，爹就會像現在這樣的沈默，就好像有什麼事壓得他半個字都說不出來一般。

「不是。」

「那你為何不高興？」

魏瑾泓低頭看著抬頭看向他的孩子，不禁面露淺笑，與他道：「爹跟娘很多事還沒談好，沒談好之前，爹是有一些不高興的，但只要談妥了，便無事了。」他學著她，不要當孩兒什麼事都不知道，而是盡可能地把心中的一些話說給孩兒聽。

魏世朝隨著他走了好長一段路都沒說話，在他要上轎前，魏世朝拉了拉他的袖子，與他道：

「爹，娘是個小女子，天生不愛講理的，我們就讓著她些吧？」

魏瑾泓笑出聲來，忍不住低頭，拿自己的額頭抵著他的額頭，親昵地磨了磨，隨後嘴間笑道：「好。」怎麼不好？看在她為他生了世朝的分上，怎樣他都忍下了。

賴雲煙這邊帶了賴絕與蒼松準備查帳。

她先是召了管事的共在一堂，對著管事的面把話擱清了。「這些時日，你們從我手裡拿的銀子都是我的私銀，今兒個我就要算算，你們拿了這些銀子辦了什麼事？辦好了，有賞；要是沒辦好，就給我把皮繃緊點。」說罷，臉一板，道：「都退下去，大管事的給我留下。」

大管家一聽，上前皺眉道：「大夫人，這事老夫人可知曉？」

賴雲煙眼睛瞥向他，淡淡地問道：「你問我老夫人可知曉？那你跟我要銀子的時候，老夫人可知曉？」

大管家被她的話堵住，那眼一瞪，又要開口，但被賴雲煙嘴角的冷笑給嚇退了回去，不禁頭一低。

「大管家這麼瞪著我，是想爬我頭上去了？」賴雲煙偏頭，跟靜坐在身邊的祝慧真道。

祝慧真笑而不語。她這大嫂啊，哪是不計較婆母的苛刻？看看，她現在就要跟婆母算帳了呢！她沒什麼話好說的，坐著看她們狗咬狗就好。

祝慧真不語，賴雲煙也不介意，轉回頭就對蒼松說：「拿上我給你的帳簿了？」

「是。」蒼松心情沈重，躬身恭敬地道。

「給我一筆一筆查清了。」賴雲煙笑看著他，她仔細地看著他的臉，語氣聽似正常，但裡面卻透著股令蒼松心悸的狠勁。「要是查不清，大公子問起話來，我都不曉得說你有用好，還是無用好。」要是對她一點用都沒有，這個常年待在她院子裡的小廝不管對魏瑾泓多有用，她也要想法子讓他變得無用。

「奴才知道了。」

「知道了就好。」賴雲煙拿帕拭嘴，笑靨如花。

「不好了、不好了！老夫人，不好了！」

未時，魏崔氏午睡剛醒，正坐下要喝茶，院中突起了一道聲音。

「這是怎麼了？」魏崔氏訝異，朝身邊的丫鬟道。

「奴婢不知，這就去看看。」丫鬟小紅福了一禮道。

她剛走到門邊，吉婆子就跌跌撞撞地跑了進來，一進來就跑到魏崔氏的腳邊一把跪下，抱著魏崔氏的腿，抖著手，劇烈地哭了起來！

「小姐！小姐，妳要為我作主啊——」

魏崔氏久不聽她喊小姐了，心中頓時一驚，道：「怎麼了？」

「大夫人……大公子夫人她、她……」吉婆子激動得嘴也在抖，她這時因驚恐而無法說出話來，心中恐慌至極的她一伸手，狠狠抽了自己一個耳光，才把下面的話擠了出來，哀鳴道：「她把我兒子打死了，把給我送終的全福打死了！」說罷，頭一偏，口裡流出一長串口水，剛剛突聞惡訊的她再也忍不住驚恐，就此昏了過去。

「吉婆婆——」屋內的幾個丫鬟頓時慌作了一團，忙去扶她。

魏崔氏這時也驚呆了，好半晌才扶了桌子，在丫鬟忙不迭地攙扶下起了身，抖著手道：「好，好……不得了，真是不得了了！」

剛把貪得最多的小管事打死，賴雲煙也沒讓人把人拖下去，若無其事地偏過頭，與大管家淡然地說：「說來這五千兩銀雖是他貪的，但你是大管家，有失監者之職，按家法來說，也是須罰的吧？」

「是。」

賴雲煙翻著家法，漫不經心地道：「你說怎麼罰？」

「但憑大夫人的吩咐。」大管家跪在下面，聲音依舊不慌不忙。

賴雲煙清脆地笑了一聲。「家法你比我熟，你說吧。」

「監管不力，當罰百杖。」

「百杖？我看看。」賴雲煙又翻了幾頁，翻到監管不當那頁，細看了記載後，頗為贊同地道：「確實是百杖。」她揚聲叫了人。「蒼松！」

「是。」蒼松心中一道苦笑，立馬站了出來。罷了，剛剛全福是賴絕處死的，現在大夫人只是讓他打大管家百杖，已是手下留情了。

「你去行杖。」

「是。」

賴雲煙笑看了蒼松一眼，就隨他去了。她這幾天給出了三萬兩的銀子，帳上卻少了五千兩，老實說，她不信只少了這個數。那幾個椅子、幾個杯子，能花得了多少錢？但蒼松查的，她就不多說什麼了。他剛給這府裡留了情，她倒要看看，他還打算留多少？他留多少，就代表魏瑾泓要留多少，由此她就可以看出這魏大人日後是可以繼續合作，還是她半道兒撂挑子不幹得好？總得對方有誠意，這買賣才合作得下去嘛！

那邊賴雲煙大肆行家法，這邊魏崔氏是候了又候，才把魏景仲候了回來，一見到他，魏崔氏就跪在了他的面前，哽咽著把吉婆子的獨子被打死的事說了。「族中要行祭祀，她這邊就見血，這賴氏是沒把我們魏家放在心裡啊！」魏崔氏痛哭道。

「把人給我叫來！」魏景仲忍了又忍，才沒拍桌。

見他滿臉怒容，哭著的魏崔氏這才心安了安。

隨後不久，賴雲煙就進來了。

一進來，如常給魏氏夫婦行了禮。

等她起身抬頭，魏景仲冷眼看著他這個大媳道：「聽說妳打死了全福？」

「是。」賴雲煙半抬著眼，淡應了一聲。

「為何？」

「他貪了媳婦給族中老少置辦什物的銀兩五千兩。」賴雲煙垂眼看著地上，冷冰冰地道：

「讓媳婦管家，卻一個銅板子也沒見著，媳婦無法，為著家中的聲譽著想，就拿了自己的私銀三萬兩出來，哪想今日一查帳，就被貪了五千兩去。媳婦這錢是娘家給的，又不是天上掉下來白撿的，今日要是不按著家法處死個人，來日要是有人把媳婦這嫁妝全搶了去，哪怕媳婦哭死在這家中，怕也是無人理吧？」

「妳讓她管家，卻未把帳冊給她？」魏景仲掉頭朝魏崔氏看去。

魏崔氏垂首，恭敬地道：「妾身給了，我是把帳冊給了慧真，相幫著她的。」

「娘這話是何意？」賴雲煙朝魏崔氏看去。「您把帳冊給了慧真，可要錢的卻是朝我來要的；先前給冊子時我也是在的，知曉慧真支錢也是要問過您一聲的，府中要錢，大可問過您，再朝慧真要，現下倒全成了我與慧真的不是了不成？」

「賴氏！」魏景仲卻是怒了，他憤怒地看著這個沒體統的兒媳。「是誰教妳這樣目無尊長，如此跟長輩說話的？」

賴雲煙早料到他會憤怒，想來魏崔氏也是料到了魏景仲的性子，不怕她不被訓；她冷然地扯了下嘴角，也不出聲，只是拿帕拭眼，輕拭著眼裡掉出的淚，委屈不已地輕泣著。

這時，門外有了腳步聲，魏瑾泓已經快步進來。

他一進來，什麼人也沒看，朝他父親就是一揖。「父親，書房一述。」

看著簡略地向他開口的兒子，魏景仲沈吟了一下，很快就頷了首，隨著他出了門，領著魏瑾泓去了書房。

「何事？」路上，魏景仲向大兒低問。

房內說。」魏瑾泓垂著臉道。

看著大兒清瘦的側臉，魏景仲心中一軟，便什麼也未再多說，快步帶了大兒去了書房。他就兩兒，小兒資質不高，隨了他娘，只有他這從小被他寄予厚望的大兒，才能帶著他們魏氏大族繼續走下去，不枉祖先對他們後世子孫的期望，對大兒，他自是看重萬分。

魏瑾泓走後，留下了身邊的翠柏跟燕雁在屋。

魏崔氏這時渾身都僵了，她的眼睛自父子走後就一直放在門那邊，一動也沒動。

賴雲煙掉著淚，等到哭不出來了，便又拿帕拭了拭眼角，過不了一會兒，沾了辣椒水的眼角細不可察地抽搐了幾下，就又往下掉淚了；她是不打算止了這淚水的，女人嘛，自來要比誰都愛哭，多哭點也有益身心健康。

她這邊哭個不停，那邊魏崔氏也慢慢收回了眼睛，看向她那站著的大媳，嘴邊擠出了一道笑，嘴裡滿是嘲諷地哼笑了一聲，道：「雲煙啊雲煙，早知今日……」早知今日，當初就不應該讓她進這個門啊！看看她，給他們魏家惹出了多少禍事來？害得他們母不母、子不子，母子離心啊！

她滿嘴的諷刺氣息，賴雲煙也不應話，只是哭，這時候，不是逞口舌的時候。

過不了多久，這時魏景仲的老僕老常過來請人，與魏崔氏道：「老夫人，老太爺叫您過去。」

魏崔氏起身，理了理自己身上的衣裳，再朝賴雲煙看了一眼，這才慢慢地走了出去。

不多時，魏瑾泓就過來了，帶了賴雲煙離開。路上，魏瑾泓一直不語。

晚膳時，世朝過來了，見父親垂著頭喝粥，其餘一口不吃，就給父親挾了兩次菜，見父親吃了他挾的菜，他安心了不少，又轉頭朝他那吃得甚多的娘親無奈地道：「妳吃慢點。」

他是隨了祖父回來的，祖母身邊的下人也把母親打死人的事告知了他。他想，如若之前不知祖母有害娘親之意，他必是會厭惡娘親的；如若不是之前外舅祖進京時帶他去看過那些被害嫡妻所過的日子，且聽過外祖母是怎麼死的事，他必也是會怨娘親心狠手辣的。

但現在，他是不厭不怨，只要她活得好好的，便比什麼都好。她不是個好人，那以後他當個好人就是，把她的那份補回來，她定也是會長命百歲的；只是……

「娘。」魏世朝想了又想，還是靠近了他娘親，扯了扯她的衣袖，與她道：「妳對爹爹好點。」

「我對他不夠好嗎？」賴雲煙訝異，她最近可是對魏大人好得很，還允他分她的床睡了好幾回了呢！

「娘……」魏世朝哀求地看著他娘親。

「好了、好了……」賴雲煙拿他沒辦法，搖了搖頭，搆手拿了魏瑾泓面前的小碟，挾了好幾道肉，放到他面前，語帶心疼地道：「快點吃，多吃點！別餓死了，要不我孩兒怪心疼的。」

她前面兩句很正常，後面兩句話就不像話了。魏世朝聽了後頭重重一垂，覺得自己任重而道遠，想把他娘變得好一點的路實在是太長太長了。

魏瑾泓剛用完膳，就被魏景仲那邊的人叫了過去。

魏世朝想了一會兒，抱了賴雲煙一下，說等一會兒回來跟她請安，就隨魏瑾泓的後面去了。跟娘親告了一下別，耽誤了點時辰，他小跑了一小會兒，才跟上了快步疾走的父親。

魏瑾泓一見到他，就朝他伸出了手，牽著他一道去。小兒護他護得多次了，他已然習慣小兒對他的護衛；她把小兒教得太好，好得讓他只能站在她這邊。

「爹爹，家中會無事的。」魏世朝被母親叮囑過這段時日什麼事都不要去過問祖父與父親，他便什麼都不問，只朝父親說出他想說的話，他想知道的，自會找人去問訊。

「嗯。」魏瑾泓微笑了一下，帶著小兒去了父親的書院，到了大門口，便把小兒交給燕雁，道：「別離小公子的身。」

「是。」

「爹。」進了書房，魏瑾泓掀袍跪下。

「前夜院中喧譁，為的就是這事？」

魏瑾泓沈默不語。

「為何不告知我？」

「書院事多，不想累煩您。」書院最近出了多位學子投湖身亡之事，族中各地來的不少長者又要魏景仲親陪，忙於這些已讓他的老父奔波不已，魏瑾泓不想再在父親心中添這等重事。

「唉……」聞言，魏景仲苦笑著嘆了口氣，揉了揉疼痛的額頭，與他道：「起來到我身邊坐著。」

「是。」魏瑾泓起身，但沒坐到他身邊，而是站到了他身後給他揉著額穴。

「世朝呢？」

「隨我來了，我讓他先在門外候一會兒。」

「他像你。」魏景仲的頭舒緩了一些後，慢慢地吐話道：「他是你的心頭肉，就如你之於我。」

「是。」魏瑾泓聽了微微一笑。

「為此，我一直尊著，且護著你母親。」魏景仲淡淡地道。

魏瑾泓默而不語。

「可如今，不能再讓她這樣下去了。」魏景仲疲倦地閉上了眼。他不能再容她為著崔家而拖魏家和瑾泓的後腿了。

「您已經有了打算了嗎？」魏瑾泓一嘴的苦澀。

「現族中事務繁多，來往之人皆多，就先讓她抄經百遍吧；崔家之人也送出府去，他們昔日那舊宅可還在？」

「尚在。」

「那就讓他們住進去，等那蔡府之人上京。」

「是。」

「賴氏……」

「嗯。」

「賴氏性子過剛……」

「她是賴家嫡長女，江南任氏家主的外甥女，我兒之母。」魏瑾泓淡淡道。

魏景仲苦笑著搖搖頭。「那就且容她吧。」她身分在那兒，底氣過足，只能容。

任金寶要回江南一段時日，這日便前來府中與賴雲煙告別。

這次他把賴雲煙那些分成也帶了過來，又忍不住與賴雲煙道：「妳還有別的法子沒有？且與老舅說上一說。」這些年他們合手掙了不少，他這外甥女主意多，他那兒呢，找那些靠得住又說得上話的人下手吃肉分羹，那錢來得快又安全，自個兒也是掙得盆滿缽滿的，因此任金寶這剛分完從塞北運羊過來賣完的銀兩，就又想著下一回要掙什麼了。

「舅，得先沈兩年了，讓別人幹兩年，把影子收回去再說。」賴家現在升得太快了，連帶任金寶也水漲船高，快要露得誰都看得見了，得讓別人把他們的風頭搶了，風水轉到別人家兩年，這才不會讓人死盯著。

「可這過了兩年，那機會還在嗎？」

「哥哥在著呢！」賴雲煙噗笑。只要賴家還在官場上，有啥好發愁的？

「唉，我也曉得是這個理，可是銀子吶，那是越多越好啊！」任金寶搖頭晃腦的，滿臉心疼。

賴雲煙看著他現在胖得連眼睛都找不著了的臉，忍不住嘆了口氣，道：「您怪心疼的吧？」

「可不是！」任金寶連忙精神一振，尖起了耳朵，打算聽她還有沒有什麼好法子說出來。
「那就好好疼疼，少吃點肉，這樣舅娘也就不嫌棄您了！」
「唉……」任金寶嘆了口氣，心思全在銀子上，根本沒在他那婆娘身上。
「回去好好蓋房吧。」賴雲煙知道舅父這次回去是要蓋族屋，她想了一下，看了舅父一眼，見他回看她，她招來冬雨，讓她出去通知賴三兒他們把風；過了一會兒，冬雨在門邊輕福了一禮退下後，賴雲煙才跟任金寶說了前面她跟他提過的話。「您選的址好得緊，雲煙也是怪想要一處的，您就應了我吧？」
「妳跟震嚴說過了？」任金寶看向她。
賴雲煙搖了搖頭，低低地朝任金寶道：「說不得。只是雲煙為哥哥與世朝備的後路，用不上自然是好，要是用得上……」用得上，自然就保了兄長與自家孩兒的子孫後輩。
「妳就知後面會出事？」任金寶這次定定地看著外甥女，想從她嘴裡得句確定的話。
「小心駛得萬年船。」賴雲煙搖了搖頭。她哪能知道那麼多？不過千思萬想，還是覺得要留後路得好，命是最要緊的。
任金寶習慣性地露出了笑臉，他沈思了一會兒後，點頭道：「嗯，也是。」
這次帳本放到了賴雲煙的手上，賴雲煙算了算魏府的帳，發現魏府比上世要有錢得多去了，每年都多出了幾筆大的進帳，很顯然是魏瑾泓的手筆。
那邊魏崔氏在院內「養病」，其間叫魏世朝過去幾趟，但沒幾天，魏景仲就不許魏世朝去了，讓他別摻了祖母養病，魏世朝也算是鬆了口氣。

回頭見到魏瑾泓，他並不把他與祖母說的話學與祖父聽一樣地說給父親聽。說給父親聽，也怪沒用的，祖母是他娘，就如母親是他娘一樣，他就算說了祖母引他說母親的不是，父親會幫誰呢？上次他說了會幫他，可是，祖母還是能繼續對母親不好，所以，有時父親的話也並不是那麼有用的。

連著幾天魏世朝都沒有什麼時間去娘親那兒，待祖父書院那邊事多，留了他在家中後，除了功課外，其餘時間他就跟著賴雲煙處事，給賴雲煙記帳、跟她說話，自不在話下。

「你也不煩？」這日往大堂前走時，賴雲煙摸著他的後腦勺笑道。

「不煩。」魏世朝笑道。

這日晚膳，魏景仲那邊又叫了魏世朝過去。

魏世朝第二日早間過來與父母請安，在父親起身著衣後，他跪坐在父母的床上，拉著他娘親的長髮，笑著跟他娘道：「我跟祖父說，以後妳去哪兒我就去哪兒，妳是個女子，總得有兒子護著才成。」

賴雲煙聞言看向魏瑾泓，見他也怔忡地往這邊看來，她調頭看向兒子，冷靜地問道：「祖父跟你說什麼了？」

「祖父說，妳不能再給我生個弟弟或妹妹了。」魏世朝拿著母親的頭髮打著結，低著頭道。

賴雲煙抬起他的下巴，見他淚流滿面，眼睛就跟刀子一樣地往魏瑾泓看去。

她不聲不響，魏瑾泓站在那兒，那穿衣的動作也頓了，好一會兒，他才穿好了衣，走到了那對相擁的母子面前。

「娘親身子壞了，是不能生了，再生娘就沒命了；要是要弟弟或妹妹，就讓你父親找小妾生去。」賴雲煙親著他的頭髮，撫慰他道。

「嗯。」魏世朝在她懷裡點了頭，抬起淚眼道：「那孩兒養妳就是，妳別擔心。爹……」說著，魏世朝回了頭，跟他父親道：「你會休了娘嗎？」

「誰跟你說的？」魏瑾泓開了口，才知自己的喉嚨是啞的。

「祖母說的。」魏世朝隱了祖母說的那些難聽的話。

「不休。」魏瑾泓長吁了口氣，抿了抿嘴，盡力笑道。

看著父親難看的笑臉，魏世朝就又躺回了母親的懷裡。

「世朝……」賴雲煙叫了他一聲。

魏世朝抬頭看她一眼，隨後他又看向父親，道：「那你還要找侍妾給我生弟弟、妹妹嗎？」

「不生。你祖父有你二叔與我兩子之外，尚只有一個庶女；我有你一子，你二叔現下有三子兩女，已然夠了。」魏瑾泓笑笑道。

「這話，你已與祖父說過了？」魏世朝攔了母親欲要啟唇的嘴，與父親談道。

這事他問過舅父，父親只有一子最好，要是再得庶子，只要家中祖母還在，總是不會得太多安寧；只有他的話，事情就要好辦多了，娘的日子也會好過多了。

「我回頭就說。」魏瑾泓看著兒子，朝他伸出了手，眼神裡有點哀求。

魏世朝看他，又再看向母親。

「你已長大了。」賴雲煙說這話時語氣是平靜的，但她鼻子都酸了。「就像之前娘跟你說過的一樣，自己的事自己作決定。」

「娘，我跟妳說過的話，妳可都記著？」

「記著呢。」

「妳要記在心裡。」

「嗯。」

魏世朝這才像他父親剛剛一樣地長吁了口氣，把手伸給了父親，讓父親抱住了他。

魏瑾泓把他抱離了床，坐到了椅子上，緊緊地抱著他。

「爹，連著下毒之事，這次已是四次了。」魏世朝抬起頭，把父親額前未梳好的長髮放到耳後，與他平靜地道：「再下去可就不行了，你說是不是？」他不說祖母的不是，只是希望他的娘親能好好活著而已。

「是。」魏瑾泓疲倦地點頭，抱著他沒有再說話。

賴雲煙在床那邊看著椅子這處相依的父子倆，漸漸地閉上眼。世事真是不可能盡如人意啊，她不過是想讓他單純點長大，但事與願違，兒子還是知道得太多了……

第四十四章

魏母那邊的家人換了一批，府中的大管家也換成了春暉的父親春大管家。

賴雲煙也不把事情全攬在手中，祝慧真也分了一半去，她也有動用庫房銀兩的權力。

「府中的事，我一人是管不過來的，五千兩以下的事，妳自個兒估摸著去辦。」賴雲煙與祝慧真說這話的時候是直視著她的眼睛的。「想來妳這般聰慧，定是能管好這些事的。」

「嫂嫂信我？」連大管事的都換了，祝慧真的語氣顯得柔和了一些。

賴雲煙點頭，很認真地道：「我信妳。」

祝慧真立即紅了眼，道：「多謝嫂嫂！以前慧真多有得罪之處——」

「別說了。」賴雲煙攔了她的話，憐惜地道：「過去的就讓它過去吧。」

祝慧真聞言抽出手帕，失聲痛哭了起來。

賴雲煙忙勸她。「這是怎地了？快快過來，叫妳們二夫人可別哭了……」

祝慧真的丫鬟忙過來勸了她，隨後妯娌又說了些話，把府中的一些事通了個氣，祝慧真這才帶了丫鬟回了自個兒的院子。

等一回到屋，坐於鏡前的她看著自己還有些紅的眼睛，不禁冷哼了一聲。「鬼才是妳的好妹妹！」

那邊賴雲煙剛回屋歇息，秋虹就皺眉看著自家小姐，見她已經閉上了眼休息了，她不由得嘆了口氣，走到門邊，對著端水進來的冬雨跺腳道：「真是，唉……」說著狠狠一撇頭，就往廚房去了。信二夫人？信她幹什麼？她就沒見過把管家權這麼往外送的主子！

秋虹氣忿忿地走了後，冬雨端了溫水到床邊，擰了條帕子出來給她擦手，擦完後見賴雲煙睜開了眼，她便搖搖頭道：「您真信二夫人啊？」大堂裡，她們小姐說的那話，真得她都信了。

「信？」賴雲煙笑了。「我信啊，不過不是真信，不過是我信得起而已。」

把魏家掏空些，不過是拉了魏家的後腿，於她兒無妨，她兒子還不缺那幾個錢，但對魏家來說，這二房就是個麻煩了。她接管了魏家的家事，已然是吃了虧了，要是全管了，那還真又成了魏大人那任勞任怨的管家了；魏家人這般逼迫她，她豈能一點反手都不留著？

「世朝是這樣說的？」修青院內，過府拜訪的蘇明芙輕聲問道。

「嗯。」

「妳是怎樣想的？」見賴雲煙臉色平淡，蘇明芙又問了一句。

賴雲煙朝蘇明芙笑著搖了下頭，淡道：「他總是希望父親與母親是在一起的。」除了這個，她這孩兒啊，還真是貪得不多。

「妳怎麼想的？」蘇明芙不止一次聽舅父說過要帶她回江南。

「他還小。」很多事他還不懂，也還在需要他們兩個都在的年紀。

「那過幾年再看看？」蘇明芙輕道。

「嗯，走著看。」賴雲煙點了頭，看向蘇明芙的肚子，臉色溫柔了起來。「雖說妳這胎是穩了，但下次就別出門了。」

「無礙，跟著一堆人呢！」蘇明芙笑看了眼門外的婆子、丫鬟。

賴雲煙看著院中站著的那幾個嚴陣以待的婆子，還有她們身後一排的丫鬟，不禁失笑，朝蘇明芙道：「哥哥怕哪兒磕著、碰著妳了。」

「說是要來看妳，才允我出來走動走動。」蘇明芙微笑了起來，眼睛裡全是柔光。

「嫂嫂……」賴雲煙摸著她瘦弱的手，道：「雖說妳身體比以前好多了，可也不能輕忽大意。」

「嗯。」蘇明芙拿手覆上她的，微笑道：「我心中有數，妳放心。」

「父親近日身體可好？」賴雲煙提上了賴遊。

「近日咳嗽好多了，就是提不起什麼精神來。」蘇明芙輕描淡寫地道。

「咳嗽好多了就好。」賴雲煙欣慰地點了下頭。不清醒就好，免得一清醒啊，那腦袋瓜就轉得飛快，又來給她添麻煩。

宣朝的九月已漸漸冷了起來，這時離過年雖只有三月，但魏府著實事多，這時族人又從各地趕來，一起過年不算，緊接著又是祭祀，這幾百人的衣食住所真是讓魏府所有的人，上至主子下至小僕，都忙得昏頭轉向。

那邊魏母向外傳了消息，說她身子骨兒好了，好了的意思，就是她可以出來管事了；也不知她跟魏景仲說了何話，不出幾日，她就又重新出現了。

賴雲煙乍見到她時，還嚇了一大跳。魏母瘦了，瘦得臉上一點肉也無，以往看著溫婉還頗有點風韻的中年婦人，現在好像老了十幾歲。她私下只聽說魏崔氏自盡了一次，也聽說她容貌枯萎，卻沒料到已經黯淡到了這個光景。她也有點明白魏景仲為什麼放她出來了，到底是夫妻一場，短短時日逼得她如此，總是有些心軟的。

魏崔氏這一次出來，對賴雲煙卻是和善了許多，說話也是輕聲輕氣，很多事都是要過問賴雲煙一下，才傳話下去。

她一個婆婆，卻做出了小媳婦之態。賴雲煙默而不語，過了兩日，就不再跟魏崔氏共事了，而是派了祝慧真和管事的去了，避免不了時才走上那麼一遭，要不她輕易不與這殺傷力突然增強了的魏崔氏共處。

祖母這邊只關了不到一月就放了出來，魏世朝這日從祖父的書院回來，一進母親的院後，就揮退了下人，與她道：「娘，這明顯是苦肉計。」

「你前去請過安了？」

「是。」

「你明白你父親的話的意思了？」

「嗯。」魏世朝看了看他娘，輕嘆了口氣，道：「有些話，便是從父親口裡得到保證了，也不能輕易當真。」

賴雲煙坐在了他的身邊，摸著他嘆氣的小臉，道：「你累不累？」這麼小，就要懂這麼多，她教的、他的先生教的、還有些他不得不學著去懂的東西，這些壓得他喘得過氣來不？

「孩兒不累。」魏世朝說到這兒，看向賴雲煙，學著她摸他的臉那樣去摸她的臉，過了好一會兒才道：「忍無可忍便無須再忍，孩兒懂得的，娘妳就去做吧。」就是娘想走，他再捨不得爹，那也走吧；實在不行，爹還可以再娶，也可再生，但他娘只有他。

「嗯。」賴雲煙忍不住抱住了他，笑嘆出聲，垂眼掩了眼中的淚光。

先生們教他光明磊落是什麼意思，而她卻不能避免地要教他去認識一些人性中黑暗的東西；魏母不喜她，她也不喜魏母，這事她對他坦承過，也告知過他，她不會像他父親對祖母那樣對祖母好。

她告知他，要用自己的眼睛去看這個世上的一切，她也讓他親眼見著她有多為難了，想來，就算別人背著她的面說她的不是，他也是不會信的。他長大了，離開她的時辰一天比一天更長，如他們之間沒有足夠的信任，誰知日後會變成什麼樣？在他羽翼未豐時，他不信她，只會折他的翅。賴雲煙一直想要他堅信她，她以為還要過好多年，她才能悄悄完成這個過程，只是早在不知不覺間，孩兒變了，一切都變了。

邢縣蔡家老太爺來京，狀紙直接送抵刑部。

那廂崔平林的急信到京，魏崔氏拿信在魏景仲那裡求了半日也沒求到個准信，終是昏了過去。

不多日，刑部侍郎主審此案，三日後，崔睦奇被抓走。刑部那邊下來的判令是死刑，半月後刑堂行刑。刑令一下，魏崔氏說是連東西都吃不下了，魏瑾泓去看過兩次，賴雲煙聽說魏母又苦苦求了他兩次，他便再也不去了。

這時已是十月，入了冬，天氣是真正冷了起來，在這個初冬，崔平林的長子崔睦奇被宰；而這時的魏府已進入了嚴冬，魏崔氏大病一場起來後，面目變得冷酷。

賴雲煙聽人來報，魏崔氏對魏景仲說，她一生在魏府伏低做小，為他生兒育女，沒有功勞也有那苦勞，現娘家姪子已斬，只希魏家能把她剩下的那兩個孤苦伶仃的姪子接住府中。

其實沒有什麼孤苦伶仃，那兩子有父有母，只不過不在京中罷了；但魏母這樣說，而那兩子在外的日子現在也確實頗為艱難，魏景仲便應允了她之意，讓崔家的二子崔睦光、三子崔睦興進府。

崔家前世只有睦光，並無睦興。賴雲煙只知睦光是腦袋不靈光的人，又眼高手低，起不了多少風浪；而睦興聽探子來說，倒是聰明得很，不過十歲，就知為兄長在外的魯莽猖狂道歉了。

崔家兩子重新進府，魏母叫了賴雲煙去，說任憑她的意思，安排他們住在何處。

「這等事媳婦不知，容媳婦問問夫君之意。」魏母不笑，賴雲煙便也省了那些假笑。

「也好。」魏母眉眼不展，對她那站在屏風外的兩個姪子道：「都去歇息吧。」

「是，多謝姑母，多謝大表嫂。」

他們走後，屏風被撤了下去，魏母看了她那頭戴白潔玉釵、身穿淡藍薄襖衣的大媳一眼，先是慢騰騰地喝了口茶，隨後道：「他們是要進書院讀書的，跟瑾泓說一聲吧，與世朝安排得近一點。」

「再近，那就是媳婦的院子了。」賴雲煙抬眼看向魏母。「母親何意？」

魏母眉目不驚。「這等話是妳一個當長媳的能說得出口的？」

「問都問不得？」

「世朝大了。」魏母冷冷地勾了勾嘴角。「成天在後院跟丫鬟、婆子待一塊兒，能有什麼出息？」

魏景仲常把世朝帶在身邊不說，魏崔氏這是想乾脆把她兒子與她隔開了？賴雲煙挑了挑眉，微微笑了起來。

看著她的笑而不語，魏母的眼越發地陰沈起來。「孩子大了，該放手了，賴氏；像我這個老婆子，不也把兒子給了妳嗎？」

「您這話說的，媳婦一點兒也不懂，您的兒子現在不還是您的兒子嗎？」賴雲煙也不想跟她再耍嘴皮子，說了這話後，就起身告退。「媳婦有事，就且退下了。」

魏崔氏沒有遲疑，略一點頭，等賴雲煙走後，她看著桌邊那碗賴雲煙沒動過一口的茶，無聲地哼了一聲；這戒心，還真是配得上她的心機！

十月底，魏瑾泓突被參，有人搜查了證據，指他貪了一批金帛，人證、物證皆有。

人證是姓魏的採買下面採辦什物的下官，他咬死了那批金帛是魏大人親自吩咐他，讓他送到魏家莊子上去的，隨後以血寫下血書，自盡而亡；而魏家的莊子裡，留著一庫的金帛，這是充入後宮以備過年之物，現其中有小半就進了魏家庫房。

此事一出，全朝譁然。

這事引得魏家的七老太爺急帶魏瑾榮進了魏府，與魏景仲商量對策。

賴震嚴也被請了過來。

這時，魏瑾泓的好人緣也起了作用，楚子青在朝力挺他，為他說話，連司仁都出來說了兩句「此事尚待查證」的話；元辰帝乘機便把事壓了下來，囑了刑部親查。

這事起來之時，魏家也不太平。魏母跟來往的不少族人說了魏世朝還住在母親院子裡的事，說他年紀不小了，有些人家中的孩子七歲已經獨居一院了；這事說得太開，傳到了魏景仲的耳朵裡，便讓魏世朝正式搬到了他的前院去了。

魏世朝不聲不響，任由大人折騰。

這日隨祖父去拜訪友人時，在那友人家中見著了隨舅父來的表兄，兩表兄弟私下私語時，魏世朝便朝兄長道：「娘親說京中這幢幢宅子都是牢籠，弟現深以為然。」

賴煦陽聽後微微一笑，看著表弟清澈的眼睛道：「你想想你曾去過那麼多地方，為兄還沒去過呢，想想它們，你就會好受得多了。」

當晚，魏世朝就跟祖父說了一晚上他曾見過的遼闊大地，第二日，魏瑾泓就被參了一本，貪帛之事不出一日，傳遍朝野；元辰帝下令徹查後，魏瑾泓被禁了少府之職，留於魏府之中。

賴震嚴被請進了魏府後，先去了魏家七老太爺那裡拜見過後，就推託了一陣，然後來了妹妹處。

「妳是何意？」一進門，待確定可以說話後，賴震嚴箭指中心。

「沒查清是誰出的手、誰之意，便不能幫。」賴雲煙很直接地道。黃閣老那邊根本沒透出一點消息來。

「這人？」賴震嚴寫了「廢太子」三字。

「妹妹這次完全不知情。」這次，賴雲煙也是事先一點都不知情，這事，對方辦了個密不透風。

「為他說情的人挺多。」

「你也說，別人說幾句，你也說幾句。」說歸說，做不做要看情形，誰知道這事背後是誰之意？這是有人要斷皇帝的臂膀，要斷皇帝的路，一出手就是要把魏瑾泓一舉搞定，這人的身分、這種能力，哪怕是比起黃閣老都差不了多少。

「那就如此。」賴震嚴起了身。

「哥哥。」賴雲煙隨著他起了身，靠近他，在他耳邊輕語道：「漂亮話可以多說，尤其是當著魏老太爺的面，但做不做，你心中拿主意就是。」

「是宮中之人？」賴震嚴突然又道。

賴雲煙平靜地看著好似心中突然有了數的兄長，沒有點頭也沒有搖頭。

「對，妳說的……」賴震嚴搖搖頭，不再接著說下去，快步帶著心腹之人離開。

他走後，冬雨快步進了門，在賴雲煙耳邊輕道：「按您所說的，退路都安排好了。」

賴雲煙扶著桌子，坐在了椅子上，輕輕地點了下頭。

「您說，這次大公子會不會有事？」冬雨忍不住問。

「誰知道。」賴雲煙自嘲地笑了笑。

她與魏瑾泓自詡都是聰明人，又比旁人多活了一世，皆以為比誰都能明瞭這朝局的變化；可這臨空而下、完全讓她摸不著的一棍子，卻徹底把她打醒了，現在的時局與前世的局面，已經截然不同了，他們也不是那個盡掌朝局的人。

「您不想跟他說？」冬雨又道。

這時，賴雲煙立馬朝冬雨看過去，一字一句地道：「這事，妳一點口風都不能露。」他的死活關她什麼事？她的後路是她的。

「小姐！」冬雨上前一步，臉上有些著急。「這事要是小公子知道了……」

「知道了會恨我？」賴雲煙笑了笑，眼睛裡全是悲哀。「要是恨，那就只能讓他恨了。」

決定生他的那一刻，把無辜的他帶到這塵世的那一刻，就注定她對他不住了。她對他傾心教導，如若得來的還是恨，她也只能說這是她活該。別人欠她的，要償；她欠人的，償了，她也要無話可說。這世上，自古以來都是如此亙古不變的道理，一報還一報，她不會為自己開脫，但也不會為了免於可能的責難，而把魏家搭到她的肩上；她只是一個想活下去的人，不是什麼救世主。

「可您會傷心……」冬雨哭了。到時要是小公子問小姐，為什麼不救他的父親，小姐要怎麼答啊？她又怎會不傷心？小公子又該多傷心！

「傷心管什麼用？」賴雲煙笑著去拭她的淚。「傻丫頭，傷心是最不管用的東西，我要是傷心死了，沒人管妳的小公子了，那才是最吃虧的，所以我不會傷心；小公子再傷心，哪怕是恨我，他也會長大，他也還會有他以後的日子要過呢！他會認識更多的人，會有他自己的人生，我礙不了他多少事，這世上哪有什麼人能事事都盡如人意？」

冬雨這麼堅強，跟她一路走來從沒喊過一聲苦，但卻為了她一手帶大的孩子而淚流滿面；女人啊，就是傻，就是心軟，總是不願意相信，哪怕她哭死了，這世上的事也不會因她而有一星半點兒的改變啊……

第四十五章

魏景仲囑了魏世朝搬進他的前院，魏瑾泓一直忙於外間的事而待在外面，僅傳話給了他父親，哪想等他賦閒在家待查了，此事已經定了；賴雲煙笑靨如常，但卻不許他再進屋了，他們因孩子而在表面維持的那層皮，由她動手，慢慢往外撕開。

魏瑾泓被請出屋外，去了書房，讓翠柏去端了壺冷茶過來，一盞一盞地喝著。

「主子，要不要傳點膳過來？」許久，被他又令添一壺冷茶時，翠柏出聲道。

「無須。」魏瑾泓搖了頭。

翠柏再進屋，與他倒了冷茶後，魏瑾泓看著他跪於地上添茶的僕從，低問道：「你還是不願娶？」

翠柏抬頭，與他笑了一笑，道：「奴才還沒這個想法。」

「她就這麼好？」

「沒。」翠柏這時自嘲地笑了笑。「都是奴才的問題，想著娶的那個人不是她，就沒這個心思了。」他無父無母，自己姓什麼也不知道，也不像蒼松、春暉他們一樣要傳宗接代，不娶就不娶了，只要主子不說話，也無人管得了他。

「她知道嗎？」

「知道。」翠柏點頭。

「沒說過什麼？」

「沒。」翠柏搖頭。「跟夫人一樣，她從不對不喜歡的人多置一詞，便是從前我送去的金簪，放在了那兒就一直放在了那兒，她從沒動過。」冬雨也是大夫人身邊最得力的丫鬟，為人大概也隨了大夫人，只要是看不上眼的，多餘的一眼也不會給。

「真狠得下心。」魏瑾泓笑了起來，如玉般潔白溫潤的臉一片光潔明亮。

「是啊……」翠柏也無力地搖了搖頭，苦笑出聲，可他就是喜歡，這也是沒辦法的事。

魏世朝從祖父處出來後，先去了娘親那兒。

得知父親不在房內歇息時，他怔住了半晌，才喃喃道：「爹爹說要回屋歇息的呢，孩兒還跟他說了，歇會兒完成了祖父布下的功課後，就過來與你們請安。」

「不知哪兒去了。」賴雲煙笑道。

魏世朝沮喪地點了頭，道：「那好，我先去找找父親。」說著，就又帶了賴絕他們出了門。

找到了魏瑾泓後，魏世朝跪於父親面前，看著父親明亮的眼，輕聲地跟他講道：「你別怪母親，她心裡可苦呢！」父親為了祖母不幫她，而他為了聽父親的話也不幫她，她現在心裡該有多苦啊？父親不能怪她的。

「朝兒覺得我在怪她？」魏瑾泓看向兒子，嘴邊笑容淡了。

「爹不怪嗎？」魏世朝反問了一句。爹是怪的，怪得厲害，可自己不能一直偏心於他，娘也是會哭、會疼的。

魏瑾泓此時嘴邊笑意全無。

魏世朝低頭，給他磕了一個頭後，低著頭悶悶地道：「孩兒去陪娘了。夜涼茶冷，你少喝些吧。」說著起身就退了下去。

看著他的小背影消失，魏瑾泓低頭看著冷冰冰的玉盞，心也冷成了一片。不怪？又能如何不怪？怪這麼多年了，他們跟上世竟是無甚區別；她還是想走，他還是想留。

魏瑾泓的事讓嘈雜的魏府安靜了下來，魏家族人受家中老人叮囑，減少出外的次數，便是下人採辦雜物也是低調行事。

魏瑾榮在魏瑾泓出事後，就帶著族人去了出事的莊子，再回來後，對魏景仲道了四字——「死無對證。」人都死了，想讓他再改了口供也是不可能了，而這誣陷之罪，他們暫時也不可能在這風頭上按到一個死人身上去。

那廂宮中又突然傳了話出來，說皇帝即位這麼多年皆是風調雨順的，沒哪年留過爛糟事過年的，今年這事，也便在這年過年前處理了吧。這話的意思就是，這事必須要在今年有個定論；而才兩個月的時間，光是從採買金帛的南方到京中，水路都要花費一個半月，要去查上一趟都須三個月以上，怎能兩個月的時間就有定論？此訊一出，賴雲煙隱約覺得魏瑾泓在劫難逃了，這次不僅是她有這種感覺，便是魏父也是如此。

魏母那邊不知是否真知了事情的嚴重，得知魏瑾泓可能被處決後，她在這天清晨的暴雨中，第一次移步到了賴雲煙所居的修青院。

「自你們回來後，我就沒來過這兒了。」賴雲煙請她入座後，魏母沒有移步，而是揮退了身邊的婆子，朝賴雲煙淡淡地道。

她臉上顴骨突起，臉色乾枯，就是說話時的語氣是平靜的，也還是從她的神色間透出了幾分灰涼之氣出來。

賴雲煙只是再次福腰，輕道：「請娘上座。」

「你們出外遊歷那幾年，每次逢年過節，或他生辰那日，我就會過來坐坐。」魏崔氏看著賴雲煙前面的那張椅子。「我沒坐在這張椅子上，都是坐在妳常坐的那張上；那張離花園近，天氣晴時看得清那湖面的水，那水真是清得讓人心靜，是不是？」

賴雲煙對上她的眼，臉上神色不動，嘴間也沒有言語。

「妳贏了，這個府全是妳的了。」魏崔氏這時緊緊地閉上了眼，眼淚從她的眼睛裡流了出來。「讓妳兄長幫一把吧，魏、賴是姻親，他都袖手旁觀了，旁人就更會作壁上觀。」

「您不該來我這兒……」賴雲煙笑了笑，也沒有再藏著、掖著。「您該去找我父親。」他們才是熟人，她與她，從來都不是。

魏崔氏聞言，身形一僵，眼睛緩緩地張了開來。

「我這裡，有一句不袖手旁觀的話。」賴雲煙在那張透過窗子能看得清湖面的椅子上坐了下來，緩緩地道：「您做過什麼事，都去給您夫君及大兒透個底吧，若是誰拿了您的把柄要脅魏家，魏家就什麼都不是了。」到時候，魏府完了，是誰的，不是誰的，都是無關緊要的事了。

「妳是什麼意思？」魏崔氏半晌才道出了這句話。

「去吧。」看著在暴雨中不復往日平靜的湖面，賴雲煙溫和地道：「該說的都說了，讓這家子人陪您死，也在死之前心中有個數。」她與賴遊勾結這事，廢太子遲早會拿這個找上門來的。

「妳說什麼?!」魏崔氏失聲叫了出來，她叫得悽愴，眼淚卻爬滿了她的臉。

「您中了別人的計了。」賴雲煙看著她，眼睛裡滿是悲涼，無話再說。

魏崔氏拚了命地盡是不容她，而賴府裡，那個也是不容她的；魏崔氏與他一起算計她，怕是得了他許的好處吧？拿了他不少銀子吧？在得他的好處之前怎地不想想，他的好處是那麼好拿的嗎？他是廢太子的人啊，這老夫人真是太糊塗了。

而她的糊塗，上世魏瑾泓是知情的，這樣一個能毀三代的糊塗母親，他這世還是一樣的保著、護著，賴雲煙只能感嘆一聲他真是個孝子，旁的，她真是無話可說了。

廢太子這次是非要魏府站在他那邊不可了，魏家怎麼抉擇，那是魏家的事了。

她，是定要保全兄長的。

賴震嚴那邊接到了母親給賴雲煙的血玉，看過賴雲煙的信後，就把他的那塊血玉也拿了出來，合成了一塊，交到了蘇明芙手裡。

當天早上，他把剛弄到手的路引交給了蘇明芙，當城門剛剛打開那刻，蘇明芙便帶著長子賴煦陽離開了京城，攜兄妹倆之信與任家玉珮，遠赴江南。

那日早上的馬車內，賴煦陽抱著無聲哭泣的母親，輕拍著她的背，不斷地安慰她。「無事、無事，過不了許久，爹爹就會來找我們的。」

魏景仲病了，那天下午，方大夫被人從賴雲煙這裡請了去；方大夫去之前，賴雲煙跟他面對面談了一會兒，給魏景仲看完病後，方大夫就走了。

賴雲煙讓他去找他的師父也好，回江南也好，喜歡哪兒就往哪兒去，這京中，是待不得了。方大夫受了舅父的恩情，便一直待在府中幫她，她不願盡受了他的恩，還要損了他的壽。

她把話攤開了說，說得坦蕩，方大夫跪下給她磕了頭，從魏景仲那裡回來後，跟賴雲煙說了他的病情，留下一些藥，便帶了包袱，去了門邊，跟著任家來接他的人走了。

任家那邊沒有太大的事，任金寶只比賴雲煙更謹慎狡詐，他的金銀之物從不留在京中，哪怕是被人端了窩了，損失的也只是檯面上的銀錢，倒是無須太怕，現在怕的，只是她兄長受牽連。

賴雲煙在信中與他說了，這事他可酌情告知皇上。當告密之事涉及賴遊，便也是整個賴府，另外，還要帶上整個魏家；這大義滅親的事，真是千難萬難，只能兄長去作這個決定了，事到如今，她也沒有別的辦法了。

黃閣老那邊也不再透消息出來，這時他已沈寂。賴雲煙想想，也是能明瞭他的態度。一邊是太后與廢太子，另一邊是皇帝，他要是想不露出狐狸尾巴，這時最好是一聲不吭，自讓人唱他們的大戲去，他續當他的無用王爺，等風平浪靜了，再出來幹那右手銀、左手金的買賣。

她上世與黃閣老夫婦是知己，這世卻不再是了，她入京後，也只與他們買過幾次消息，根本不知他們成了什麼樣的人；他們那個世子，更是一點消息也沒透露出來，她也不知這家子現在的情況是什麼樣的。要是這對深不可測的夫婦不再逍遙度日，而是插手朝局……如果真是如此的話，賴雲煙覺得，這京中就不再是她能待的京中了。

她三世為人，很是明白有些東西就是她十世為人都對抗不了的，事情要是再有波動，時機不對，她就要走，她這種機會主義者，從來不是跟天爭、跟命鬥的人。

魏景仲倒下了，魏瑾泓不再回修青院，那廂賴遊在賴府那病突然就好了。

賴震嚴下藥之事，被賴遊當作了把柄。

賴三兒回報此事後，賴雲煙仰天大笑了好一會兒，笑得眼淚流了滿面。這人世啊，真是太奇妙了，多荒謬的事情都會發生。父親次次要他們的命，兄長狠了又狠，終於狠下心要把他圈住了，哪想，卻是中了他的計，然後被他拿捏住了；經過這次，想來兄長是真的死了心吧？不算太早，但也不算太晚。

魏景仲重病，賴遊入府探望，這日，賴雲煙去了寺廟為魏父祈願上香。

寺廟內，賴震嚴與賴雲煙道：「我走不得，我有官職在身。」

他要是走了，就是罪官、逃官，一生都毀了。

「我知道。」賴雲煙很冷靜，一一與他道：「人、銀兩，都給哥哥留下，實在迫不得已，你便帶人逃。」

「不，賴絕跟三兒他們妳帶走。」

「他們媳婦我帶走，人留給你。」賴雲煙笑了笑，眼中都是淚。「我保他們子孫無憂，看在主僕一場的分上，他們不會恨我的。」

賴三兒與賴絕這時站在亭外，他們的腰挺得直直的，眼睛動都未動一下，只是那嘴抿得緊緊的，那握著腰間大刀的手繃得緊緊的。

「哥哥要是不想讓雲煙視如姊妹的丫鬟們恨我，便好好帶他們來就成。」

「妳就定信此事不可挽回？」兩日未睡的賴震嚴的聲音暗沈晦澀。

「那個位置，當年搶走時有多凶惡，這時再搶回，便有多險。」賴雲煙看向賴絕他們，見他們走向兄長的忠僕虎尾他們，幾人全部出動，直到再有人回來朝他們點首後，她才靠近了兄長的耳邊，把黃閣老的事全說了出來。

賴震嚴久久無聲，良久後，他動了動僵硬住了的嘴，從乾澀的喉嚨裡擠出字來。「妳給我走，盡快給我走。」一直替她辦事的黃閣老竟然是樹王爺！

「哥哥……」賴雲煙看著賴震嚴，手情不自禁地拉住了他的。

「太后病體有恙，在我出來會妳時，有人告知我，樹王妃被召進了宮中。」說著此話的賴震嚴，喉嚨都是抽搐的。「她要是三日都沒出來，妳就趕緊給我走！」

「可是……」賴雲煙也知一直不給她消息的黃閣老那兒怕是不對勁了，但還是不知詳細情況，乍聽到此事，她的心神也是震了震。

「給我留下的都留下，妳趕緊走。」賴震嚴一揮手，大力拉了她起來，對著空氣就是威嚴大喊。「賴絕、賴三！帶你們小姐回！」說罷，回頭狠狠地瞪住賴雲煙。「妳給我爭氣了這麼多年，這次妳也要給我挺住了！妳嫂子肚子裡還有一個，還有舅家，妳定要在那邊給我撐住了！」

「可是……」

「沒有可是！」賴震嚴拖著她往外走，語氣狠絕又鏗鏘。「只有活路，我們兄妹的活路，誰都擋不得！」

三日後，魏府。

「走？」魏世朝驚了，驚詫至極地看著他的母親。

「嗯。」賴雲煙抬頭，主動給魏瑾泓倒了一杯茶，倒好之後垂首輕道：「只有一炷香的時辰，世朝你與父親好好商量吧。」走或不走，由他們決定，無論什麼決定，或者日後恨不恨她，她都無妨，現下作了決定就好。

「爹？」魏世朝狠狠地別過了頭，看向他那腰都似是佝僂了的父親。

「世朝，你說，你願跟你娘親去江南大廟為祖父祈福嗎？」魏瑾泓朝兒子溫和地笑了笑，問道。

魏世朝聽著那話，突然之間眼淚就流了出來，好一會兒後，他咬著唇，哽咽地道：「孩兒願與母親一道。」說罷，往下狠狠地磕頭，跟他的父親說對不起，他早前說過了的，母親只有他一個孩兒，他要隨她去。

「那就去吧。」魏瑾泓抬杯，喝了那個女人為他倒的這杯茶，喝完後，他拉了兒子起來，把他抱到腿上坐著，轉頭對春暉道：「把暗室的東西拿來。」

春暉不同以往每次那樣的悄然而去，他朝他們行了五體投地的大禮後，這才跪著退出了門。室內靜寂無聲，等春暉來了才再次打破安靜。

魏瑾泓拿了春暉拿過來的盒子，與懷中的孩兒道：「裡面有一道是族令，我族已有百年未用了，這令在誰手中，誰就是族長，這令你拿著。」

魏世朝抬頭欲要張口，但在父親溫和帶笑的柔眼裡，他止了口中的話。

「這是父親的私印，也一併給了你。」魏瑾泓從袖袋中拿出自己的刻章，放到了他手上，微笑道：「好好收著，要是在南方想父親了，便拿出來看一看。」說到此，他抬頭看了房梁一眼，這才朝他親眼看著一步步長大的孩子笑道：「不要忘了父親，可成？」

魏世朝咬得牙都出血了，他什麼話都說不出來，只是緊握著那錦盒與印章，死死地咬住牙。

一炷香的時辰很快就過去了，賴雲煙帶了魏世朝上了馬車，她抱著孩兒，很快地，胸前的衣服就被打濕了。

那廂魏府內，魏瑾泓過了好一會兒，才朝門邊問道：「走了？」

「走了。」春暉跪在地上答道。

「走了？」一炷香後，他再問。

「回稟公子，走了，小公子走了。」剛回來的燕雁跪在地上，狠抽了一下自己的耳光，嚎啕哭了出來。

屋內，不允許任何人進的魏瑾泓慢慢地把一直含在喉嚨口裡的血嚥了回去；再稍待半會，他含了那杯婦人喝過一口的冷茶，把口裡的血腥沖盡，然後若無其事地起了身，朝門邊的人道：「按我的話動。」

「是。」

身邊的人應了聲，等他們全退下後，魏瑾泓出了門，與門邊留下的那個最年輕的小廝道：

「你跟了我幾年了？」

「五年了，公子。」

「是在阿孟路上收的你？」

「是。」

「你來那日，大夫人說了什麼？」

「她說小的終生是浮萍之人。」

「她說這話的意思，你現今明瞭了？」

「是，奴才現在明白了。」

「是何意？」

「奴才為了能飽食一頓，叛了族人跟了您，從那日後，於族人就是叛徒，從那日後便無家可歸、無族可依，可不就是那浮萍之人。」

魏瑾泓聞言笑了兩聲，帶著他往父親的院子走去，走到半途，僕人來報，說老夫人不行了。

魏瑾泓聽後腳步不停，往父親的院中走去。不行了？那就不行了吧，事到如今，他能不能保住魏家，都是懸於一線的事；那兩個人走後，誰的死活在現在這個當口，都顯得不那麼重要了。

趕了半月的路，賴雲煙才趕上了蘇明芙。剛見了蘇明芙，這時她又接到消息，說是岑南王掃平岑南周邊動亂後，進京面聖了，祝慧芳也隨他一道進了京。這時，祝家的老祖母也是不行了。得訊後，賴雲煙滿臉苦笑。慧芳把夫君、兒子、岑南王府排在第一，第二的就是她這祖母了，現下岑南王進京，她豈能不跟去？她真是趕上了最不好的時候，現今的京城，一個動彈不當，就能把人生吞活剝了。

蘇明芙見她滿身風霜，眼裡禁是悲涼之意，好一會兒才伸出手去捉了她的，輕問：「不妥嗎？」

「呵。」賴雲煙輕笑一聲，回握著嫂子涼涼的手，與她道：「妥與不妥，哪是我等人管得了的事。」

「妳兄長呢？」蘇明芙說這話時，眼睛裡泛起了水霧。

「不會有事。」賴雲煙說這話時，神情輕鬆了些。「兄長還有你們要顧妥，按他的性子，總會找條活路出來的。」

「是嗎？」蘇明芙淒然地笑了笑。「可要他命的，是他最親的至親……」

賴雲煙聞言，心中一片鈍疼。她抱住了嫂子，讓她靠著自己的肩，掩了臉哭泣。有些事真是人力不可更改的，她們能管好的只有自己，至於別人要做什麼，真是管不住分毫啊……

第四十六章

遠去江南之路甚是遙遠，賴煦陽生來自帶病根，身子逢勞累寒熱必會虛弱，禁不住奔波；但他是小主子，在家中時尚好，還有父親一手帶著他統管一切，可出門在外，只有他一個男丁時，他就要肩負起一家的生死存亡了。

姑姑趕上後，有了沈穩的小表弟一道與他處事，他就稍能喘上一口氣。表弟比在京中見時沈默得多，賴煦陽這日和他與忠僕定下了母親和姑姑商議好的沿路安置之事後，便拉了要出門查馬、準備起程之事的表弟，與他道：「你來都兩日了，我們還沒好好聊過。」

「兄長。」魏世朝回身，盤腿在兄長身前坐下，還為他拉了拉身上的狐皮，為他包得緊點。

賴煦陽便微笑了起來，那張清俊的臉顯得溫潤無比。

「兄長笑起來與我父親有點像。」魏世朝看著他的笑臉，突然說了這麼一句。

「喔？」賴煦陽略挑了眉。

「嗯，笑起來很暖和。」魏世朝笑了笑，與他道：「我不像他，我像娘多一些，先生們都如此說，還說我性子也是有幾分像娘的。」

「你覺得像姑姑不好？」賴煦陽問他。

「無不好，他人如此說來，我心中也是歡喜無比。」魏世朝搖頭。「只是想來，還是對不住父親。」

「為何這麼說？」

「族中生死一線，我身為長孫，當是要陪與他左右的。」魏世朝嘆道。

「為何要陪？」賴煦陽安靜地看著小表弟。「在我家中，我爹爹告知我的是，只要想著我們在外頭活著，他必會從泥濘裡爬出來見我們。你爹爹告知你的是什麼？」

「他也讓我走。」魏世朝傻眼。

「既是姑父之意，那你為何愧疚？姑姑太慣著你了。」賴煦陽平靜地搖搖頭。「讓你想什麼就認為是什麼。」

魏世朝也搖頭，沮喪地道：「我爹娘不像舅父與舅母一般，我娘這一走，我怕她是再也不回去了。我爹交了重責給我，日後我怕是要回去一趟見他的，如若娘不肯隨我同去，我就要與她分別了；你不知我娘的性子，她定下的主意，誰都改不了。」

「你是怎麼想的？與為兄說說。」賴煦陽說著，碰了碰手邊的茶杯，見還有些餘溫，便掀開蓋，放到表弟手裡，見他喝完大半杯，這才接過放到了桌上。

「我想他們跟舅父、舅母一般好。」魏世朝輕輕地說，隨後抬頭看著兄長的眼睛，嘆氣說道：「但這是不可能的。」

「為何？」

「都對娘不住……」魏世朝頓了好久，才接道：「就是我，也不敢說等我長大，再回族中，就真能讓娘親痛快。」

「喔。」

「她去江南、去漠北、去東海……」魏世朝說著說著，眼睛裡全是成珠的淚水。「去那些遙遠之地，那才是她的痛快；她跟別人不一樣，便是跟舅母，還有芳姨，都不一樣。」說罷，他的眼淚從眼睛裡滾了出來。

賴煦陽愣住了。

「爹說他早晚會失去她，他關不住她，只能讓她飛走……」魏世朝越說，臉上的眼淚越多。「他說讓我留下陪陪他，那個時候我不懂他是什麼意思，等真走了，我才知道他是何意；他是歡喜娘的，你說，為何娘就不歡喜他呢？」

賴煦陽看著表弟的淚臉，撫著胸口輕咳了兩聲，拿出袖中的帕子拭了他的臉，直到把他的眼淚擦乾淨，這矜貴的小公子才抿著嘴道：「姑姑自來與別人不一樣。」

「是，世朝也是心中有數的。」魏世朝拿出自己的帕子，拭了臉，擦了下鼻子後，這才朝兄長燦爛一笑。「說出來了，世朝心中就痛快許多了；等再想幾日，我就問問娘去。」

「好。」看著他的笑臉，賴煦陽也微笑了起來，沒再問他，要問姑姑何事。

他這表弟，按他的先生所說之話，就是與他是截然不同之人。他偏陰，性子隨了父親，萬事喜周密嚴謹；表弟屬陽，哪怕有黑暗之時，但過不了多久，他就會像陽光一樣坦蕩磊落，心裡頭能不存絲毫陰霾。

他這一生，會活得很快活。他母親跟他這樣說過他這表弟，賴煦陽此時看著，覺得母親的話定是真的。

「現下出去替我巡馬吧。」賴煦陽輕拂了下表弟的頭髮，又摸了下他發紅的眼角，微微笑著道：「等到了江南，我們再好好想想法子，看怎麼幫京中的家人。」

「嗯！」跟表兄說了不少心中之話的魏世朝起了身，出門時如釋重負地輕吁了一股長氣，對著門外兄長的隨從小虎尾就笑道：「小尾巴，來，跟小公子我去巡馬嘍！」

其父為賴震嚴忠僕虎尾的小虎尾聞言，哭喪著臉回道：「我爹爹是大老虎尾巴，我是小老虎尾巴，不是小尾巴！小公子您莫要這樣叫我，叫我小虎尾即好，我們公子也是這樣叫我的。」

「哈哈……」魏世朝笑著搭上他的肩。「一樣一樣的！你都叫我小公子了，我叫你小尾巴也是可行的；等我長成大公子了，那時我就叫你大尾巴！」

「奴才不是這個意思，奴才的意思——」

「咦？那馬怎麼了？」魏世朝突然叫了一聲。

「奴才去看看！」小虎尾一聽，立馬如箭一般快跑了出去，跑向了小公子指向的那匹馬，迅速竄上了馬背。他要帶牠去跑一會兒，看有沒有異常？他們的馬是要載著他們去江南的，任何一匹都不能有事。

看著小虎尾跳上馬，溜馬而去，魏世朝背著手，哈哈笑著揮了手後，帶上自己的隨從與兄長的另一僕從，查看馬車去了。

魏府被封，庫房被查，只不過七日，府中用度就已捉襟見肘。

魏家族人陸續遷出了府，這時已是嚴冬，魏瑾榮在任家掌櫃的幫忙下安排好了族人後，那掌櫃託與他一個箱子，與他道：「這是我們表小姐交給表姑爺的。」說完，就告退，帶著人走了。

箱子沒有上鎖，且是微開著的，魏瑾榮瞄了一道，見全是金珠子、銀珠子，他又掀開一些細看，還有一些是印了魏世朝小字的金銀之物，都是舊年之物；即使是現下用出去了，也無話可說，不能說是魏府貪的，就是到了如此境況，族長都盡其責，族人那兒也定是有幾分慰然。

魏瑾榮心中頓時頗有點訝然，等之後與魏瑾泓一報，魏瑾泓沈默了良久，才朝他笑道——

「這出自你堂嫂之手，她應是料到了魏府今日之況。」

「堂嫂聰慧。」

「呵。」魏瑾泓笑了一聲。

見兄長臉色煞白，還能笑得雲淡風輕，魏瑾榮心中感嘆了一番，這時嘴裡又問道：「一會兒你還要去見章尚書？」

「嗯。」魏瑾泓輕頷了首。

「他……」魏瑾榮抬眼看向他，眼神沈靜。「大兄確定了嗎？」這刑部尚書到底是何派之人？是皇上的，抑或是……

「大體無誤了。」魏瑾泓微笑道：「章尚書是好意還是歹意，這兩天就能有定論了。」

「那……」魏瑾榮往上抬抬手，問道。那皇上之意呢？

魏瑾泓再微微一笑。

還是忍？魏瑾榮看著虛弱的大兄，不忍地道：「還須多久？」

「誰知。」魏瑾泓啞笑，眉目清朗。「現下，總得讓人相信我必死無疑才行。」

「唉……」魏瑾榮輕嘆了口氣，便不再言語了，這時說何話，都於事無補。

「爹，吃藥了。」魏瑾泓輕叫了父親幾聲，見他睜眼，就扶了他起來，端過了小廝手中的碗。

「你回了？」

「嗯。」

「皇上是怎麼說的？」

「繼續查。」

魏景仲無聲地把一碗藥喝完，又含了口溫水漱了口後，再道：「族老有誰要見我？」

「七叔公那兒來了人，說他這幾日閒得慌，讓您好點就過去陪他說幾句話。」

「好。」魏景仲頓了頓，又道：「還有何人？」

「華伯來了，說家中雖是出了事，但祭祀之事是不便有何變動的，還請爹在祭祀三月前照常禁葷茹素。」

「還差幾日？」魏景仲問大兒道。

「就差七日了。」

「你吩咐下去。」

「是。」

「瑾瑜呢？」

「在院中習書。」

「如此便好。」說罷，他又補了句。「找人看好了。」

魏瑾泓點了下頭。

魏景仲見大兒神色不好，便對他道：「你且下去歇息，我這看一會兒書。」

「是。」

魏瑾泓退了下去，一步都不緩，等到了廊中，他才招來吉祥扶他。

朝中有武臣說他是佞臣，蒙上欺下，死有餘辜，便帶著刀在他回府之路堵住了他動手；要換作平時，倒也無事，他有還手之力，可如今他是被審之身，沒有收押已是格外開恩了，武官行凶要是再還手、再傷人命，更是禍不可測，所以只能被人刺了一刀，暫斷了此事。

眼看他死罪待定，這落井下石的人只會越來越多，也不知明日出門會不會再出不可預測之事？現今想來，那女人第一件做的事就是逃，倒確實如了她所說的，他要是快要死了，她立馬拔腿就逃的話啊！

第四十七章

年底，魏瑾泓被定有罪，關押天牢，年後處斬。

此事一定，魏家上下皆憤慨哀痛不已，有族中人脫了鞋襪，踩了尖刀，去宮門擊了鼓，回來雙腿不能行走，拉著其父的手痛哭道：「族兄冤枉，為何上蒼無明眼明斷是非？」其父愴然。

病中的魏景仲這時卻是從病榻上下來了，主持了族中之事。大年三十這日，他領了族中人祭拜了先祖，在當晚的團圓飯上，他舉了清酒，站起對著全族人連敬三杯，對著滿堂男丁道：「是我不當之處拖累了各位，待事畢，自當會與列祖列宗及長輩們請罪，魏氏此次，尚只能靠各位幫景仲這一把了。」說完，他站於正堂前，掀袍與輩分最高的魏七老太爺磕了頭，道：「七叔，景仲有罪。」

魏七老太爺扶了他起，撫鬚與他道：「無礙，我族自有祖宗保佑，你且寬心。」

當晚，魏景仲只薄酒三杯，膳畢去了大兒子的書房，靜坐一夜無語。

初晨，下人來報，說候了一夜，給大公子送去的年夜飯還是沒有送進。

魏景仲聞言，顫抖著手扶了案桌起身，這一刻老淚縱橫，終是他對崔氏太肆意了，才讓她牽累了族人與兒子！

初三那日，魏瑾瑜久日不出府，這夜終是忍不住，偷偷從小妾的床上爬了起來，去了後門，強令門房打開了門，想把舊友贈送他的名士圖拿到手；哪料，說好來送畫的舊友未至，出現的卻是當朝御林軍左統領，手中拿的恰恰是他要的名士圖！

隨後，左統領以魏府私謀宮中之物之名，搜查了魏府上下的書房。前次刑部奉旨徹查，查的只是庫房，此次卻是把魏府的書房、書庫查了個底朝天，無數書籍被翻扔得失了原樣。

聞訊趕來的魏七老太爺看到此景，一口氣沒喘上來，生生昏死了過去。

這一次，楚侯爺尚在宮中，趕不過來，是司仁穿著朝服過來，站於御林軍面前，手握御賜的寶劍厲聲道：「此中乃聖賢之書，還有列位先帝御賜魏府之物，誰敢沾污？給本官站出來！」

他此聲大喝，才阻了這些人撕扯書本之舉，一番動作下來，這才免了魏府藏書盡毀於一旦。

魏瑾泓之事在年後半月才傳到任家。

魏世朝聞訊後，便不見蹤影，派了多人去找，才知他躲在了屋頂，在落著雪的天氣裡抱著腿，閉著眼睛，在默默地哭。

找到他後，賴雲煙站在屋下，看著他好半晌，見兒子不理她，她就令人在廊下備了椅子，走了過去坐著，且當是陪著他。

不久，蘇明芙也過來了。

她有著身子，怕冷了她，賴雲煙只能道：「妳回吧，我跟他說。」

「妳會跟他說什麼？」

「說能說的。」

「他這時候聽不進。」蘇明芙嘆道。孩子再聰慧，也只是個孩子，現下父親命不久矣，他哪還能像個大人一樣明智？

「也得看他說什麼。」賴雲煙苦笑。「不說，我怎知道？」

「世朝，下來吧。」蘇明芙又站了起來，扶著腰朝屋上的孩子喊道：「莫凍壞了身子，讓你娘與我擔心。」

魏世朝看著她大腹便便的樣子，還真是怕她操心，就流著淚、抽著鼻涕，爬了樓梯下來。

站於母親與舅母身前時，他說道：「世朝都懂得，我只是傷心；娘親與舅母都不要太擔心，我哭哭就好了。」

「不怨我？」賴雲煙看著不靠近她的兒子道。

魏世朝搖了搖頭。「不怨。」

「那你為何不過來？」賴雲煙說這話時以為自己能控制得住，但她的鼻子還是酸了，聲音也哽咽了一些。不怨，怎會不靠近她？

「不是不過去。」魏世朝癟著嘴、流著淚，傷心地道：「只因過去了，我就會求妳陪我回京中，孩兒知妳本領大，當是有那救父親的法子的，可妳不想救，孩兒沒法子，妳就讓我……」說到這兒，他是再也忍不住了，哇哇地哭了起來。他是知道母親的本事的，她有法子，她有那極好的法子，可是她一道都不說給父親聽，他什麼辦法都沒有，他能怎麼辦？父親說他不怪她，可是，他都要死了啊！母親怎麼還狠得下心，什麼事都不管？

「你讓我救他？」賴雲煙拿帕擦了擦鼻，垂下眼，無奈地笑了一下；終是債，真是要還的，一點也容人輕忽不得。

「妳救嗎？」魏世朝這時靠近了他娘，拉了她的袖子，嗚嗚哭道：「妳救吧，妳別回去，但救他吧！」

「你爹跟你說什麼了？」縱是心傷得不行，賴雲煙也知此事沒那麼簡單，兒子再聰明、再知道她有本事，怎麼就能這麼清楚地確定她有本事救魏瑾泓？

「爹爹說，只有妳知道黃閣老是誰，知道他是誰了，他就有救了。」

「嫂嫂。」賴雲煙無奈一笑，轉首看向蘇明芙。

蘇明芙一怔，隨即領會，起身走了，路中碰上煦陽，便帶了一塊兒離去。

賴雲煙朝流著淚的冬雨頷首，冬雨便帶了婆子、丫鬟皆退了下去。

「娘……」魏世朝有些茫然地看著賴雲煙。

「娘跟你說幾句話，你聽不聽？」賴雲煙溫和地問。

「聽。」魏世朝想也不想地答。

「娘便是不幫，你爹也會無事，你信不信？」

他們都是兩世為人，也許他們誰都沒那個一步登天的本事，但逃命的方法，他知道的只比她多，他要是真死了，那才是奇了怪了；若不然，他上世是怎麼在她手裡死裡逃生過那麼多次的？

「娘的意思是……」魏世朝傻了。

「你想想。」賴雲煙溫柔地看著兒子。「他都知曉娘的本事大了，這本事，能不比娘大嗎？」

魏世朝聞言身形一僵，過後盤腿坐在了地上，好一會兒才面無表情地道：「又是苦肉計。」祖母會這招，爹……也會。

「你信不信娘說的話？」賴雲煙眼睛直直地看著他，笑著問。她這時是笑著的，但眼睛裡有淚。

「信。」魏世朝毫不猶豫地點了頭，只不過眨眼，他就摸著心口，與賴雲煙道：「娘，孩兒這疼。」一次又一次，爹爹總是拿他當小孩哄，真是哄了一次又一次，哄得他的心都要碎了。

賴雲煙的眼淚終於掉了出來，她蹲下身，把坐在地上的孩兒抱到了懷裡，輕輕拍著他的背，讓他在她的肩頭哭。

「娘……」魏世朝哭著問她。「為什麼會這樣？」

「因為你是我唯一的孩子。」賴雲煙不斷地拍著他的背，忍著哽咽道：「是我……我最心愛的珍寶……」

她三世為人，才得來這麼一個孩子，她愛他之心，誰人都知啊，何況是那位從始至終從沒變過的魏大人。她教孩子仁愛大度，要去公平地對待每一個人，從未教過他憎恨，而魏大人卻還是利用了被她這樣教養大的孩子來操縱她。

魏大人的深情一年裝得比一年更像，可他骨子裡的東西，真是一星半點兒都未變過，他還是那個上世一邊任人折辱她，一邊還親手往她心口捅刀的人，真是一點兒也沒有變過，這個他非要的孩子，成了他對付她最有利的武器。還好，因著他母親對她的謀害，陰差陽錯地讓小兒提早看到了真相，要不然，世朝要是不信她，她怕真是再活一世，還要被魏大人再生生屠宰一次了；他不愧為她的死敵，比誰都知道要怎麼折磨她，她才會最痛苦。

「娘，我若是不信妳呢？」魏世朝回過頭，看著她的淚臉，伸出冰冷的手去摸她臉上冰冷的淚。

賴雲煙微笑道：「那從此之後，娘就是這世上最孤單的人了。」

她臉上這時掉下的淚落在魏世朝冰冷的手上，他的手被滾燙的淚水燙得抖了一下，隨即他扶地起身，再扶著她起來。

他踮高腳，拿袖子擦乾淨她臉上的淚，擦得乾乾淨淨了，又仔細打量了一會兒，這才抿著嘴與她道：「孩兒知道應要怎麼做了。」只要他不傷她，不讓人借他的手給她下毒，不讓人借他的嘴逼她，這世上，就無人能傷害得了她了。「娘，只要我不傷妳，就無人能傷妳，是不是？」回去的路上，扶著母親的魏世朝偏頭看著她的臉，問得認真無比。

「嗯。」賴雲煙愣了一下，隨後點頭。「是無人，除了你。」他是她的孩子，是她最不捨得讓他傷心之人，這世上其他的傷害她都可以讓自己釋懷，但要是他的……怕是太難了。

「你要寫信？」

「不是，是畫圖。」

「嗯？」

「表兄你看。」

「是地形圖？」

「是。」

「地宮的？」

「不是，是天牢的。」魏世朝誠實地道。

「這……」賴煦陽微斂了眉。

「這是我娘教我的，說是很厲害的人給她的，絕出不了錯，我畫了好給我爹捎去。」魏世朝把冰冷的手放到火盆上烤了烤，又連搓了好幾下後，這才又重提起了筆。

「讓姑父逃獄？」

「他捨不得我娘和我，那就逃來吧，你看如何？」魏世朝畫著圖，朝表兄擠眼笑道。

「怕是不會，還有族人要顧。」賴煦陽知他說的是戲謔之言，不由得也笑著回道。

「他來了信，我也是要向他表孝心的。」魏世朝說到這兒，朝兄長苦笑道：「當我爹的長子比較辛苦。」

「都一樣。」見他話間有著黯然，賴煦陽不禁輕聲安慰道。

「舅父從不會教你怎麼對舅母壞，他只會令你保護自己的母親。」魏世朝又再描了幾筆，這才嘆然道：「而我爹則不。」

「世朝……」賴煦陽拍了拍表弟的肩，與他道：「天下無不是的父母。」

「我知，娘也是這麼說的。」魏世朝寫了幾天的《道德經》，現在心中已是舒服甚多；說來，這世上的許多事無法改變，他只能學著去接受，也學著去理解。

「這有用嗎？」見魏世朝畫得認真，賴煦陽不禁多問了一句。

「有用！表兄你也記記，這是真圖。」魏世朝忙把畫好的那張放到了兄長的眼前，與兄長細道：「娘親讓我臨摹熟悉，說是我以後要是倒楣悲催地被我爹連累了，到時要是沒什麼辦法了，也好有法子逃出來。」

「這……」賴煦陽不禁輕咳了一聲。「這算什麼法子？」姑姑也真是的，這等話都與表弟說得出口。

「好法子！只要是能活下去的法子，都是好法子，留得青山在，不怕沒柴燒。」說到這兒，魏世朝擱筆，看著窗外好半晌後，才轉頭與看著他的表兄道：「也不知我爹會怎麼風光地出來？」爹與娘不同，爹便是受人刺殺，也會高高躍起，衣角飄然，就像神仙降世般；娘就不同了，怕傷了在她懷裡的他，只能躬著身體在雪地裡不停地打著滾，沾了一地的雪也不鬆手，再起來時，頭髮亂了且不說，連眼皮上都掛著殘雪。

「是嗎？」

「嗯。」

「到時再說吧。」

「舅父那兒來信了？」

「來了。」賴煦陽來找他就是為的這事，他把他父親寫的信拿了出來交給魏世朝。「你看吧。」父親說，姑姑是他們賴家的人，生是賴家人，死是賴家鬼，他們的事盡可與她說，而他的事，也盡可與世朝說；他們雖是表兄弟，但定要比親兄弟還要親才成，因為以後就是他們一路扶持彼此下去了。

「舅父欲要死諫？」魏世朝「啊」了一聲。

「想來，也是別人的示意。」再明白自己父親不過的賴煦陽淡道：「如此看來，姑父確實是無礙的。」讓他爹為姑父去死？怎麼可能，爹爹連姑姑死都是賴家鬼的話都說出來了，怎麼可能會這麼幫姑父？

「別人的尾巴只有三條，我爹的有九條，誰都逮不住……」魏世朝伸出手在空中大力抓了一把，搖頭嘆道；他有這麼厲害的爹，真不知是幸還是不幸？

「說是要死諫……」賴雲煙無語地看著蘇明芙。她哥哥要為魏瑾泓死諫？這還真像黃鼠狼給雞拜年一樣，讓人詞窮。

蘇明芙輕咳了一聲，先是垂首不語，但到底還是擔心賴震嚴，便又抬頭遲疑地對賴雲煙道：「不會有什麼問題吧？」死諫歸死諫，可不能真死才成。

「兄長心裡有數。」她與京中遠隔萬里，來往一通消息都要一月有餘，哪真能知道那麼多？這時候只能想著兄長那強悍的性子聊以安慰了。

「嗯。」蘇明芙摸著肚子沈思良久後，跟賴雲煙道：「妳哥哥做什麼都自有他的道理，我們無須擔心。」

「是。」賴雲煙笑著俐落地點了下頭。她這嫂子是個孕婦，自己必須要比她更堅決自信，這才能讓她不慌亂。

賴雲煙與蘇明芙聊過後，剛要出門，給蘇明芙送補湯過來的丫鬟朝著她就是一福腰，脆生生地道：「姑奶奶安，夫人請您去呢！」

「何事？」賴雲煙眉毛微微一揚，笑道。

丫鬟掩嘴笑。「小小姐把花繡亂了，夫人讓您趕緊過去嚇唬嚇唬她！」

賴雲煙搖頭，嘴間笑道：「好事從不找我，這種當惡人的事就盡是惦記我！」

賴雲煙到了舅母處，剛進門，就聽見表弟任小銀那胖乎乎的小女兒在跟她奶奶嬌聲嬌氣地道：「陽表哥是嫁不得的，他長得和嬌嬌一樣高，他揹不動嬌嬌，嬌嬌也是揹不起他，在一起是不會有好處的；朝表哥可以嫁上一嫁，只是賴姑奶奶好凶，嬌嬌好怕，還是不要嫁得好……」

「叫姑媽！」賴雲煙板著臉走了進去。

她這一走近，任嬌嬌便倒吸了口氣，拿小手掩了嘴，眼睛亂轉，似是要逃竄。

「站直了！」賴雲煙故意嚴厲地道。

任嬌嬌嘟了嘴，卻還真是怕她這凶惡的表姑姑，乖乖地走到了她們身前，眼睛怯弱地朝她奶奶看去，撒嬌道：「奶奶……」

「妳可來了！」任龐氏拉了賴雲煙的手，很是乾脆地道：「趕緊把這個不會繡花的小閨女扔出去，我看以後是嫁不出去了，還是現在就扔了得好！」

「奶奶，不要扔嘛！」任嬌嬌一聽，立馬爬上了她奶奶的腿，抱著她的脖子，把頭埋在她的胸口不動了。

「那妳嫁不嫁妳朝表哥？」任龐氏是下了死心非要把她這個心肝小孫孫塞給賴雲煙了，這對她好，要是訂了這親，她家小孫孫再如何也能安享這榮華富貴一生。

「嫁嘍！」在被扔與嫁給朝表哥之間，任嬌嬌毫不猶豫地選擇了嫁。

「我可不敢要，您還是自個兒留著吧！」

「嫌棄啊？」

「可不！」賴雲煙斬釘截鐵，拿手指戳著任嬌嬌的腦門，咬著牙恨恨地道：「昨晚還捉了小蟲蟲扔到姑媽的茶碗裡，討了妳進門，我肯定得天天吃那蟲子，我可不願意！」

任嬌嬌一聽，格格笑了出來，笑得眼睛都彎了，那笑聲，跟她眼前這表姑媽看好戲時笑出的聲音一樣，歡快又透著股壞氣。

「妳又搗亂了！」任龐氏瞪了眼，正要再假裝訓斥幾句時，嬌嬌的親娘任洪氏卻是來接她回去餵食了。

她先是朝她們都請了安後，再從婆母懷裡抱了四歲的女兒到懷裡，朝她們道：「我抱了她去餵了夕食，稍後就送嬌嬌過來給娘親和煙姊姊玩兒。」

「這說的是什麼話？」任龐氏正要教訓她這兒媳婦，卻被賴雲煙打了岔。

「去吧去吧，早些送來啊！」

任洪氏偷偷一笑，抱了孩兒下去。

她走後，任龐氏與賴雲煙正經地問：「真不要啊？」

「還小呢，過幾年再看看吧。」賴雲煙無奈地看著她舅母。

「唉，嬌嬌好著呢，與妳合得來。」

「他姓魏。」賴雲煙淡道：「要是僅是我的兒子，嬌嬌嫁過來就嫁過來了，以後就是要那天上的月，我也定會去想想法子的。」

任龐氏一聽，拿帕掩嘴，思索了一會兒，才道：「好，再看看。」說著，那風情萬種的美豔中年婦人抬了美目，與她冷了臉道：「但到時要是境況是好的，我家嬌嬌是定要嫁過去的，別的人休想搶了她的婚事。」她膝下三兒生養出來的女兒，只有這嬌嬌得她的歡心，她是定要把那最好的給她的，就是搶，她也要搶到手。

「曉得了、曉得了！」賴雲煙拿她這掠奪成性的舅母頭疼得很，這才說上幾句話，她就想揉額了。

「妳知道就好。」任龐氏這才滿意地點了頭，說著伸手握了握賴雲煙的手，探出溫熱後又笑開了臉，說：「給妳用的補湯還是有些成效的，妳繼續喝著，用不了幾個月，這身子就會好得不能再好了。」

「嗯。」賴雲煙說這話時，看著舅母的眼裡有著與前世她看著這個女子時一模一樣的敬愛。舅母能幹又厲害，就是因著她的幫襯，嫂嫂才能從鬼門關那裡搶回了命，現在還有了第二胎；上世，也是因舅母的堅強，他們才能一路扶持著再回到塵世。

「妳這孩子……」見她又瞧著自己笑，任龐氏拍了拍她的臉，心中便又對她柔軟了些。這世上，人與人之間誰人無利害關係？她從來不覺著對誰狠辣有什麼不對之處，但對著這個老是笑看著她的任家外甥女，她卻覺得對這外甥女寬容兩分也無礙；有時也還想著，她有幾分真心，自己就是還她幾分又何妨？「過幾日，要去莊子住上幾日，那是新莊子，沒什麼人氣，天氣尚還寒，妳身上穿暖些。」她叮囑道。

「記著呢！說來，我帶了一塊紅狐的皮來，不適合我穿，一會兒就讓丫鬟給您。」

「給我作甚？我不適宜穿了。」

「您就穿著吧……」賴雲煙嘆氣道。「我現下都不知您當初為何就嫁給我舅了。」

那美色真是天地間獨有的任龐氏聽著，笑了好一會兒，隨後才慢悠悠地躺靠到了椅背上，與賴雲煙笑道：「還不是妳舅父當年說，他死後葬他的金棺能分我一半。」被當年那福態、討人喜歡的小公子騙了，就成了現今這模樣了。什麼分她一半金棺？就是每年多打他一套首飾，他都要在她懷裡哭得像個孩子呢！

這年出了正月就是二月，魏家祖祭。魏家是百年世家，曾隨開國先帝打過江山，在這個時候，連皇帝都不好上門找麻煩，何況他人？祖祭開始的前一天，皇上開了恩，許魏家的人見魏瑾泓一次。魏家老太爺帶了族下五位族子去見了他，當日，這幾人出來後，跪下朝天大哭，嘴間言道「族兄若亡，我們必繼族兄原志，為君為國，死而後已」，哭得甚是大聲。

第二日，魏家祖祭之日，哀號聲也是遍城，哭得讓那不懂事的小兒都隨著抹淚了。

魏家祖祭三日時，賴震嚴也前去給魏家那祖宗燒了香、躬了身，回了府中後，賴震嚴朝著自己隨侍在身的忠僕虎尾陰惻惻地道：「這一群吃人不吐骨頭的，一個比一個裝得還像兔子！」

虎尾撓頭，不敢答話。

「賴絕！」賴震嚴叫了敢說的賴絕進來。

「大公子。」

「你來說，魏家的那些人就真不知道魏少府會沒事？」

賴絕作揖道：「有不知的。」

「哼！」賴震嚴哼笑了一聲。

「有知的。」賴絕再道：「以榮公子為首者，皆是心中有數的。」

「哼哼！」賴震嚴再譏誚不屑地笑出聲來。「他們裝，還要帶著本官，真是豈有此理！」

賴絕垂首，不再聲響。

魏家祖祭後，賴震嚴持奏摺哭到元辰帝面前，言道魏瑾泓無辜，在金殿中磕出一頭血。

太師震怒，在一旁喝道：「此乃殿堂，豈可信口雌黃！」

賴震嚴隨後更是哭得大聲，振振有辭地高聲道：「皇上，魏大人是冤枉的啊！現下江南來了相證之人，已說那日的採買根本不是他魏氏門下之人，如若不信，可傳堂審之！下官若真是當著陛下的面信口雌黃一句，當千刀萬剮也絕不怨言！」

他語畢，楚子青與司仁，還有幾位私下與魏瑾泓交好的官員也全站了出來跪下，齊齊請令。

皇帝為難，但還是下了令，令國師監察，再查此案。

此旨一下，不僅是敵對之人，便是賴震嚴也在心中冷哼了一聲。善悟那禿驢，跟魏瑾泓的交情好得天下盡知，讓他來監察，豈不就是定了魏瑾泓無罪一般？

第四十八章

五月，京中再傳來消息，說是出獄的魏瑾泓病重。

這消息一傳來，別說賴雲煙不信，就是對其父有一些牽掛的魏世朝都私下與表兄嘀咕道：

「我怎麼覺著不對？」

賴煦陽拿著父親的信，笑笑不語。他暫且無話可說，因他爹也病了，要是裝病，那就是他們都一道裝了。

魏世朝見表兄不語，湊過去看了他手中的信，與他道：「兄長，我們換一下？」

賴煦陽覺得並無不妥，就把手中信給了他，拿過了他的。

兩兄弟把對方父親的信都看過後，賴煦陽偏頭看向表弟。「你的地圖送到了？」

「送到了。」

「姑父是如何說的？」

這次，魏世朝大大地嘆了口氣，與兄長苦著臉道：「喏，回了您手中那一封。」說他病了。

「你覺著是什麼意思？」賴煦陽溫和地看著表弟。

「要真是無事了，想來也是要我回的。」魏世朝苦笑道：「不可能不回。」族令還在他手中呢！當初他還以為這是父親極其看重他，現下想來，這確實是父親的厲害之處，就算不是探他的病，族令在他手中，他哪敢不回啊？

「此事還沒定論。」賴煦陽看著表弟道：「要真是無礙了，到時你隨我一道回京就是。」

魏世朝當下無語。回京？要是父親被掃清冤屈，他怕是真要回去的吧；可娘呢？她會隨他回，還是留在江南？

這時京中五月中旬已有些炎熱，然在水牢被人監視著關了半年的魏瑾泓又再次寒疾突發，有近半月的時間全身虛得無力下地。

那臥房四處都放有炭爐，送藥的僕人進門不到一會兒就會汗流浹背，但在榻上的魏瑾泓卻還是身蓋薄被。

善悟這日與他來施針，問他道：「你妻子何日回？」

魏瑾泓睜眼，這時他眼皮上的汗水滴進了他的眼裡，而他卻眨也不眨地淡道：「暫且無信。」

此年六月宮中，蕭太妃接見了娘家姪兒。

「怕是送不進去了。」蕭鐸緯朝蕭太妃低聲道。

這時被查出涉嫌陷害魏瑾泓的太后被拘，蕭太妃人逢喜事精神爽，說話時語氣都帶有笑意。

「這魏大人還真是個情種。」

蕭鐸緯笑笑。

「他那在江南為家族祈福的夫人回來了沒有？」

「沒有什麼消息。」

「快回來了吧。」此時塵埃落定，他這次盡忠盡職，皇上也很是滿意，想來也是該回來了。

「過幾天有宮宴，本宮會出席，到時我再回上一句。」

等他夫人回來，再安人就有些不妥了，還是盡早辦了。

「這……」蕭鐸緯朝蕭太妃搖了下頭，又小聲地道：「皇上提了都沒用，您看？」

蕭太妃淡道：「本宮只略一小提，答不答應就是他的事了。」不過是賞個醫女伺候他，哪來那麼多的推拒。

江南任家。

任嬌嬌拿著扇子在花園撲蝶，不小心看到她的表哥們往她這邊來了，心中頓時一急，扇子也不要了，往那空中一扔，拔腿就跑。

「小小姐，您去哪兒啊？」不知情的丫鬟急了，生怕她跌倒。

任嬌嬌一句話都不說，皺著小臉，提著裙子就往她奶奶那邊跑，跑了好幾步後，才想起她奶奶也是逼她嫁朝表哥的，於是又改了道，往她爺爺的帳房方向跑去。

「慢點、慢點啊！」她這急頓急跑的，可嚇壞了看管她的丫頭。

「呶、呶、呶……」任嬌嬌手往表哥們的方向指去，腳步不停。

丫鬟們回頭一看，看到兩個表公子，不由得笑了起來。

任嬌嬌的貼身丫鬟槐花這時笑著朝她道：「表公子又沒說要娶了您去，您怕他們幹什麼？」

任嬌嬌聽了，腳步又頓，稍想了一會兒後，不由得展顏一笑，道：「就是！表哥哥他們才不娶了我去，我怕他們什麼？」說著就站在了原地，往表哥們那邊看去。

那邊正要去找任龐氏的賴煦陽與魏世朝老遠就看見她又跑又停的，魏世朝納悶地向兄長問道：「胖丫頭又怎地了？」

「怕你、我娶了她。」賴煦陽微微一笑，眼睛裡也全是笑意。說著，他帶了搖頭的魏世朝快走了幾步，走至任嬌嬌跟前，他就從袖兜裡拿出半塊蜂糖，與她道：「出來得急，帶得少了，先含一口吃吃吧。」

任嬌嬌張開嘴，把糖含進了口裡，手裡著急地朝槐花擺著，等槐花急搬了園中的木椿過來，她在槐花的扶持下站在了上面，比賴煦陽還高了，她就朝她的陽表哥嬌聲嬌氣地道：「表哥哥，你今日定是不娶了我走的吧？」

「不娶。」賴煦陽搖了頭，笑道：「留妳在家裡。」

「欸、欸，好好好！」任嬌嬌連連點頭，把嘴裡的糖水猛嚥了好幾口後，她扶著她陽表哥的肩，朝她的朝表哥問去。「這位表哥哥，你定也是不娶嬌嬌的吧？」

「今日不娶，哪日妳不聽話便哪日娶。」魏世朝嚴肅道。

「我聽話得很！」任嬌嬌大聲道：「我今日可聽話了，認了字才出來捕的蝶，不信你去問我娘！」說完生怕魏世朝不信，又補了句。「問奶奶也是可行的！奶奶知嬌嬌聽話得很，今日莫有說要把嬌嬌扔出去嫁了！」

「那今日不娶。」魏世朝讚賞地看了她一眼。

任嬌嬌驕傲地挺了挺小胸脯，後又覺著不對，怯怯地道：「那明日也不娶，可好？」她可不願意嫁出去，她要跟奶奶和娘親在一起，日日都能看著她們。

「明日可會聽話？」魏世朝淡淡地問了一句。

「明日聽話！」任嬌嬌忙重重地點頭。

「那便不娶。」魏世朝肯定地頷了下首。

「跟我們去奶奶處。」賴煦陽微笑著聽他們對完話，這時伸出了手，牽了小姑娘下了木椿，柔聲跟她說。

「好呢！」任嬌嬌乖乖地被他牽著，走了兩步後，又大模大樣地關心起了表兄。「這位表哥哥，今日你可乖乖吃藥了？」

「吃了。」

「那嬌嬌等一會兒捕了蝶，就給你送去看。」

「好。」

「那位表哥哥……」任嬌嬌望向了沒牽她手的另一位表兄。

「何事？」魏世朝向她一揖。

任嬌嬌可憐地看向他。「今日你娘可沒凶你吧？」

魏世朝哭笑不得。「尚無。」

「你可要小心著些。」任嬌嬌叮囑他道。

「是，小心著呢！」面對著這外舅姥一手養大的小表妹，魏世朝覺得就算哪日她不乖了，他也還是不娶她得好，家中有著一位與任家有關的小姐就夠了。

「都跟舅姥姥坐一道。」兩小孩一進來請完安，任龐氏就朝他們招了手。

「那嬌嬌呢？」任嬌嬌忙跑來問。

「坐腿上。」任龐氏瞧了沒出息的小孫女一眼，把她抱起放在了腿上坐著。

「我與世朝坐在下首即可。」賴煦陽這時忙道。

「那坐近點。」任龐氏話一落，就讓丫鬟搬凳子去了。

等兩表兄弟一坐下，她便問他們。「肚子可餓？」

「表兄剛喝了藥，現下吃不得東西。」魏世朝這時忙道：「世朝也是喝了補湯才過來，舅母看著我喝的。」

「那吃點果子吧。」任龐氏點頭道。

「好。」兩兄弟齊道了一聲。

「今日未咳了吧？」任龐氏關心地向賴煦陽問去。

「沒有了。」賴煦陽把一顆乾果放進了任嬌嬌的嘴裡，朝舅姥微笑著說：「今日來是要跟舅姥姥說點事的。」

「不急，改日再說。」任龐氏知他要提的是回京的事，打算輕描淡寫地帶過去。雲煙與明芙一來，不僅是她家那財神爺歡喜，她也是有了她們陪著而得了不少趣味，且眼前這兩孩子又聰慧懂事，留得一日是一日。

「姥姥，世朝也是有事與您商討。」

「喔，何事？」任龐氏癟癟嘴，不高興地朝甥外孫看去。

「姥姥……」見美豔的婦人很明顯地面露不悅，魏世朝撓了下頭髮，無奈地道：「是好事。」

「好事？」任龐氏不禁笑了。「那你說說。」她這人最歡喜聽好事了。

「暉表弟已生下兩月了，京中舅父盼得緊，這不，舅母不是要回去了嗎？」見舅姥聽到這話，臉就拉下來了，魏世朝忙急急地接道：「世朝也是想著一道回去探探我父的病，就是這路途遙遠，娘親身子不好，世朝就想留下娘親養病，讓她歇好了再派人來接她回京，這段時日裡，想託您代世朝照顧一下娘親了。」

任龐氏一聽賴雲煙會留下，頓時喜上眉梢，當下就笑了起來。

「姑媽不走啊？」任嬌嬌一聽，眼睛卻是鼓了起來，這時她那含著果子的小胖臉被撐起一大塊出來，便顯得更圓了。

「妳這眼皮子淺的！」任龐氏指著她的額頭，笑罵了一句，回頭又朝魏世朝笑得合不攏嘴地道：「放心吧，舅姥姥定會把她顧得白白胖胖的，回頭要是少一兩肉，姥姥割了自個兒的賠給你！」

「欸。」家中娘親是個敢說的，這舅姥姥啊，是另一個更敢說的。

「昫陽來，是要跟您商量一下這走的日子。」賴昫陽溫和地開了口，接了話道。

「下月吧。」任龐氏想也不想地道：「一會兒我找算師看看日子，下月選個良辰吉日動身。」

「舅姥姥……」賴煦陽輕嘆了口氣，眼神微顯出了些憂鬱。

任寵氏只看了一眼，就捂著自己的胸口，帶著哭音道：「是舅姥姥不好，你才要走的吧？」

魏世朝一聽他們這舅姥姥又要用哀兵之計了，忙低下頭，把她交給了表兄，他可是拿她一點辦法都沒有。

賴煦陽輕瞄了他那狡猾的表弟一眼，隨後他眼瞼一垂，起身掀袍，眼看就要朝任寵氏跪去——

這時，任寵氏的心腹婆子忙一個箭步過來扶了他！

任寵氏立即抱著任嬌嬌，哀聲哭道：「看看、看看，定是我這老婆子不好，這才住上多長時日啊，竟就要走了，回頭你外舅祖來了，定要怨我待客不周呢！」

任嬌嬌一看她奶奶哭上了，忙伸出手拍她的背。「奶奶，莫哭莫哭，嬌嬌不走，嬌嬌靠得住！」

這時任金寶剛進了門，見他家老婆子對著甥外孫用上了常對付他的那招，便急急忙忙地跑了過來，往他夫人懷裡撲去！「夫人莫哭，我來了！」

任寵氏一看肉山來了，也顧不得哭了，慌忙喊道：「你別給我過來！」

她身後的婆子這時全一道站了出來，去拉老爺，這一撲，可別把兩個嬌滴滴的主子給壓著了！

這時，門外的賴雲煙看著屋內手忙腳亂的一團，從袖兜裡掏出早備好的一小把瓜子，慢悠悠地嗑了起來。

冬雨見了，瞥她一眼。

「妳要？」賴雲煙朝自個兒的丫鬟壞笑道。

冬雨忙退後兩步，可不敢跟她這沒個正經、更無什麼體統的主子一樣。

那廂魏世朝抬眼看到了他娘，看他娘對上他的眼，還朝他挑了下眉，他不由得長吐了口氣，重重地靠在了椅背上。

算了，留她在江南吧，娘這性子，也只有在外舅祖家這樣的家中才痛快。

由任家的護頭領路，賴、魏兩家從水路回京，一路行船較快，到七月底，一行人就回到了京中。

魏世朝由春管家接著回了家，一到府中就去了魏景仲的書院。魏世朝行了跪拜之禮起身後，再看祖父的滿頭白髮，眼眶一熱，又跪了下去，再磕了幾頭。

「過來，來我身邊坐著。」魏景仲輕搖了下頭，朝魏世朝柔和地道。

「是，祖父。」

「江南可好？」

「好。」

「你母親的身體如何了？」

「並不怎麼吃得下食，一日只能食那兩頓。」但這並不是病的，而是熱的。江南盛夏之後就是烈秋，舅姥說娘親身子寒，房內放不得冰塊，便是打扇也不能搧太久，這可把他娘熱得飯都不怎麼吃得下了。

魏景仲聞言頓了一下。

剛好這時魏瑾泓從宮中回府了，一進父親書房聽了魏世朝的話，不由得朝孩兒看去。「一日只食兩頓？」他再問道，這時長手一揮，免了魏世朝的禮，袖襬又如長蛇一樣收回到了他的身後。他在魏世朝的身側坐下，看向了大半年未見的孩子，又道：「長高了不少。」臉也長開了，眼睛、鼻子皆全像他，只有那嘴隨了他娘。

「爹爹！」魏世朝見到削瘦至極的魏瑾泓，見他兩頰瘦得都凹了進去，不由得一驚，當下顧不得攔阻，朝魏瑾泓就跪了下去。

「說了無須跪拜。」

「爹……」

魏世朝的聲音有些哽咽，見父親拉他起來的手硬得見得到皮骨，心中酸疼不已，真是病了不成？若不然，哪會削瘦至此。

「坐著。」魏瑾泓拉他起來坐下，朝他道了一句後又朝魏景仲道：「世朝舟車勞頓，讓他先去歇息一陣，歇會兒再與您一道用膳吧？」

「好。」魏景仲猶豫了一下，看向了大兒。

「春暉跟你走，你看可行？」魏瑾泓朝兒子看去，溫和道。

「是。」魏世朝看著父親，微有些不好意思。爹看他的眼睛跟以前一樣，沒變。

「去吧。」

魏瑾泓笑看著他出了門，等看不到魏世朝了，他才收回眼神，與魏景仲道：「長高了不少，更沈穩了一些。」

「嗯，只是不知學問長了沒有。」

「回頭您考考他。」魏瑾泓淡淡地道，這時他靠向了椅背，看著前方沈思了起來。

「在思何事？」魏景仲問他。

「沈穩過頭了。」魏瑾泓慢慢地道。

魏景仲看向了大兒。

「腳步也太穩。」一次頭也沒回，就像他們父子沒有大半年未見過，他也不是剛剛回府一樣。

「你之意是……」

「不能再讓他離開魏家了。」魏瑾泓垂眼淡淡地道：「再走就留不住了。」

「他與你離心了？」

「他清楚他祖母與娘親之事。」魏瑾泓看向魏景仲，平靜地說：「賴氏教他的，不比你我少，之前要不是只有三分勝算，孩兒也不會讓賴氏帶走他。」

「那你現在打算怎麼辦？」魏景仲不快地皺起了眉，也朝他不悅地道：「她不回，你還非她不可？」

魏瑾泓聽到斥責，久久不語。

魏景仲本是要再訓斥兩句，只是見他靜寂無聲，那話就忍了下去。

「你要多想想，這次為了我府之事，多少族中人捨生忘死。」沈默了半會後，魏景仲還是言道了此句，讓他別為了個女人便忘了族人。「她若是不回，讓她兄長出面。」見兒子不語，魏景仲又道。

「兄妹一窩。」魏瑾泓摸了摸左手手指，淡道。

「那就納有能之人為妾，主持內務。」

「祝家人跟您說話了？」魏瑾泓一怔，朝他望去。

「嗯。」魏景仲的臉色不大好看。「她雖有些能耐，但不能由她當家。」二兒糊塗，必須懲戒，夫妻一體，不能這時還讓二媳管家。

「蕭家呢？誰過來跟您說的話？」

魏景仲抬眼看向大兒，語氣不滿中帶著無奈。「你到底是如何想的？過兩年蕭太妃就會是太后，好好的蕭家女甘願來給你當妾，還從那後門進來，你為何不要？」

「這是太妃的意思，不是皇上的意思。」魏瑾泓說到這兒，自嘲地一笑。「爹，讓魏府靜段時日吧，要是再陷危漩，這次孩兒就是有那通天的本事，也是挽不回了。」皇上的船哪是那麼好上的？挨得太緊，更會有隨時被推下去的危險。皇帝沒那個意思，而蕭家有那個意思，他這老父是忠君心切，可還是忘了這朝廷千百年來從沒有一族獨大太長時間的事；他要當權臣，最好是離皇家遠點，靠權勢之家近點，合手勝過孤軍奮戰百倍。

「皇上無此意？」魏景仲怔住了。

「嗯。」魏瑾泓朝發愣的父親看去，平靜地與他道：「爹，我們還有很長的路要走，先管好世朝吧。」孩子與他們有些生疏了，但養養，還是能再養親的。

「可這內務……」

「再等等。」

「再等等？」

「嗯，等等就好。」

第四十九章

這年十月，搬到溫谷中打算避寒的賴雲煙剛琢磨好要在那陽光最充足的地方蓋座亭子時，任府就來人把她塞到了馬車上；沒兩天，又把她趕到了船上，船裡，任家的家主任金寶見著她就嘆了一口氣，接著又是一口氣。死了爹的賴雲煙聽著他的嘆氣聲一聲哀過一聲，拿帕擦了擦眼角，抹了下那並不存在的淚，傻傻地坐在他身邊，不知道說何話才好；賴遊死了，而她要回京了。

「要不要說兩句？」船開了，任金寶推了推他發傻的外甥女兩下。

「怎地死了？」賴雲煙愣著，喃喃地問道。

「妳不知？」任金寶斜眼看她。

賴雲煙也斜看他一眼。「您都不知，我怎知？」

她這話一出，兩個都不知狀況的人又相視一眼，然後齊齊長嘆了口氣。「唉……」

老天爺真是要人的命，才接到兄長的信說人被關了起來，從此以後是死是活都不會讓人知道確實的消息，這才幾個月啊，就又接到了要他們去奔喪的信，這事怎麼就鬧出來了？

「是不是那個人……」任金寶與外甥女猜道。

「不會吧？」這也太明顯了點，賴雲煙有些猶豫，不像是魏瑾泓幹的。

「那再等等，看妳兄長怎麼說。」任金寶道。

賴雲煙點頭。「只能如此。」形勢不明朗，心中無數，只能等信了。

第二道信是趕著上船來接賴雲煙的賴三兒帶來的口信。

原來是不知為何被拘在宮中的太后突聞賴遊死了，派了人去弔唁，在賴府大張旗鼓地鬧了一頓；而四肢被廢的賴遊這時不便面世，太后咬定他死了，也不可能讓四肢不全的他出來再說話，只能當他是死了。

「那就是還活著？」賴雲煙聽賴三兒說完之後，心中五味雜陳。

跪著的賴三兒這時卻是搖了頭，朝他家小姐簡言道：「沒有。」這事是太后想讓賴大人死了，不再拖累她，才設出了此計；哪想，皇帝如了她的願，讓賴大人乾脆死了。

「啊？」賴雲煙瞠目結舌。

「老爺是真死了。」賴三兒磕了頭道。

任金寶聽後也是懵了一會兒，與外甥女面面相覷後，他才張口問：「太后到底是個什麼意思？」

「太后病重，命不久矣，大公子的話是，太后自知活不了太長時日，臨終前還是想再奮力一搏……」順帶把賴家也拖下水。賴三兒說到這兒，苦笑著搖了下頭。「雖說皇上聖明，但大公子說，丁憂三年後，皇上惱賴家的這口氣，不知能否消得下去。」

雖說大公子站在了皇上這一邊，但老爺幫太后的事，皇上幫其掩下而不追究就把功過相抵了過去。皇上心裡的帳本那是理得清清楚楚的，現下他都饒過賴府一次了，賴府卻要為罪臣風風光光地大辦葬禮，這心中肯定是連帶著把無能的賴氏一族全惱了；而府中也不可能說賴遊是罪臣，不給他辦葬禮，於是這便成了啞巴吞黃連，有苦說不出的事。
賴雲煙這時那是一句話都說不出來了，心中憋著口氣，難受至極。
任金寶聽後也是癱在寬椅上，瞪圓了小眼睛；他這姊夫，真是死了都不忘坑他外甥一把！

大船快要進京中運河那段時，魏世朝的信到了賴雲煙手中，在信中，他一一說了幾件事——
一是船靠岸那日，父親會親自來接她。
二是父親說舅父那事無須著急，丁憂期間變數無數，說不定也會往好的方向變去。
三是先前蕭家送來的蕭家姨娘有孕了。
四是父親被戴了綠頭巾。
五是那孩子是二叔的。
六是父親心情相當不好，目測青臉多日了。
七是進京那日，他要不要隨青臉的父親一道來接她。
看過信後，賴雲煙握著信紙，那張大的嘴巴好久都合不攏。這京城，就是這樣迎她回來的？
一半憂、一半喜，真是讓她不知該作何表情才是好。賴雲煙回了信，就沒讓孩子來接她了，她怕看見魏瑾泓會樂出聲來，讓孩子看見了不好。
船靠岸那日，魏瑾泓果真是來接她了，賴雲煙身上已戴了孝，下船時，任金寶拉了她，跟她多要了一瓶辣椒水。

邊摸邊塗時，任金寶還感嘆道：「實在哭不出來。」

賴雲煙聽著不斷輕咳，但也無力與舅父辯駁。這麼多年了，當年還拿賴遊當父親過的時間實在太久遠了，她現在對他無感情，便是那最後一點對長者應有的尊重，也被他最後的行為給抹殺掉了。

岸邊有著家丁把守，來往的商船也停在了遠處，賴雲煙被丫鬟、婆子圍得密不透風地進了馬車，上車不久後，魏瑾泓就進來了。

賴雲煙揚眉看他，對上了魏瑾泓直接朝她看來的視線。兩人的視線在空中相交，賴雲煙慢慢地露出了笑，笑容甜蜜又深邃；魏瑾泓當即眼睛緊縮，隨即他身影一動，坐在了她旁邊，錯開了她的眼神，賴雲煙頓感心滿意足。

她與他的兩生，她無數次都處於劣勢，但這兩生，他們之間到底誰比誰付出的代價更多，他們心中都有個數；看著他這瘦骨嶙峋的樣子，再看他眉眼之間的青白晦氣，知道他比她好不了多少，這真是讓她打心眼裡覺得高興。

馬車行走一段後，魏瑾泓慢慢開了口。「今晚我陪妳在賴府守夜，明日回府拜見爹娘。」

賴雲煙漫不經心地「嗯」了一聲，嘴角無意識地翹起，撇頭朝魏瑾泓親密地靠近，低聲呢喃，言語間全是掩不住的笑意。「可能讓妾身見見蕭姨娘？那孩子可是你們魏家的種呢，我得好好看看。」

這時魏瑾泓下巴猛抽，好久都未說話。

賴雲煙眼神懶懶地看著他的下巴，微微笑著，也不再言語。

一路進了賴府後，兄妹談話、夜守靈堂，一一細碎事暫且不談。

這日上午，賴雲煙隨魏瑾泓回了府。

一下馬車，魏世朝就候在門邊，迎了他們進府後，他牽了娘親的手，在與魏景仲夫婦請安去的途中，魏世朝跟賴雲煙一路說話不停。

在聽到賴雲煙愁得滴水不沾後，魏世朝看著母親嘆道：「娘一路辛苦了，看妳憔悴如此，孩兒心中甚是不安。」

他這話引得冬雨、秋虹都抬頭去瞄她們家小姐，見她們家小姐臉上還是晨間塗的那層厚厚的白粉，皆垂眼看地，怕自己的眼睛露出馬腳。就是在船上，舅老爺跟小姐也不忘了好吃好喝，他們這一行人生怕被外人看去了，都不大敢讓這兩個主子出去見人；所幸的是，主子就是主子，進了京中一下船，一個比一個還會掉淚，也省了他們這些下奴的擔心。

到了魏景仲夫婦的主院後，魏世朝拉了母親後退了一步，無視父親往後看的眼神，他拉了母親低下頭，在她耳邊輕道：「妳莫怕得罪祖母，切莫忘了，孩兒現下是父親唯一的兒子。」

父親現在身上還揹了二叔的孩兒，如若父親不想當那千年王八，無論父親跟他娘親親不親，父親必須選擇對他的娘好；如若不然，他也無法了。這兩個來月，魏世朝再明白不過這世上沒有兩全其美的事了。他以前還想當個像他父親一樣的君子，現在才明白，他父親不是那個對誰都仁義公平的君子，而他更不是；現下只能是父親偏他的心，而他偏他的心。

「嗯？」兒子突說這話，讓賴雲煙不禁看了他一眼。

這時魏世朝向她一笑，不再說話，只是緊牽了她的手，帶了她進院門。他那麼喜愛她，不想這牢籠禁了她，可她又得回來。回來了就回來了吧，這一次，總不能再靠父親了；誰心中心愛的人，就由誰來護著，靠誰都是無用的，只能自己來。

「兒媳賴氏給爹、娘請安。」賴雲煙福了重禮，卻道了自己的姓氏。

賴家倒楣的這當口，她還是道了自己的姓氏，也是提醒著這對夫婦，她是賴家女；不是什麼大事，但卻可以提醒魏家，他們可以休她。當然，不休也要足夠明白，賴、魏一體，賴家可不是他們能落井下石的，最好是幫襯著點，無論哪種行徑，她賴氏都不怕。

「起。」魏景仲瞥了孫子緊拉著她衣袖的手，淡道。

「謝父親。」賴雲煙淡應，抬起了頭，看向了這對自進門就沒正眼看一眼的夫妻。

魏景仲白髮白鬚，仙風道骨；魏崔氏黑髮瘦臉，病態刻薄。說來，相由心生這種話，也不是全部亦然。魏景仲這種人，就跟他大兒子一樣，騙人能騙一世，哪是什麼仙風道骨？魏崔氏卻是身心如一，不過，賴雲煙儘管厭惡她至極，卻也知這女人也有她自個兒的悲哀。落魄的娘家、身家富貴年輕的兒媳、還有生下的兒子與她漸離漸遠，那心從來都在書院與家族的夫君無不在提醒她，她得到的不會比她失去的多。

人生在世，有時拚的不過是誰比誰更敢付出，誰比誰更敢拋下惡因往前走，而魏崔氏，是留在原地走不動了，她被她的人生禁錮住了。看著她的慘態，賴雲煙沒有像兒子所說的那樣「莫怕得罪祖母」，而是垂下了眼，沒有去對應魏崔氏朝她看來的冰冷的眼。

「坐吧。」這時，大兒朝她看來的、冷得沒有絲毫感情的眼，讓魏崔氏眨了一下眼，說了這句話。

「謝謝娘。」

「世朝謝過祖母。」魏世朝緊隨母親說過這話，卻並不看向祖父母，而是母親一落坐到椅子上，他看著丫鬟整理好她的裙襬後，這才安心地抬起頭，站到了她身邊，而不是去撿張椅子坐。

他站在她身後靜默無聲，但這一刻，在屋內的所有下人都明確地知道，這母子是同心的；他們家昨日才見過聖上、受了聖上讚譽的小公子是站在他的生母這邊的，誰輕忽她，就跟輕忽他一樣。

氣派又雅致至極的堂屋裡，在魏世朝站到他母親身後的一剎那，靜寂無聲。

魏景仲的眼，這時狠戾地朝大兒看去。

魏瑾泓撇過眼，看向了賴雲煙。

賴雲煙眼睛平視，正視著前方，姿態不危不懼。

「行路辛苦了吧？」這時魏母突然一笑，緩和了堂內的氣氛。

賴雲煙隨即微笑地朝她看去。「勞娘惦記了，不辛苦。」

「我聽說是行水路來的？」

「是。」

「一直歇在船上？」

「是。舅父的商船共兩層，媳婦一層，舅父一層，兒媳帶了丫鬟歇在那二層，便是帶了僕人，也是都歇得下的。」賴雲煙淡淡地道。財大，氣粗，就是有這點好處，她就是一人一條船又如何？

她過於淡定，魏母反倒無話了，她閉了閉眼，內心一片愴然。崔家踏在死路上，她已然無法了，這時，只能隨她那不孝的大兒去了；早知他這樣不尊不孝，當他年幼時，她就不該對他那麼好，他當初就是她的命啊！哪料至今，盡是悔不當初……

第五十章

「你跟你爹說了何話？」晚膳回房後，賴雲煙朝緊隨她來的兒子問了話。肯定是事態有變，才讓兒子這麼堅決地站在了她這一邊，因為她從沒教過他要與他的父親作對；這世道，家族才是他活得好好的根本，這雖然是魏瑾泓教他的，但也是她一直肯定地告訴過他的認知。

魏世朝看著他洗了臉、褪去了蒼白的娘，看了好幾眼才與她說：「娘，我總算是明白了當年回京時，妳為何要抱著我哭了。」

賴雲煙愣然。

「孩兒明年才滿十歲，雖虛歲已十，但這心，怕是到而立之年了。」說到這兒，魏世朝閉了眼，吁了一口長氣才道：「妳都不知，那日祖父告訴爹，那肚裡的小孩子得生下來那時，孩兒想妳的心。」只有他的母親，才會那麼無謂一切地告訴他，他的歡喜與欣然才是他自己的歡喜與欣然，別人說與他的，全是枉然；而他的爹，卻得有一個不是他孩子的孩子。

「妳當初是怎麼想的？」魏世朝睜了眼，看著他那臉色平淡的娘親，靜靜地說：「妳是不是想要給我這世間所有的一切？」

賴雲煙聽了後笑出了聲，她笑了好一會兒，把孩子抱在了懷裡，但什麼也沒說。他是她歷經三世才得的孩兒，她也不知等他活了上百歲，能不能知她願，知她願他享盡人世一切美好的心？但這刻，她卻全然滿足了，她活了這幾輩子，該得的她都得到了。

「娘。」魏世朝叫了她一聲。

「什麼？」賴雲煙問他。

「妳定要活得比孩兒長。」魏世朝向他娘笑了一笑，隨即把臉埋在了他娘的膝蓋裡，悶悶地說：「若不然……」

「若不然……」

他們誰都無聲了，誰也未說什麼。

蕭氏為保腹中胎兒，已把她懷孕之事告知了太妃，太妃宮中都知了此事；雖說這孩兒是她通姦所來，但若傳出去，無疑就是笑柄，於皇家、於魏家都如是。

賴雲煙知情後，真真佩服起蕭姨娘這膽量，這麼多年，蕭氏也算是歷練出來了；而魏瑾泓跟她兄長一樣，遭遇了次啞巴吃黃連，苦頭全說不出的事。這時就算蕭家知曉了內情，哪怕魏家豁得出去，也定然是不承認蕭家女通姦的罪名的，因為蕭太妃要封太后，蕭家這幾年定然是出不得這麼大的醜事。

當年先皇為了他的皇后，也就是廢太子的姨母，讓元辰帝尊其為太后，生母為太妃已讓蕭太妃屈就其後，現下就等太后升天，蕭太妃升位了；在這個口子，不論是蕭家還是皇帝，都不可能再讓蕭家出醜事，所以這事，這三方都得忍下來。

蕭氏真是好膽量！魏瑾泓綠雲罩頂，覷著這難得的機會，賴雲煙大張旗鼓地見了蕭氏，還賞了她不少魏家的好物，送的且都是金銀，還另道這銀子讓她拿著去花，但莫要沾污了這手，平素要用，讓丫鬟去碰就是；不過，因魏瑾泓是世朝之父，她也只見了一面，便也不再談這事了。

但這事對魏瑾泓的實質傷害卻比賴雲煙預料的要嚴重一些。魏瑾泓這日在她屋間喝茶，嘔吐出黃色的膽汁後，賴雲煙真是想笑覺得不妥，不笑又覺得對不住自己，只能拿帕擋了半張臉，眼睛禮貌地看向了別處。這個男人，著實太狼狽了，但她確實也同情不起他來，這時忍住了不出言諷刺、落井下石，也是顧及了他們的孩子。

等魏瑾泓吐了地面一地，止了乾嘔後，賴雲煙這才調回眼神，看向了他。

魏瑾泓漱了口，那煞白的臉籠罩著一層灰色。

哪怕他狼狽至此，賴雲煙也不敢小看他，只是謹慎地打量著他，不知他要找何話告辭而去。

不一會兒，魏瑾泓抬臉看向了她，眼睛裡毫無感情，嘴間出聲道：「當年妳是不是早知昭洪是個癡兒？」他的第一個兒子，賴畫月之子，他曾視若至寶，想讓她當親生兒的孩子，她是不是早他許多年知他是個癡子？

「是。」賴雲煙淡笑。

「妳從沒告知過我一聲。」

「怎麼告知？」賴雲煙輕描淡寫。「那時夜夜祈盼你死於非命還來不及呢。」

魏瑾泓聽後莞爾一笑，扶桌起了身，走出了門。

賴雲煙在他走後拿了先前他來之前所看的書，倚躺續看。不多時，賴三兒來報，說大公子回院後，似是吐了血，賴雲煙臉色未變，把看著的那一頁看完，才點頭讓賴三兒退下。說來，要是魏大人再多問她一句，她也是定會回的；就是如今，她也是夜夜盼他死於非命得好。

要是一舉能把他氣死該有多好？少了這個總是捏不清現狀的男人活於這世，她活得肯定要比現在精彩萬倍。一個人，連自己和身邊的人都改變不了，還妄想改變這天下？哪怕這多年遊歷中，為了兒子的前路，她幫了魏大人不少，但現在賴雲煙還是相當地不看好他。

這個男人，實在太糟糕了。

離賴遊入葬之日還一月有半，賴雲煙盡孝這段時日，不少昔日的閨中友人都來探望她，賴雲煙全都一一盡心招待。

也有那同情她的人，說她這還守著孝，妾室卻是有孕了，要換成是以往，賴雲煙肯定是要哀戚一番，但蕭氏前兩日還被太妃打賞了什物，她可不想在這時候折太后的臉面，因此跟人還誇了幾句蕭氏的好處。

那聽者之人也明瞭她的處境，心中只當她會做人，但對太妃那族也不敢妄言。

待一月半後賴遊入了那方圓五里都無族人的孤墳後，太后賓天了。

官復原職的魏大人在宮中為太后跪了一宿後，回府大病不起。這一次，便是賴雲煙這個對著魏瑾泓有著七分猜測之心的人，也覺得魏瑾泓真是命懸一線；但世朝在她面前卻平靜得很，與她說起父親的病情時，也只道大夫一天要探幾次脈、父親一日要喝幾次藥，他有些憂慮，但在賴雲煙想多說幾句時，他朝她搖頭，示意她不要張口。

這天賴雲煙與他探過魏瑾泓回屋後，魏世朝靜坐在案前良久無聲，等母親溫暖的手摸上他的臉時，他又朝她搖了搖頭，這次他張了口。

「娘，妳無須多說，父親要是不行了，妳與孩兒也是無能為力的。」這府中，不是他與娘說了算，父親的生死更不是他們說了算的。

他就算盡了那十分的孝心又如何？父親對他還存有幾分父子之心又如何？現下這府中，全是蕭家太妃的影子。蕭姨娘也是好本事，哄了太妃站在她那邊，他這時就算有為父親死的心，但他父親也護不住他娘，一點意思也沒有。

「你心中難受。」賴雲煙嘆氣道。

魏世朝苦笑道：「孩兒只能難受。」

爹是他的爹，他病入膏肓，他確實難受至極，可他們再也回不到過往了；那時他能賴在父親懷裡撒嬌，說盡心中的話，但現下他卻不敢了。他身後還有娘要護著，他哪怕敢把自己交到他手中，但他沒有膽把娘交到他手中。各人的娘，各人護著，他也想不出更好的法子了，爹要是起不來，他只能顧著他能顧得著的了。

「要不，再找個大夫與他看看？」

「那是皇上親派的御醫，天下再也沒有比他更好的大夫了。」

看著冷靜得不像個小兒的兒子，賴雲煙只能伸手抱住了他，垂下眼掩了眼中無盡的憐惜；到底是她作了惡，帶了他來這世間，小小年紀就要嘗遍這麼多的辛酸與不得已。

這次魏瑾泓是真的病重，當賴雲煙這夜剛用完晚膳，聽丫鬟來報，說魏瑾瑜在魏瑾泓房門前磕破了頭，血流了一地後，當真是無語了半晌。

「大公子氣死了沒有？」好一會兒後，她問了冬雨。

冬雨搖頭，朝賴雲煙苦笑道：「小公子候在那兒守著。」

「世朝用膳了沒有？」

「未。」冬雨福腰，不忍地與賴雲煙求情道：「您去看看吧，小公子都瘦了好多了。」

賴雲煙搖搖頭，拿帕拭了嘴，又去鏡前擦了點白粉，把氣色掩白了些，這才帶了丫鬟去。

她因守孝，搬到了離府中佛堂近的這處靜院，離修青院有一段距離，走了好一會兒才到修青院。到了魏瑾泓的院中，在下人的告知下，她才知這一大家子，魏瑾泓與魏母病得不能起榻不算，剛剛拉了魏瑾瑜走的魏景仲也昏了過去。聽到這事後，賴雲煙猛然之間覺得魏府有夕下落敗之相，但一進到房內，當她一眼看到骨節突兀得厲害的手指拿著一碗藥一飲而盡後，她就又覺得她多想了。

她看著魏瑾泓飲盡了手中之藥，還朝站於他身前的她兒微微一笑後，她搖了下頭，揮退了身邊的人，走了過去。

「去用膳吧。」她溫和地朝兒子道。

魏世朝向他爹看去。

魏瑾泓也開了口，微笑道：「去吧。」

「爹剛吐了黑血。」魏世朝的聲音憂慮不已，眉頭皺得死緊。

看著他這擔憂之態，這一刻，賴雲煙心中似被鈍刀子連割了好幾刀，難受得緊。

「讓冬雨端了進來，你在一旁吃吧，娘看著你爹。」賴雲煙朝他微笑道。

「不妥。」魏世朝想也不想地答。他怕她為了他，為難自己陪著父親，他知道她不想陪的。

他答後，魏瑾泓嘴邊的淺笑消失殆盡。

魏世朝啞然地看著臉上剛聚起生氣的父親此時一臉灰暗，剎那有些手足無措。

「冬雨……」賴雲煙朝門邊叫了人。

冬雨進來後，她吩咐了事，又讓她帶了世朝下去洗漱。

魏世朝這時不敢再去看父親的臉，他閉了眼，低了頭，什麼人也不再看，與跟了他的冬雨出了門去。

第五十一章

「那孩子不能留。」孩子退下後，魏瑾泓朝面前的女人平和地開了口。

「喔。」她不冷不淡。

「我已與皇上說了。」

「喔？」她的眼睛看向了他。

「太妃一直是個奇女子。」

這句話讓賴雲煙安靜了下來。可不就是個奇女子？她太能忍了，上世她也是能忍，忍元辰帝不納后，忍到了元辰帝立了她膝下養的孫子為太子，再忍到了蕭家又多了一位小太子妃。上世她見過這位太妃兩次，兩次她都費盡了千金，才從她手裡討了一點的好，得了一點助力；可這世跟蕭家有直接利害關係的她，已經完全不敢想還能從她那兒得了好了。

「您想如何？」賴雲煙抬眼看向了他。

「啟稟大公子、大夫人，國師大人來了。」就在這時，門外傳來了蒼松的聲音。

「善悟？」賴雲煙直朝門邊看去。

「大公子？」蒼松再道。

「請。」魏瑾泓話起。

隨著他音落，賴雲煙從椅子上站了起來，往門邊走去。

「妳可以留下。」

賴雲煙止了步，回頭看去，嘴角又掛起了她虛假又敷衍的笑。「那是大人的至交，妾還是不見得好。」

說著時，門被推開了，賴雲煙坦蕩地朝門邊望去，腳步不緊不慢。

「魏大夫人。」門邊，那相貌英俊的和尚手掌單豎，朝賴雲煙看來。

賴雲煙回以一笑，輕頷了首。「國師大人。」

善悟微微一笑。

兩人在空中相望，臉上皆是笑意盈盈。

就在賴雲煙走近他身邊，欲要錯過他邁腳過門檻時，那和尚突然開了口——

「夫人不留下？」

「國師大人。」賴雲煙垂了眼，笑道：「婦人還有事，就不相陪了。」說著，腳落了地，身著披衫的女子拖著青色的衫，懶懶散散而去，那步調慢得就像踩在人的心口。

善悟垂眼瞥去，只兩眼他就收回了眼，等蒼松在門邊關上門退下後，他朝魏瑾泓看去。

魏瑾泓迎上他的眼睛，臉色平靜。「你看出了什麼來？」

「身有殺氣。」善悟笑了笑。「誰跟她說了我什麼？」

魏瑾泓淡道：「你這世入世得太早。」為幫他，這世的國師太早步入朝廷之事了，他沾了一手的紅塵之事，旁人怎會沒有察覺？

「我命中早有幾劫，你這一劫算是最淺的一遭。」善悟不以為然地笑了笑，掀了僧袍落了座，與他道：「你想好了沒有？」這半年內，他只能出來這一道了，瑾泓最好是想明白他要不要拉她下水了。

魏瑾泓沒有說話，只是在這一刻，他閉上了眼，抿緊了嘴，面露了殘酷之意。

「伸手。」善悟這時道。

魏瑾泓伸出了他的手，眼睛也慢慢地睜了開來。

「須養很長一段時日。」善悟把完脈，又與他淡道：「你終不是長命之相。」

魏瑾泓面露出了嘲弄的笑容。

「你夫人。」善悟放下了他的手，與他道：「貧僧怕是測錯了。」

「何意？」魏瑾泓皺了眉。

「她這生怕是不能跟你一道走了。」

「善悟。」魏瑾泓靠著床頭的上半身慢慢地直了起來。

「她剛剛在燈下露出的命線太長了，怕就是用斬的也斬不斷，她的鐵命要跟你的背道而馳。」這兩個強命之人，在她不與他消災後，她便接了她原本的命線，要往本命飛了。

只一句，魏瑾泓的背又重重地垂在了床頭上，良久後，他閉著眼睛淡淡地道：「那就如此吧。」

「不改了？」

「不改了。」再改，和尚與他，怕是得永生永世待在地獄不得往生了。

那女人那麼想讓他死於非命，這一世，可真是要如她的願了。魏瑾泓的心從沒有如這刻般平靜過，也許這兩世裡，他與她，也只有這件事如她的願了。

蕭姨娘在魏府好吃好喝了好一陣子，但在突如其來的一個早上，一切戛然而止，她的孩子沒了。

她肚中的孩子沒有了，宮裡的人來問了話。魏瑾泓從床上起身，去了宮裡，等他回來，這事全府就再沒有了聲響。

府外，說的最多的就是蕭姨娘不慎錯步，把自己的孩子給跌沒了。那平民百姓聽了，怪的也只是這個為娘的人那麼不小心，把自己的孩子都弄沒了；而在魏府內，便是僕人，也不再提起這個姨娘。

魏世朝不解，這事剛開頭那麼棘手，為何現在這麼容易解決？

賴雲煙回答得很簡單。「你爹狠得下心了，保全得少，他自己也就受益了。」什麼人都想保住，要爹要娘，還要自己暢心如意，什麼都想要，這世事要是真如了他的願，那才是怪了；就是皇帝老子，也沒這麼好命。當晚，趁著兒子問的這事，賴雲煙跟他講了一夜的故事。

那一晚，魏世朝才徹底明白他跟他娘，在父親那裡是個什麼樣的位置，說到底，在這府中，或者在這世間，他們無人依靠，能靠的就是他們彼此。

他娘甚至跟他說，等哪日，她要是跟不上他的腳步，或者她渾渾噩噩不再了這世事了，也讓他自己大步地往前走，不要管她；因為這世道自古以來就是如此，走在前面的，永遠都是那些堅決往前走、不會回頭看太多次的人。

而作為女人、作為母親，哪怕孩子的路走得離她再遠，最後那個母親所能想得到的，就是原諒她的孩子。她也讓他去原諒祖母，不是原諒他祖母對她做過的錯事，而是為她這個母親，也為母親願意讓他寬容寬大的心。

她很愛他，她這麼跟他說。很多年後，魏世朝在即將閉眼的那刻，跟他心愛了一生的妻子說，他人生最幸福的時刻，一是聽到他娘這麼明確地跟他說了這話，二是那日他終等到了她願嫁他的消息；這兩個時刻，美妙得無與倫比，支撐著他度過了風雨飄搖的人生百年。

蕭家姨娘肚中的孩子沒了，對魏府不是沒有影響的，皇帝冷了魏府，魏瑾泓也不再像以往那樣，時不時地被皇帝傳召進宮。太后百日殯喪期間，魏瑾泓沒再被傳入宮一次，除了上朝能見到皇帝，其餘時間他沒有再被傳令進宮，但是他下屬的官員卻都被傳令進宮了幾次。元辰帝此舉，讓朝中人明白，魏府不復前時光景了。

這時，魏府也大減了府中用度，府中僕人的月錢也被削減了些許。

魏瑾瑜這時大病，用的參銀也不能與以前比了。

這日祝慧真哭到賴雲煙面前來，與她道：「便是以前的下人，用的都要與我夫君的差上不多……」

賴雲煙直接跟她說：「跟大公子哭去，現下是他當家。」這已經完全不關她的事了，魏瑾泓是中了魔了，大刀闊斧得與先前那個魏大人截然不同。

「大嫂……」

「我月錢也不多，妳要是缺，全給妳。」賴雲煙朝她搖著頭，淡然地道。

「可……」

祝慧真還要哭，賴雲煙卻是癱在了椅子上，閉著眼睛苦笑著跟她說：「慧真，把眼睛睜大了，看看現在這府裡的境況吧。」

昨夜魏母一口氣喘不上來，魏瑾泓也只言道了一句「大夫正歇息著，明日再請」。他娘都不要了，這個當口，祝慧真還來跟她哭，這丫頭，也真是中了邪了；就是她，這個時候也都不敢跟魏瑾泓正面頂上了，就怕這人不管不顧的，什麼人都敢滅。

祝慧真瞪大了眼，眼內全是對賴雲煙的指責。「大伯什麼都沒做，妳現在就勸他一聲，難道妳也不勸嗎？」小妾懷了二弟的兒子，那對他是多大的屈辱，賴雲煙身為嫡妻，躲在這靜齋裡什麼也不做且不說，連寬慰兩聲也不去嗎？

賴雲煙都有點無法直視這時眼內已經無法掩飾愛慕的祝慧真了，她輕嘲地笑了一下，真是什麼話都說不出口了。這魏府啊，待到如今，她確實也是待得憎厭得不行了，就是為著世朝，都有些忍耐不下去了。賴雲煙拿帕擋了半張臉，垂首坐著。

在祝慧真的那句話後，屋內陡然安靜了下來。

「大、大嫂……」祝慧真口舌有些打結地叫了她一句。

賴雲煙搖搖頭，再次閉上了眼睛。

「走吧。」她閉著眼睛淡淡地道：「以後別這樣了，多想想妳的孩子。」祝家老祖母不在了，這八小姐也不是她親生母親最喜歡的女兒，她要是在這魏府裡犯了這種錯，那就是犯了錯了，誰也救不了她，她都身為人母這麼多年了，可別再天真了。

「大嫂……」祝慧真再叫了她一聲，卻只看到了賴雲煙那緊緊閉著眼睛的冰冷的臉，她愴然地後退了一步，回頭走了出去。

門邊丫鬟叫她都沒有把她叫回神，她步履匆促地走了一陣，在離開靜齋，走到一處池塘前時，她猛然停住了腳步，無聲地掉著眼淚，不一會兒，眼淚流滿了她的整張臉。

如若可以，她多想從未嫁進這府中！

世朝被魏瑾泓帶在了身邊，每日回府，他就會前來與賴雲煙請安。

這日他來時，魏瑾泓與他一道來了，還帶了兩罈蜂蜜來。

「是曾經教過爹的一個先生親手養的，下午爹帶我去拜訪時，他給了兩罈。」魏世朝在一旁跟他娘笑著道。

「都拿來了？」賴雲煙微愣了一下。

「是。」

賴雲煙搖了頭，眼睛掃過那不聲不響地靜坐在案桌前的魏瑾泓一眼後，朝丫鬟道：「去拿兩個小瓶過來，把這一罈分成兩半，大的那罈和小的一瓶交給蒼松。」都給了她，豈不是害了她？

魏瑾泓聞言抬頭，把口中的茶嚥了下去，淡道：「無妨。」

看著這段時日不近人情得近乎變了一個人的魏瑾泓，賴雲煙搖頭不語，在另一張椅子前坐了下去，與他隔著一段距離。

「這幾日妳吃素？」魏瑾泓開了口，似是在閒話家常一般。

魏世朝這時看看父親，又看看母親，似是在觀察著什麼。

賴雲煙的眼睛微縮了縮，嘴裡則溫聲道：「是。」

「為何？」

「有孝在身。」賴雲煙有些無奈，這不是很明顯的事嗎？

「為賴大人守孝？」魏瑾泓笑了笑，又道：「大夫囑妳冬日食補，身體要緊，妳還是聽從大夫囑咐的好。」說罷，他往門邊叫去。「蒼松——」蒼松進來後，魏瑾泓與他道：「往後這靜觀園，除了大夫人的人可以進出外，誰人要進，都要得她的吩咐，若不然，拖出去亂棍打死。」

他這話一出，不僅是魏世朝，就是賴雲煙的眼皮都不禁跳了跳；這渾身戾氣的男人，可還是那個以溫文爾雅聞名天下的玉公子？

「是。」蒼松輕應了一聲，退了下去。

「想要什麼僕人，自己挑揀著，若府中的不要，就自己去府外挑。」魏瑾泓回過頭，朝她笑了一下。

那笑容還是溫潤，只是帶了點疏冷。賴雲煙垂首無聲。

坐在她身側的魏世朝這時開口道：「娘，孩兒給妳請過安了，這就走了，妳要好好用膳。」

「去吧。」賴雲煙朝他嫣然一笑。

魏世朝起了身，往門邊走了幾步，卻未見他父親起身，他猶豫了一下，看向了父親。

「你去與祖父一道用膳，問起我，就說我留在你娘這兒與她用膳。」魏瑾泓朝孩兒溫聲道。

魏世朝的眼睛迅速朝母親看去，見賴雲煙朝他微微笑，且點了頭，他這猛然跳起的心才稍稍回到了原處。娘這麼鎮定，應該不是什麼棘手的事；再則父親……魏世朝再向他爹看去，見他爹看著他的柔和臉色不變，到底還是安下心來了，她是他的母親，就算父親再不喜她，也得給她幾分面子。

「晚膳多加兩個菜。」魏世朝走後，賴雲煙朝丫鬟小益說了一聲。

「不必了，與妳一道。」

「有些少。」

「此適養胃，不宜多用。」

賴雲煙便不再言語，示意丫鬟退下。

「妳的丫鬟呢？」

「您說冬雨她們？」

「嗯。」

賴雲煙看向從未問過她這些瑣事的魏瑾泓，頓了好一會兒才道：「賴絕他們回來了，我讓她們回去顧家了。」

「她們的孩子也大了不少了吧？」

「嗯。」

「找了婆子在顧？」

「是。」賴雲煙這時嘆了口氣，朝魏瑾泓苦笑道：「您問問我別的事吧。」冷不丁地關心起這些個細碎事來，可把她給嚇得，比跟人真刀對上還心驚肉跳。

「不妥？」魏瑾泓坦然地看著賴雲煙。

「不妥。」賴雲煙點頭。他們絕不是能過問對方生活細節的夫妻，以前不是，以後也不能，她希望他能完全明白這一點，哪怕現在她還真有點忌憚他。

「見諒。」魏瑾泓朝賴雲煙左手擋右手，往前一揖道。

賴雲煙嘴邊含著的苦笑更苦了。這魏大人，這性子一改，反倒讓她更吃不消了，這可不是個好兆頭啊！

「善悟說，回頭妳要是有那閒心，就去他的善堂喝幾盅茶水。」晚膳未上桌前，桌上先放置好了茶具，等爐中清水翻滾後，魏瑾泓先開了口，抬起小壺泡茶燙杯。等倒好茶，他抬頭朝她看去，又道：「妳兄長之事，還要等兩年，皇上那兒過幾年，有妳兄長大施拳腳的機會。」

「您這話是何意？」她抬起了臉，臉上有著矜持的笑，眼睛裡一片冷意。

見狀，魏瑾泓微微一笑。對她，實則看開了就好。她為別人喜、為他憎，都是她的事，他管不了那麼多了，也無力再去管，現下反倒卻是最好的，哪怕是她對他的警戒，這何嘗不好？總歸是她眼裡有他。

「皇上根基漸穩，再過幾年，這朝廷他會動上一次，在此之前，震嚴兄只要韜光養晦就好。」

他說得過於淡定，而賴雲煙聽了首先是一個字都不信，過了好久，她才笑笑道：「謝魏大人提點。」

魏瑾泓笑而不語，再給她添了一杯茶。

「這暖茶妳帶回的可多？」他又道。

「尚有一些。」

「我那兒早喝完了，給我一些吧。」早就喝完了，只是不想開口跟她拿，而現下這口開起來，也沒有他以為的那麼難。

「好。」賴雲煙抬頭看他，忍了一會兒，還是開玩笑地說道了一句。「您就不怕我下毒了？」

「妳不會。」魏瑾泓平靜地看她，溫和道：「從我是世朝之父那天開始，妳就不會了。」她這種女人，再恨他，也不會讓她的孩子有一個殺夫的母親的。

魏瑾泓的話讓賴雲煙僵了臉，好一會兒她臉上才重展笑貌，與他笑意盈盈地道：「魏大人過誇了。」

看著她臉上假得毫無破綻的秀麗笑容，魏瑾泓朝她頷首，又再垂眼拿過爐上燒開的茶壺，專心泡起了茶，他很多年沒有與她這般平心靜氣地待過了。

當晚魏瑾泓離去後，賴雲煙去佛堂給菩薩上了幾炷香，誠心希望菩薩保佑魏大人早回原貌，他這種毫無退守的進攻，只顯得她刻薄，於她不利。

但菩薩從沒聽過賴雲煙的祈禱，這次亦然。

魏瑾泓隔三差五的就會帶點東西過來，喝個茶，或者用個晚膳。

世朝不安，次次都作陪，魏瑾泓也從沒推過，讓他留了下來。三人用膳時，賴雲煙常要與世朝說笑兩句，他也不插話，只是自用他的晚膳；賴雲煙最後喝的補湯，等她喝完，他也會照著喝一道，把剩下的喝沒了。

用茶、用膳，不再像過去那麼講究，要僕人伺候，他也學了賴雲煙一般，只要是在伸手可及的狀態下，能自己動手就自己動手。

對此，世朝私下與母親無奈道：「爹爹現在這樣也沒做什麼事，娘要是不想見他，還是坦言相告得好。」

「說了！」賴雲煙說這話時，非常直接地翻了個大白眼。「可再過兩天，你娘我這鞭炮剛準備要拿出去放時，他又來了！」

魏世朝聽了，直摸著跟他父親一樣挺的鼻子，尷尬地笑著，一時不知要說何語才是妥當。

「要不，一來就趕？」魏世朝再出一策。

「也趕了。」賴雲煙手指大門外面的涼亭。「然後大冬天的，你爹他就坐在裡面吹風！雖這靜觀園現在全是你娘我的，但這風聲要是被透出去了，我就得把我大好的名聲毀了！」

她現在在外，那名聲可是忍辱負重得很呢！下有渾厚背景的小妾，上有突然連內務都要管了的夫君，自己還剛死了爹，真是要有多慘就有多慘；這時要是被人知道她竟趕了魏瑾泓出門，別人都要當她是不想在這京中混了。

魏世朝咬咬嘴唇，搖搖頭，再道：「妳莫急，孩兒再幫妳想想法子。」

「沒用，除非……你爹出京，我留在這兒。」賴雲煙眯著眼睛說道。

「這是不可能的。」魏世朝說到這兒，朝他娘親苦笑道：「妳是不知道，皇上要立太子了。」

「啊？」

「爹他，快要當帝師了。」

剛迷了眼的賴雲煙，這時眼睛卻是要瞪出來了！她瞪著兒子好半晌後，忍不住喃語道：「不是娘要說他的不是，你說就你爹這樣的，皇帝也願意讓他當帝師？」

元辰帝到底是想幹麼？皇帝這世還是跟上世一樣，被這偽君子徹底哄住了嗎？這是瞎了狗眼了吧！

第五十二章

元辰五年，帝立其三子瑚文為太子，當日入住東宮。

這瑚文是宮中時妃之子，與前世太子是元辰的七子不同。

過了兩日，魏瑾泓從宮中返回，賴雲煙問了他，這次是怎麼選的太子？得到答案後，她不禁啞然失笑。原來是元辰帝覺得他這妃子與兒子被別人怎麼弄都弄不死，想來這太子也是當得下去的；而這時的元辰帝的長子與二子，一人破相，一人殘肢，這生是與帝位無緣了。

皇室的刀光劍影自來要比外面血腥，說來，長命確實是個好處，就像上世的元辰帝，就撿了死去的太子的帝位。

但這世的太子是時妃之子，還是讓很多人意外了，賴雲煙也有一些；因時家是崔家的老對頭，也是魏崔氏的眼中釘、心中刺，而魏瑾泓卻要去當太子的老師，看來他這心，是真的狠下來了。

「皇上明年要再行選秀。」魏瑾泓拿壺慢慢把賴雲煙面前的茶杯注滿，與她淡道：「你們賴家要是有秀女要送進宮去，最好提早準備。」

賴雲煙再次愕然。

回頭，賴雲煙與來訪她的兄長一說。

賴震嚴得了「提早準備」這幾個字後，皺眉看了賴雲煙一眼，與她輕聲道：「他之話，可信不可信？」

「你去瞄瞄其他幾家。」他們動了，他們便跟著動就是。

賴震嚴「嗯」了一聲。這倒是，如要選秀，蕭家必動。

「我們這族有要進宮的？」賴雲煙不禁多問了一句。

上世他們賴家送的秀女因兄長的名聲，第一道就被刷下了多人，後來雖有幾個進去的，但晉位的並沒有一個，送進去，也是糟蹋了。但賴家送秀女之事，不是她說了算，也不是兄長說了算的，誰家的女兒想要送進去，兄長作為族長，要做的就是扶助打點，而不是止住他們的心思。

賴雲煙得了魏瑾泓的話，只能前來提醒，但這時卻還是希望這世沒有幾個是願意進宮的；要是不願進，只要不說出去誰是適齡之人也是可行的，宣朝選秀都是各地送帖上去，尤其他們京中的這幾大家裡，更無強迫之意。宣朝地廣物博，那秀美之女，舉國上下更是多不勝數，往年送上來的人，比要的人都還要多；但這世賴家的情形與前世不同，兄長無陰險狡詐之名，有了他的扶助和她在魏家的身分，家族中想出頭的人家怕是只會多吧。

「想來有。」賴震嚴點頭道，後又奇怪地看了妹妹一眼，說：「妳不是又要說，把好好的人家送到宮中去當一輩子侍女糟蹋了吧？」

賴雲煙掩嘴尷尬地笑，卻是沒再說這話了。

「這話妳小時候說說可以，但現在可不許再說這些糊塗話了。」當年先皇選秀，妹妹說的這話差點沒把他嚇死，再說一次，他都免不了要再訓她一頓了。

「我們族中有合適的？」賴雲煙拿眼看他，再問。

「有幾個，這要問妳嫂子。」賴震嚴說到這已起了身。「我先回去了。」

「欸。」

「給世朝的東西，記得給他。」

「少不了他的，我又不會吞他的東西，兄長不要這樣對我小心眼。」

見她還要跟他打趣，賴震嚴瞪了她一眼，搖搖頭就走了。

賴雲煙看著他的背影，慢慢止了臉上的笑，最後無聲地嘆了口氣，選秀之事一出，便又是一場無聲的戰爭。太子之事定了，就又是選秀；後年呢？大後年呢？又將會是什麼事？只要待在這京中，她永世都不得幾日真正的安寧。

魏瑾泓的少府之職被楚子青替代，他專心當起了帝師，每日早時進宮，下午回來。他這帝師之位看著風光，但無實權在手，連當年在翰林院向皇帝進諫的權力都沒有了，朝廷中人也就有人當皇帝是找了個看著打眼的好地方把魏瑾泓塞了進去，沒打算再重用他了。

賴雲煙聽了這話後，朝跟她報訊的賴三兒搖頭道：「這豬腦子。」楚子青是誰啊？這位楚侯爺是好得能跟魏瑾泓穿同一條褲子的人哪，這得多蠢才會認為皇帝不重用魏瑾泓了？

「也有人當魏大人是在養晦。」

「這才對嘛！」賴雲煙不禁笑了起來。總得有些人把魏瑾泓當對手，她才有熱鬧可看，另外也省得魏瑾泓只專心對付她一個人，讓她對付不來。

「國師還在皇廟為太后唸經。」賴三兒又報了國師的訊。

自他一回，就躲進了皇廟不出來，聽說最常見他的就是皇帝了。聽魏瑾泓話間跟她說的意思，他也是在宮中見過國師那麼兩回的，但看樣子，國師最近這段時間是沒打算出宮了。

「這國師大人啊……」賴雲煙嘆了一句，跟賴三兒說：「這幾年，不管如何，都給我盯死了。」

「您放心，大公子也是這麼說的。」賴三兒輕聲地回。他們家小姐吩咐的事，大公子都上心得很。

「跟這些人打仗，沒點耐心是不可行的。」賴雲煙瞇了瞇眼，想著那日對上和尚時的不適之感，她倍感煩躁地揉了下額頭。

這和尚的事弄得她實在是有點坐不住，但還是只能忍耐；就算她對上魏瑾泓，想問出個一二，這魏大人也不會告訴她的，只會告知她，想去善堂喝茶就去，他要是有那時間，還會奉陪一道。真是美得他！

這日午時，魏瑾泓從書院接了魏世朝一道回府。

馬車內，魏世朝奇怪地看了他爹多眼後，與他道：「你又要找我去跟娘喝茶了？」

魏瑾泓笑而不語。

「唉，我們能不去嗎？」

「嗯？」魏瑾泓漫不經心地應了一聲。

看著氣色好了點的父親，魏世朝很認真地道：「我們不去吧。」娘都要煩死他了，如若不是現下她不合適去舅父家，她早就撒腿跑回娘家去了。

「就去一會兒，我就去瞇個覺。」說到這時，魏瑾泓還小小地打了個哈欠。

魏世朝對這樣的父親瞠目結舌，但他身為兒子，怎麼也不能說出阻止父親去母親那兒瞇個覺的話，因此只能重重地嘆了一口氣，提醒他爹，別把他當死的，但他爹就是沒聲響。

「煩你得緊呢。」他嘆了口氣。

「誰煩我？」他說話，魏瑾泓還是答的。

魏世朝又不好意思說了，總不能說他娘煩吧？

「我不會煩她多久的。」看著兒子一臉為難，魏瑾泓溫和地說，繼而又道：「你舅父今日來了，也不知給你帶了什麼好東西來，一會兒你清點一下，看家中有什麼是你表兄用得著的，就帶去給他。」

「啊？」魏世朝一愣，繼而又道：「今日去？」

「要是想，就今日去，晚上在那兒歇一晚也無妨，我讓春暉跟你去。」魏瑾泓淡道。春暉是她都要信幾分的人，他去，少了賴家的猜忌。

「爹……」魏世朝是真有些發傻了。

「去吧，不過切莫擾了表兄睡覺。」魏瑾泓摸了摸他細軟的頭髮，有點明白那女人為什麼總愛摸小兒的頭了，很軟，也很暖。

「去？還是不去？」魏世朝問他娘。

這段時日習慣性伸手揉額的賴雲煙又揉了一下額頭，之後頗為語重心長地與兒子道：「你爹這樣……」

魏世朝看她。

「殺傷力頗強啊！」

看著一臉感慨的娘親，又見她一臉嬉笑，沒個認真樣，他也有些頭疼地揉了下額，道：「娘，說正經的。」

「正經的啊！」賴雲煙伸手給他理了理被揉亂的頭髮，笑道：「你就去吧，你回來這麼長時日，也好久未跟煦陽一道玩了，難得你爹應允了，不去白不去。」

「可……」魏世朝看向在暖亭中睡覺的人。

「凍不死他，你就放心好了。」

魏世朝掉過頭看著說著刻薄話的娘親，搖搖頭起身道：「那孩兒去了，妳要是實在煩了爹，趕了他走就是。」他爹再不講究面子，也是要走的。這幾日，他爹格外聽娘的話得很，除了來的時候不如她願，讓他走他還是會走的；就是走了又會再來就是，著實煩人得緊。

魏世朝輕嘆著氣走了，但賴雲煙能從他的嘆氣聲中感覺出幾絲好笑，她嘴角也輕揚起了一抹笑。人是笑的，但心中還是嘆了口氣，再聰慧懂事的孩子，也還是不希望父母不和的吧？

魏瑾泓從暖亭中睡了一覺起來，感覺有些舒適，雖這暖亭布下是她免得他睡在涼亭中凍死了讓她沾了晦氣，但實則想來，也是她一手布下的，這是好事。

他起身穿靴下地，伸手撥開厚帷，出了暖帳，往屋子內走去。屋內燒了炭盆，她用的是松花木，天然帶著不濃不重的木香，氣味好聞，還能清神醒腦；他抽了下鼻子，聞了兩下後，轉頭往茶桌看去，見上面有茶，他就自行踱步過去，從炭爐上拿起了茶壺，給自己倒了杯茶，臥在榻上一口一口地喝了起來。

「大公子，您醒了？」

那內屋的門邊，她的丫鬟秋虹朝他施了禮。

「嗯。」

「可要吃的？」

魏瑾泓當下就點了頭，這下也正眼朝她瞧去了。「有何吃的？」

「小姐也是快要醒了。」那丫鬟掩嘴笑了一下，朝他福禮道：「備了小菜六、七碟，您要是能多食些，就要備上八、九碟。」

「可行。」魏瑾泓直接點頭道。

「小姐說今日偏冷，還要燙壺燒刀子，您可也要喝上一點？」

「不必多備了。」他晚間還有些事，等一會兒跟她拿上一杯喝即可。

「是，那奴婢退下了。」

待丫鬟出了門去，魏瑾泓摸了下肚子，就又下地去了她的點心櫃，從裡面摸出一包薑糖，打開從中拿了幾片，又從櫃子深處把藏得最深的那包用珍貴藥草燻成的肉乾拿了出來，塞到了袖中，打算晚上過夜用。

她吃的東西來源廣泛，他也不能讓手下花那麼多精力去找，以前只能看著小兒吃，現下什麼都不管了，能拿一點是一點；至於她怎麼想，隨她去，大不了，待她另尋了地方藏，他再花點心思去找就是，但不能藏在內屋，那處有些不妥。

魏瑾泓含著薑片回到了臥榻，想著她要是小氣地藏到內屋去，他要用何法才能弄到手？不過只稍一想，就找到了法子——在她午休時進去即可，丫鬟也不可能擾著她的安眠來攔他。

如今看來，什麼都不管不顧了，他也不再要她去做什麼後，她便也沒有什麼好法子對付他了。

「你又吃了我的薑糖。」魏大人一張口就帶著股她熟悉的薑糖氣，剛在茶桌邊坐下的賴雲煙不由得朝對面坐著的人皺了眉。

「身上寒。」魏瑾泓淡淡地道，並從另一袖中拿出一顆寶珠。「給妳鑲嵌用。」賴雲煙瞪他，他視若無睹，給她添了茶後，又給自己倒了一杯。

「上次不是給了你一包？」

「夜寒，分了一半給下人吃，前日就沒了。」

賴雲煙好氣又好笑。「自個兒弄去，味食齋多得是。」

「不是一個味。」任金寶肯定是把好的都給她了。

賴雲煙當真是什麼都不好說了，給她的薑片確實與舅父的味食齋賣的不是一個味，她口味重，給她的薑片要辣一點。

她沒好氣地把寶珠拿過，給了身邊的冬雨，讓她收起，這才與魏瑾泓道：「你還拿了我什麼？」應該不僅薑片吧？

「肉乾。」

「還回來！」賴雲煙這次是真不快了，這肉乾是補藥，是用名貴難找的草藥燻製成的，說它價值千金都不為過。

「妳身子好了許多了，用不上。」魏瑾泓說到這兒，頓了頓才又坦然地說：「於我還有益一些，明日我再給妳帶些珠子來。」這草藥製的肉乾養身壯氣，她一介女子，實也不宜多用。

「誰要你的珠子！」賴雲煙被氣笑了。「你不能把我的好東西都拿走了，盡拿這些我現在用不上的給我！」這買賣不是這樣做的！

「給妳找幾本孤本過來，還有地冊。」魏瑾泓看著杯子，又說道了一句，此法不行，再找一法就好。

賴雲煙頓時啞口。她確實需要這個，她向來也喜歡這種東西。

「我這裡還有不少你用得上的好東西，你下次還能找到換的來換？」賴雲煙不無譏誚地道。

「到時再說。」魏瑾泓抬眼，朝她溫和地道。

他這話一出，賴雲煙是真無奈了。

這時小菜、小酒已端上了桌，看魏瑾泓自動自發地給她倒酒，她也不好再說什麼話，就提筷自行吃了起來。

等兩人把菜吃得差不多了，酒足飯飽的賴雲煙看著魏瑾泓苦笑說：「你說你圖啥啊？」要什麼，派人來跟她說一聲就好，看在世朝的面上，她能不拿出來嗎？天天來挨她的冷眼是怎麼回事？這不是她難受，他也難受嗎？

魏瑾泓明瞭她的意思，他在丫鬟端著的溫水盆中洗了手，拿溫帕擦了下手，才與她道：「妳這裡安靜。」也只有這麼一會兒，他能睡飽吃好，出了這靜觀園，不知多少人要找他，多少瑣碎事要排布，他忙個幾日就會身心交瘁。「多謝。」說罷，魏瑾泓起了身，朝她作得一揖，往門邊走去。

過了一會兒，僕人來報，說大公子剛出靜觀園的門，就被二公子的小妾跪在地上求他去看看二公子。賴雲煙聽了輕搖了下頭，眉眼之間的淡笑也淡了下去，這魏府，也不知會被魏瑾泓管成什麼樣？

第五十三章

賴雲煙深居靜觀園，這日子過得也不是風平浪靜，先是有那闖入園中的人被魏瑾泓的下屬帶走要杖斃，後是她的僕人去後門接每日用度時也會被人攔住，哭求賴雲煙去求情放人。但沒幾日，也就沒人再敢攔她的人了，說是大公子那兒又發了話，說大夫人在靜養，誰要是敢前去打擾大夫人，家法處置。

他話後幾天倒還是有人敢來攔的，但那攔的幾人無影無蹤地消失後，就無人敢再來攔人了。賴雲煙聽說，那些個來攔的丫鬟、僕人都被送走了，送到哪兒去了誰人也不知，她就是令人去查了，也沒查出什麼來。

這時，魏府又送走了幾批僕人，有些是賣了，有些是送給了魏氏族人，偌大的魏府在一月之後，少了近兩百的奴僕，這讓往日喧鬧的景象不再。在冬日的寒風之中，哪怕快要過年了，這昔日九大家首頭之一的魏府，也沒因此增添幾分喜氣，反有幾分凋零之感。

那素日來往魏府的門客儒士，也不再像往日那樣頻於上門。此時魏府的前院由魏瑾榮主持，他是個三天兩頭不在府中的，便是有人來拜訪，也會被僕人道他出門去了；無人接待，這些人也就自不像前些日子那般頻於上門，坐下吃喝、誇誇其談了。

這時國師善悟也不再出沒於德宏書院，而京中蕭家開道，另建「應天書院」，其門匾乃當今聖上親手題成。

德宏書院因發生過書院死了幾人的事，本就壞了名聲，這時書院又有人領頭帶走了一批學子，雖有魏景仲領院中名儒挽留，但書院中人在這年年末少了一半。

來年開春，德宏沒落，應天如日中天。

這時，京中格局大變，蕭、時兩家取代魏、賴兩家，與祝家並列三大家之首。

這年開春，天氣回暖，但魏家卻蕭瑟無比。

賴雲煙聽聞魏崔氏跟魏景仲大哭陪罪，卻讓魏景仲令僕人抬走送到家庵靜養後，就知魏崔氏今生是扶助崔家無門了。

在過年期間，魏瑾泓下了族中各家，等德宏開春入學無人後，魏氏族子紛紛入了德宏，年齡大的有四十有餘，小的不過三、四歲之齡。此次魏氏族子前入德宏就學，讓德宏書院變成了魏氏學府，而魏家這一頭要承擔這些學子所有的花費開銷；魏瑾泓前來跟賴雲煙商量了一下，說要是別人問起，讓她承認這錢財泰半出自她處，但事實上，賴雲煙一個銅板都沒出過。

魏瑾泓此舉讓魏世朝對他這父親都刮目相看了起來，覺得他爹為他娘搏了這麼個好名聲，就是把他娘最喜愛的茶壺都搬到他的書房中去，他娘都會不好意思去討要回來。

現今的魏瑾泓比之以前要顯得平易近人了許多，便是魏世朝帶回來的同窗，他要是在家中碰上了，都會跟小學子們正經八百地談話。魏世朝的同窗也是族人，不料未來族長竟是如此寬大仁德，回去之後當是對父母讚不絕口，那平素仰望魏瑾泓的族人自也會提了小禮過來拜見，多謝他的指點之恩。

如此往來，魏家沒落，但魏瑾泓在族人中的聲望卻顯得重了起來，誰人都知只要是族中有潛能之人，無論老小、家底淺薄，都能得他的盡心指導，而他也會盡力扶助。這時，遠遠也有那族人得訊，千里迢迢投奔而來，其中有能工巧匠，還有各方具有異能之人，都受了族長召令，前來相助族子。

賴雲煙知道魏瑾榮這些年受魏瑾泓之意，在為魏家選取有才之人，但沒料魏瑾泓這次與他配合得這麼天衣無縫不說，反倒出色至極，並且整個人的氣息都變了，把骨子裡的矜貴抹去，變成了真正平易近人的溫和，而其威信卻深烙於族人心中，這可真是讓她詫異不已。

她是真沒料到魏瑾泓能下這麼大的狠心，並且，真把韜光養晦執行得這麼徹底，魏家要是這麼穩穩地厚積下去，等到真正爆發那日，可真是不得了了。

不久，魏母就不行了，她想回老院子住，但這次沒有人再答應她了。

吉婆子死了，給了棺木下葬，就再無其他了。

魏崔氏又想見賴雲煙一面，賴雲煙本不答應，但這事求到了春管家的婆娘面前，因她之前也是魏母的丫鬟。這事春管家沒過來求她，只是這風聲還是由賴雲煙的丫鬟傳到了她的耳裡。平日，春管家也沒少給她們幾許方便，這次她們就且當還上一回吧？丫鬟是這麼想的，賴雲煙支持得很，於是就去了；為人處事就得這樣，人給了你方便，你能給別人方便時也得還才行，莫要欠人的。

「賴氏給母親請安。」等丫鬟通報後，賴雲煙進了屋子，給魏崔氏請了安。

她來之前魏瑾泓來過人，說是把魏崔氏身邊的那兩個老人都換下去了，現在整個屋子裡的這

六、七個丫鬟都是新人，一手由蒼松調過來的新人，傷不著她。

床上的人良久無聲，賴雲煙抬了眼，看向了床上那枯瘦的老婦人。

好一會兒，那用眼睛悲涼地看著賴雲煙的魏崔氏朝她開了口，吃力地道：「妳過來。」

賴雲煙輕福一禮，走了過去，坐在了旁邊的凳子上。

「妳們出去。」魏崔氏又道。

丫鬟們沒動。

「出去吧。」賴雲煙淡說了一句。

丫鬟們這才福禮，相繼走了出去。

魏崔氏閉眼，眼角流下了一串淚。

賴雲煙沒有動，溫和地看著她。

「現下全是妳的了。」

「娘這說的是什麼話？」賴雲煙搖搖頭，平靜地說道：「說起來，媳婦過的好日子還沒您的多，現在看起來這府裡聽我話的人多，但說明白了，是聽魏家的、聽大公子的，什麼全是我的？娘就是這麼想著這府裡是一個女人的，這才落到了這處。」夫君、兒子都不要她了，她還是不明白，要怪到別人身上去。

「妳……」魏崔氏深吸了口氣，半會才吐氣道：「妳就不怕把老身給氣死，於妳名聲——」

「娘親不妨試試，看是不是於我名聲有損？」賴雲煙淡淡地道。「到時，您可要遲些下地府才好，親眼看著您兒子怎樣把一切掩得乾乾淨淨，看他讓不讓他那個糊塗娘禍害他兒子娘親的名聲。」

「賴雲煙！」魏崔氏笑了一下，眼睛裡卻又掉出了眼淚。「妳這個狠毒的女人，把妳娶進門，是我一生為魏府做過最大的憾事！」

賴雲煙聽到這話，忍不住嘆了口氣，想了想，還是覺得魏崔氏既是來找她說事的，她不妨把話給這個到如今也還是不忘糊塗的老夫人說明白。

「您知道大公子當初為何非要娶我進門？」她看著魏崔氏的眼，平平淡淡地說：「還不是為了您，您這麼貪婪無度，要是娶個沒家底的進來，不知會被您嫌棄成什麼樣；他想娶個有點家底的讓您歡喜，哪想您吶，歡喜到想把媳婦的嫁妝都攬到手。您看您，多幸福，到現在還有口氣躺在床上說我的不是，您看我。」賴雲煙上下掃了自己一眼。「明知你們一府是什麼東西，明知您大兒子是什麼德行，卻還是得困在這裡，揹著你們一府的罪過在這裡熬命、熬日子；您說，比起您，我多慘？」

魏崔氏真是好日子過多了，都不知道真正的不幸是什麼樣子。

「您死了，您的兒子還得為您守孝，崔家再落魄，您的兒子也不會讓他們全餓死。」賴雲煙朝魏崔氏搖頭嘆道：「女人好命成您這樣了，您還想如何？」這外面不知有多少比她慘的女人呢，下場比她差的更是比比皆是；要是換到別家，就魏崔氏這種的，早一碗藥強灌下去了。

「妳——」魏崔氏說完這個字就猛喘了起來。

「我若真是個壞心的，也不會跟您說這些話。」賴雲煙拍拍她的背，幫她順過了氣，與她淡道：「我說的這些話，不是為了氣您，您要是覺得難聽，就跟以前的每次一樣，別放在心上就是。」

她語氣平淡，眼神平靜，魏崔氏看著她近在眼前的臉，好一會兒都忘了說話，最終，她閉上了眼，呵呵笑了兩聲，臉上老淚縱橫。

「妳說我還算是個好下場的？」魏崔氏說到這兒，怪道：「那妳的下場呢？」

「我？老了的時候嗎？」賴雲煙問。

魏崔氏睜眼點頭。

「應該也不會壞到哪裡去，等您的兒子死了，我的日子就要真正好過了，也用不了多少年了。」賴雲煙淡淡地說。

「妳什麼意思?!」魏崔氏突然伸出手，死死地抓緊了賴雲煙的手腕，還劃傷了賴雲煙的皮膚。

賴雲煙迅速重推了她兩下。

「說！」魏崔氏厲聲道。

賴雲煙乾脆起身，大力掙脫掉了她的手，快步出了門去。話盡於此，她不欠魏崔氏的，魏崔氏也沒有欠她的了，恩怨全了，下輩子她們還是不要再碰上得好。

魏母去世那晚，魏瑾泓過去了，是看著她斷了氣的。

管家來報了訊後，賴雲煙穿著孝服過去，這時魏崔氏正被抬到靈床上，魏瑾泓在看到一臉平靜的她時，眼睛猛縮了縮。賴雲煙想，大概魏崔氏是真的死不瞑目了，到底是個當母親的，知道兒子這命不長了，會死得不安心；她確實也是個狠毒的，也希望此舉讓魏瑾泓斷了對她好的那點念想。

前世她插手，在他父親的死上推波助瀾了一次；這一世，她捅破了紙，讓他娘死不瞑目，這種仇，不會讓魏瑾泓還想跟她再進一步了。他太拖拉，就由她把他通往她的路全斷了，還她安靜；至於他想得到慰藉溫存，找別的女人去，少來擾她的平靜日子，她所求不多，只想過點順心暢意的日子。

「娘……」魏世朝忐忑地看了賴雲煙一眼，眼睛裡全是擔憂。

賴雲煙走到他身邊，摸了摸他的頭髮，朝他輕輕點了頭，就走到了魏瑾泓的身邊跪下。

這一夜守夜過後，一直沒與賴雲煙說話的魏瑾泓回了頭，聲音沙啞，但還是平靜的。「靜觀園太遠，妳回修青院休息。」

說完，掉頭就去跟管家吩咐事了，留下賴雲煙皺著眉頭立在原地。

「娘……」剛聽魏瑾泓的話扶了祖父回去的魏世朝又回來了。

賴雲煙伸出手，整了整他頭上戴的孝帽。「靈堂布好了？要去停柩了吧？」

「嗯。」

「去吧。」賴雲煙溫和地道：「跟著你爹做就是，不懂的，問賴絕他們。」

「我知道的。」魏世朝這時掉了淚，哀求地看向賴雲煙。「爹爹心裡不舒服，妳這幾日對他好點，好不好？」

賴雲煙頓了好一會兒，朝兒子點了下頭，眉頭輕斂了起來，魏瑾泓不應該再靠近她的。

賴雲煙回修青院只休息了一會兒，就去了靈堂，這時祝慧真和魏家二嬸夏氏也在，正在抹眼淚。

一看到賴雲煙，夏氏就拉了她的手，哭道：「怎地去得這般突然？我都未見她最後一眼……」

魏景軾帶著她一直住在書院山上的宅院，從不輕易來府，這妯娌倆的感情也一般，魏崔氏死了，夏氏有多傷心不盡然，但突然熟悉了這麼久的人去世了，悲傷還是會有一些的；更何況，夏氏也是個善性子，只記好不記壞，這時想起的大概全是崔氏的好了吧。

賴雲煙扶了她，拿帕擦了眼邊的淚，輕聲用衰弱的聲音泣道：「嬸母，我——」

「嫂嫂剛去哪兒了？」祝慧真在旁突然問了這一句。

這時她們已進了靈堂，賴雲煙先無聲響，等把夏氏扶著跪了下地，她也跟著跪下後，才朝祝慧真輕道：「身子不好，差些要昏了過去，我夫君讓我回去歇上一口氣再來，弟妹若是覺得不妥，去與他質問就好。」說罷，也不管祝慧真的反應，垂頭哭了起來。

這時靈堂門邊已有不少丫鬟在跪哭，賴雲煙心中一片疲憊，哭不出太多眼淚來不算，聽著這些哭聲，腦袋也是如被針戳般疼。

等上午過後，族中不少內眷聞訊過來幫忙，哭喪的更是多得整個靈堂都擠滿了人，賴雲煙被擠在最前面，差點被這滿屋子的悲哭聲給鬧昏過去。

見賴雲煙臉色不對，夏氏先是拿冰帕子擦了她的額頭，又拿溫帕子擦了她的臉，在她耳邊輕聲哄她道：「再忍忍啊，乖囡囡。」

賴雲煙這些年與她感情好，暗中送了夏氏不少東西，又幫扶了她娘家不少事情，夏氏全記著，這時撫慰起她來，聲音有說不出的柔。

「唉……」賴雲煙應著，忙拿過冬雨手中浸了消腫水的帕子擦眼，沾了一上午的辣椒水，現下眼睛都腫得睜不開了，刺疼難忍，難受得很。

冬雨她們也使了法子，叫了其他家的嬸子們過來，隔開了祝慧真，賴雲煙這一角全是與她私下關係好的嬸子、媳婦；算來，經此一次，從朝她靠過來、對她面善的人中，大概也讓人瞧出來她私下在魏家動了多少手腳了。

夜間，賴雲煙昏倒被扶了回去，剛靠在床頭把補湯一口氣喝下去後，魏瑾泓就匆匆大步進了內屋。

他坐在她的榻邊便與她道：「明日要帶世朝去報喪，家中內務須妳與二嬸她們管上幾天。」

「這……」

「就這幾天。」魏瑾泓說罷，身子一晃，靠在了榻靠背上，伸手掩嘴咳嗽了幾聲，又拿帕把痰掩去，才抬目與她道：「來往之人太多，內務我暫且管不過來。」

賴雲煙沒吭聲。

「以後往返賴家，隨妳的意。」

他這話後，賴雲煙點了頭。

看她點了頭，魏瑾泓起身朝她作得一揖，就又大步離開了。

「小姐。」冬雨這時進來叫了她一聲，在她耳邊輕道：「小公子陪大公子來的，剛站在門口……」說到這兒，冬雨擦了眼邊掉下的淚。

「怎地了？」賴雲煙愕然。

「他一直在哭……」冬雨哽咽道：「奴婢急了，說了他兩句，說這有什麼好哭的……」

看著這時說到泣不成聲的冬雨，賴雲煙伸手揉揉額，站起了身，對她道：「擦了吧，隨我去辦事。」

魏瑾泓從外報喪回來，聽春暉來說，夫人已請族中的幾位嬸夫人管事了，後堂的接待、茶水及廚房裡的雜務這些，都已有了具體的管事的；春暉再要說，魏瑾泓也就不聽了，帶著世朝去正堂見請來祭拜的族叔。

她有多少能耐，他心中有數，這次許了她來往賴家，她得了好處，才願出手；若不然，她就會跟過去的這十來年一樣，慢慢等著魏家被蛆穿，屋梁全倒，在等待別人滅亡這點，她的耐心向來好得出奇。

世朝、世朝，世世朝朝，如若不是世朝，誰知她背後的棋要怎麼走？世朝的出生，讓他們都有了生路，她為了兒子必須對他手下留情，而他在毀她與留她之間，斷然選擇了後者。只是，這結果還是不能如他的意，她的心確實是他捂不熱的了，她的冷酷堅決還是跟過去一樣，並不因他們之間多了個孩子而有真正的改變。

晚上守靈堂，要連著三夜。孩子跟他跑了一天，已是疲憊不堪，魏瑾泓輕瞥過她看向兒子的眼睛，把在犯瞌睡的孩兒抱在了懷裡。

「爹……」

「睡吧。」魏瑾泓拍了拍他的背。

「娘……」他朝她看去。

她朝他淺淺地一笑。

世朝這才閉上眼，靠在了父親的胸前。

魏瑾泓低頭看他一眼，隨即抬頭看著堂上的靈牌，心中無波無緒。前世的遺憾成了空，連遺憾都不是了，他跟他娘母子兩場，世事牽連中還是沒得來善果，只能當是緣分盡了。

半夜，他再向賴雲煙看去時，見她垂眼看著地上，身上一片靜謐。兩世，在他與她之間還是留下了無法磨去的痕跡，她的心已經硬得誰也無法改變，連她自己怕是都不允許自己懦弱；而他還是跟上世一樣，以為只要早知前世，他定能挽回一切。

她已成形，而他過了而立之年，卻還要從頭改變，可她用態度很明確地告訴他，他怎麼改都無礙，但與她無關。

世朝知他難受，求她對他好點，想來心中也有些好過，孩兒再對他有所忌諱，也還是記掛著他的；不像他的娘親賴氏，最會挖他心肝，每次出手，必要打得他心口悶疼得不能喘氣。

雖說喪事要辦三月，但前面的半個月熬過去後，就無須夜夜都要守靈堂了。賴雲煙這次把幾位適合幫著魏瑾泓的嬸子留了下來管家，她以休養病體之名搬回了靜觀園。

說來，這半個來月，她只是讓魏家的族人去管魏家事，她還是把魏瑾泓讓她幫魏府的事情擋了回去；而她也隱約覺出了不對，魏瑾泓教世朝的方式與之前不大相符，而世朝也被元辰帝召去了幾次，按她多方打探出來的消息，魏瑾泓是想讓世朝子承父業了。

黃閣老來了信，信中也說魏瑾泓不比當年了，他須小心行事了，讓她也小心點。賴雲煙也承認，魏瑾泓確實不比當年了，金蟬脫殼、李代桃僵這手，玩得她都嘆服。她問世朝是怎麼想的，世朝說，父親的皇上所說的話，有些對，有些不對，他還要再想想。

江鎮遠這時已回京，賴雲煙聽聞他已進了德宏教書那日，差點被口裡含著的果核梗死，半晌咳過氣來後，她又怔怔地坐了半晌，當真是無話可說了。

這月過後，她回了趟賴家，在賴府住了一日。回府的路上又路過那座老茶樓，聽聞樓上那有些熟悉的琴聲後，心中再次有恍如隔世之感。

回府一進靜觀園，剛沐浴出來，就聽丫鬟說魏瑾泓來了，賴雲煙請了他進來。

進來後，魏瑾泓朝她道：「國師這兩日邀我們喝幾杯他炒起來的清茶，妳可有閒暇？」

「這時？」

「嗯。」

「好。」賴雲煙朝他點了頭。

這次他們去的是善悟的靜修之地——青山寺。

和尚較之前賴雲煙看到他時又瘦了點，但皮膚光潔，看起來確有仙人之姿，在這滿京都的名俊雅士中，這人確是有上上之姿了。

「選秀之事已推至兩年後，皇上說這事還是等太后孝期過後一年再談。」一坐下，善悟就朝魏瑾泓說這話。

賴雲煙眉毛微揚，看向了不像凡塵中人卻盡說凡塵話的禿驢。

「夫人有話且說。」善悟微微一笑。

「為何還要推後兩年？」賴雲煙隨了他的話往下講。

「孝期未滿。」

「那為何先前要選秀？」

「太妃好意。」

「太妃應比誰都知皇上的孝心。」

「智者千慮，必有一失。」

「國師好會說話。」賴雲煙覺得無論說什麼，這明顯不怕進地獄的禿驢都有那鬼扯的話在等著她。

「瑾泓之意呢？」善悟淡然一笑，看向了靜默不語的友人。

「蕭家辦了應天書院，蕭家的腳可以緩上一緩了。」要是再往宮中送人，哪怕再怎麼看在太妃的面上，皇上也是忍不住了吧？

已有一個廢太子，他是萬萬不會想再來一個蕭家覬覦他的皇權的；皇上雖是用了外族之力踏上皇位，但蕭家要是因此權傾朝野，皇上哪只會是一千個不喜？多大的不喜都會有之。

可蕭家現下如日中天，眼看猖狂之氣漸起……

「瑾泓明見。」善悟轉頭朝賴雲煙道：「夫人之意呢？」

賴雲煙眨眨眼。「妾身聽不懂你們說什麼。」

善悟聽了哈哈大笑出聲，唸了好幾句「阿彌陀佛」，才正容與他們道：「蕭家不會這麼輕易放過魏、賴兩府，雖然瑾泓所做的那些事皆是領了皇上的旨意的；還有，皇上現下之意，是想讓妳兄長之子入東宮，伴太子讀書。」

賴雲煙聽著，那本在眨著的眼睫毛就這麼突兀地停了下來，眼睛直直地往善悟看去。

善悟了然地看著她。「你們賴家與任家，不是一直都往宮裡送銀錢嗎？這次，就看你們自己之意了，該送往何處、送到什麼人手裡，你們兩家好好想想。」

賴雲煙想也不想，偏頭就往身邊的魏瑾泓看去。

魏瑾泓對上她的眼神，沒有閃躲，只是微微一愣，過了一會兒，他看向善悟，淡道：「這是皇上之意？」

「是，昨日說的。」善悟坦然地看著摯友。

「嗯。」魏瑾泓垂下眼，輕頷了下首，把身邊女人面前那杯涼了的茶倒了，重給她添了一盞，才朝看著他舉動的善悟說：「這事讓他們兄妹再商量商量吧，賴家長子體弱，次子年幼，可——」

「不能緩，最多十日得有決定。」善悟打斷了魏瑾泓的話，又轉頭看向賴雲煙。「這次來見妳之前，我卜了三卦，三卦皆言妳我有生死之恨。」

「大師……」賴雲煙僵硬且冰冷地扯了下嘴角。「怕是缺德事做多了，才會卜了這種卦象。」

「是然。」善悟垂頭，又唸了幾句佛號。

看著還能微笑的和尚，賴雲煙半晌才擠出一句話。「你們這些人……」這些手握滔天權勢，明知會下地獄也不會改其行的人，她話僅於此，就重重閉上了眼。

善悟此時又再輕唸了一句佛號。他們念那千秋萬代，而這婦人啊，念的卻是眼前人的七情六慾、生死悲喜。

誰對誰不對，自有後來人評這功過，這眼前當下，便是佛祖，也是說不清的。

第五十四章

回去的馬車內，賴雲煙累得連人都坐不穩，她軟弱無力地靠在馬車上，隨著馬兒的腳步，她的身子也隨之輕微地晃動著，就像一具抽了骨頭的屍體。

魏瑾泓看了幾眼後，猛地把她拉了起來，把身上的厚氅解下，塞到了她的身後，又緊掐住了她的手，與她冰冷地道：「坐直了！」她不是一直為兒為舅還為兒，這時候倒下了，像什麼樣！

「你們算計了我什麼？」賴雲煙渾身無力，這時從喉嚨擠出酸澀的話，都像是要了她的命。

「這不是妳應該知道的。」魏瑾泓淡淡地說。

「但我回來了。」

「我也是。」並且他還以為，他可以與她一切重來。

「那善悟？」賴雲煙朝他看去。

「不是。」魏瑾泓抿緊了嘴。「他不是，他只是得了他師父的手卷，了他前後三世的因果。」

「我們回來是為了什麼？」

魏瑾泓聽她的話已經帶有抖音，他重重一拉，把她拉到了懷裡，語氣淡淡地道：「不是為了我們自己回來的。」

賴雲煙閉了眼，好一會兒後，她睜開眼，眼睛內恢復了平靜。「這國家，皇上是定要變上一變了？」除了他，還有誰有這麼堅決的行動力？還有誰能給得了魏瑾泓這麼大的底氣？

「妳知道就好。」她推他，魏瑾泓便放開了她。他鬆開手，虛弱無力地垂著，閉眼疲倦地道：「我們一直是臣民，再大，大不過這頭上的皇，大不過這頂上的天。」

「那關我什麼事？」她可不會自戀到以為她是他們要變上一變的關鍵，非得她也跟著重來一世，而很顯然她於此也並不有益。

「上世，我們的命運是連在一起的，自妳為我擋刀後，我回來了，妳就回來了。」魏瑾泓說完這句後，還笑了笑，只是，臉上無一點笑意。

賴雲煙良久都沒有說話，一路無言。

「擋錯了？」下車時她問。

「擋錯了。」魏瑾泓面無表情地答，一步下車，扶了她下來。他們本可以恩愛一世，而不是糾纏兩世。「不再問了？」魏瑾泓掃了她一眼。

賴雲煙搖了頭。有些事知道得多並不是什麼好事，好奇心會讓她更添重負，她寧可不明不白。

但她還是錯了，兒子不該生下來，他太無辜，在一群站在權力巔峰，且聯手想幹點什麼的人中，他不可能不受其影響，天知道以後的世朝會做什麼事……

賴雲煙回來後，其間只見過賴震嚴一次，其餘時間一直在睡。

這天睡醒，發現世朝就在身邊，她不禁笑了。「什麼時候來的？」

「剛來。」魏世朝向母親微笑了一下，扶了她靠在床頭躺著。

賴雲煙打了個哈欠，接過丫鬟手中的茶杯漱了一下口後，與他笑道：「娘這幾天缺覺得很，老想睡，你來要是有事，讓冬雨她們叫醒我就好。」

「嗯。」魏世朝微笑，伸手把母親耳邊的頭髮別到耳後，嘴裡也輕柔地說道：「妳多睡也好，氣色好多了，很好看。」

「是嗎？」賴雲煙不禁摸了摸臉，轉頭叫冬雨。「快拿銀鏡過來讓我瞧上一瞧。」

冬雨笑著道了聲「是」，拿了銀鏡過來。

賴雲煙一打量，覺得自己的氣色確實也不錯，鏡子一移走後，她就與魏世朝笑著道：「說來也又快要過年了。」

「是。」

「你都快十二了。」賴雲煙不由得嘆道。

「是呢。」魏世朝把鞋脫了，盤腿坐在床邊，眼睛帶笑地看著他那想跟他說點什麼的娘親。

「今年你替娘去江南給外舅祖拜年如何？」賴雲煙微笑著問。

「今年怕是去不成了。」魏世朝拉了母親的手放在手裡，過了一會兒才道：「先生把這一年的功課都安排下了，哪兒都去不成。」

賴雲煙的手動了動，摸到了他紅腫的手心，抬眼時，她臉上的笑淡了些許。「你開始練習拿武器了？」

「嗯。」

「拿的什麼？」

「長槍。」

「多重呢？」賴雲煙讓自己的口氣聽起來輕鬆，還帶有幾分笑意。

「九斤。」

九斤對小兒來說，夠重了，難怪手都腫了。

「你爹捨得？」賴雲煙這時的口氣聽起來就像在說玩笑話。

魏世朝想了一下，道：「孩兒不知捨不捨得，武師父教時他沒過來。」

賴雲煙笑了笑。

「娘捨不得？」

「娘捨不得。」

魏世朝笑了起來。「孩兒已經長大了。」

「是啊。」賴雲煙感嘆道。是已經大了，心裡都已有了主意了。

而她也要慢慢放手了，孩子的路要孩子自己走，他自己疼了苦了，才會真正知道成長是個什麼樣的過程，她說得再多，再想為他好，也是不行的，他有他自己的人生。

「孩兒明日要隨師父去山中閉關半月，今天就讓我待在妳這兒陪妳一會兒吧。」魏世朝又道。

「好。」

「園中的梅花這幾日長了苞，娘要是睡足了，就去看上一會兒。」

「好。」賴雲煙眼睛裡都是笑。

魏世朝不好意思地笑了笑，頓了頓又說：「舅母差人來了信，說過幾日要到寒山庵去住幾日，舅父已派人過去佈置暖房了，讓妳也過去住幾日，孩兒想著這冬日的庵堂也是別有一番風景，就替妳答應了下來。」

「好。」賴雲煙又再次微笑了起來。

「妳跟爹。」魏世朝說到這又頓了一下，才又張嘴說道：「要是不想見他，妳就不見吧。」雖說這世上的夫妻皆要恩愛才好，但他娘要是真不想跟他爹好，那便不好吧，她高興就好，這世上哪那麼多盡如人意的事。「慢慢會好起來的。」魏世朝說到這兒，把母親身上的被子拉起。「孩兒大了，是定要護著妳的。」

賴雲煙偏著頭看著他，笑著不語。

等他穿了靴子，她披了狐披送了他出去，見他走後，她偏頭與冬雨淡淡地說：「不知心裡有了什麼主意。」

「您猜不到？」

「猜啊……」賴雲煙抬頭看著灰色的天，自嘲地笑了起來。「猜著了又怎樣？」有些事她已做錯了，而不能改變的事，她一點都改變不了；人只能跟著命運走，這話是沒錯的，這些人大手亂動，可不也就是命運？她這種人，只能做妥她自己的那點了。

「世朝跟的誰去閉關？」晚上魏瑾泓來的時候，賴雲煙溫和地問了他一句。

「江大人。」魏瑾泓掐了塊玫瑰糕放進了口裡。

「他現在是誰的人？」

「皇上。」

賴雲煙嘆了口氣，轉頭對冬雨道：「這麼冷的天氣，他身邊僕人少，妳現在過去提點小公子一句，多帶幾件厚衣。」

「是。」冬雨答了，悄然退了下去。

「怎地就成了皇上的人了呢……」賴雲煙說這話時，略帶鼻音，似有悲意。

魏瑾泓垂頭吃糕，吃完了喝了口茶，一直無聲。

兩人靜坐半晌，空氣裡安靜得只有炭火裡木炭偶爾發出的滋滋聲。

「妳月中要去寒山庵？」

「嗯。」

「天寒，多帶點木炭。」

「欸。」賴雲煙點了頭，她看著對面的清瘦男人，終是有些不忍，開口道：「你也別撐著了，天冷，找個喜歡的人暖床吧，這冬也就好過了。」有了喜歡的人，以後煩悶了，也好有個開解的，說上幾句貼心話，總比跟她這麼乾耗著的要強。

「呵……」魏瑾泓輕笑了數聲，一會兒後抬起笑眼問她道：「妳不去見他？」

到如今，他們都心知，他是管不著她了。現在的魏家也好，還是他也好，都束縛不住她了；就算是世朝，哪怕她做任何驚世駭俗的事，也只會把她當他的娘。這十幾年，她還是毫無聲息地把身邊的一切都改變了，就是兒子姓魏，也敬愛他，可兒子的心與她的心是貼著的，緊得無縫可鑽；只有他還得隨著朝廷這艘大船，不停地改變方向，依舊與前世一般勞心勞力，怕是這世還是會不得善終。

「見他又怎樣？」賴雲煙說這話時，眼睛裡全是悲涼的笑意。「哪怕再成知己，也不能再回到往昔了。」鎮遠已入局，她就算與他再惺惺相惜又如何？他的路跟魏大人的路會是一樣的，到時，苦的不過又是她而已。

「是嗎？」魏瑾泓看著她的笑，覺得心口有一種殘酷的痛感，他緩了好一會兒，才又道：「也不盡然。」

「喔。」她閉上了眼。

「世朝給妳找來的地冊，有一本是他親自書寫的吧？」他問道。見她睜開眼看他，他情不自禁地撫了撫胸口。她哪是不想見啊？一會兒後他才微笑道：「現在放在妳手邊的，是他江家的藏本，輕易不現於世的。」最好的，他又都給了她。

賴雲煙聞言，轉眼看向了手邊小几上那翻了幾頁的書，好一會兒才轉回眼神，遲疑地看著魏瑾泓。

魏瑾泓的心被揪成了一塊兒，提在了喉嚨口，他微笑了一下，又慢慢地垂了頭，看向了她的長指。前世她戴著雙戒的手指上，依舊空無一物，生生死死，死死生生，換來的是恩愛不在，她勸他懷擁新人，他勸她去見舊情，再是最諷刺不過了。

「他知道我？」她遲疑地問了這句。

「你們曾見過一面。」魏瑾泓伸手再拿了一塊糕，塞進口裡，大力一噎，把那提著的心也順道吞回了原位。

「就一面。」她輕嘲。

他看著她這時笑中帶淚的眼睛，把一整杯茶都喝了下去才淡然道：「一面就夠了。」她的眼裡、身上，太多東西了，當年岑南王的殺將也不過見她幾面，就已把她畫得栩栩如生，滿密室都是她的畫。「想見就去見吧。」魏瑾泓捏了捏手指，溫和地說：「這往後，妳要做何事，全如妳的意。」這是世朝的意思，也是他的意思。「要是覺得有不妥處，與我說，能助一臂之力，我自不會推託。」魏瑾泓說完這話後，朝賴雲煙微笑了一下。「去見吧，見了也好，以後就別笑得……」

賴雲煙怔怔地看著他。

「如此悲傷了……」魏瑾泓扶著桌子把話說完後，朝她一揖。「打擾，先走一步。」門邊來叫他的翠柏一見他，在他耳邊就說起了要相報的事，魏瑾泓聽完，大步離開。冬雨在其後送了他到園門口，看著他走得看不見影子了，這才轉身向賴雲煙報訊去了。

這邊魏瑾泓見了幾個來說事的族人，把事談好，又送了他們到門口，回屋後，一直壓著的血氣翻湧而上，再也壓制不住，從喉嚨口衝出，隨著嘴角蜿蜒流下……

賴雲煙這次和蘇明芙去京郊庵中住了幾日，一進府剛沐浴好，手中捧上熱茶歇息時，修青院那邊就來了人。傳了進來，是翠柏來道小主子寫了信回來，放在了大公子處，大公子知道她回來了，便讓他拿過來。

賴雲煙看過信，抬頭時看翠柏還在，她頓了一下，便問：「大公子的身子這幾日可好了一些？」

「好了許多。」翠柏喜氣洋洋地答道：「勞夫人記掛了。」見賴雲煙笑看向他，他不好意思地撓撓頭。「今天剛好下了點雨，大公子現正在雨閣煮茶呢，夫人要是空著，就、就……」

「大公子讓你來請我的？」賴雲煙略挑了下眉。

「不是，是奴才自己的主意。」翠柏聲音說得很小。

賴雲煙沈默了一會兒，又摸摸自己已經乾了的頭髮，才微笑道：「正好歇妥了，且去與大公子討盞茶熱熱身。」說完無視於手邊的熱茶就站起了身，招呼丫鬟過來與她梳頭。

等她穿戴妥當，一踏上雨閣的長廊，在湖中的亭子就被打開了窗，有人朝她遠遠地看了一眼，隨後不久就走出了門，停在了半道兒上，等著她過來就與她一道走著。

他溫和地與她道：「一路順當吧？」

「順當。」賴雲煙進了亭中，左右看了一下，見沒什麼暖意，就與他商量般道：「我想坐一會兒，又冷不得，放幾盆炭盆吧？」

「好。」魏瑾泓微微一愣，隨即往門邊看去。

這時站在門邊的翠柏不等他發話，忙道：「奴才這就去！」

「坐。」魏瑾泓把他那張椅上的厚毛墊擱在了對面的椅子上。

賴雲煙看著一哂，坐上去時玩笑般說：「大公子確實不同以往了。」

魏瑾泓也隨之坐下，把殘茶倒掉，重注入了壺清水，嘴邊掛著淡笑，回道：「有些不同就好，妳我也能多談幾句。」

賴雲煙沒想他這般坦然，好一會兒才失笑道：「確實是不同了。」

不知怎地，他們也過到了如今這不針鋒相對的一天了，可能真是時間過得太久了，他們身上的銳氣都疲了，愛恨都不那麼明顯了。

「庵中可靜？」

「嗯。」

魏瑾泓輕頷了首。

賴雲煙張口慢慢道：「今年冬寒，庵院前堂的井凍住了，老主持讓掛單（注）的女師傅和香客去了後面的古井取水用，那水四季常溫，煮起茶來別有一番味道，我還帶了些許回來，回頭差人給你送點過去。」他開了口，她就跟著釋放善意吧。

哪怕哪日又再撕破臉，但他們都老了，能平和的時候就平平和和的吧，這世上哪有那麼多糾纏永生永世的愛恨情仇？人的身體會疲，情緒更是這樣。人活到一個分上，只要不爭不奪就能活得好好的，那還是安安靜靜的好；再則，他與她又鬥了這麼些年，在立場分明的如今，其實只要他願意休止，她也願意，誰都能好過點，何嘗不好？

「多謝。」天冷，水沸得慢，魏瑾泓看了看還沒煮開的水，漫不經心地與她道：「看過世朝的信了？」

「看過了。」都是叮囑她的飲食起居的，賴雲煙想及不由得笑了起來。

「他下月初七回來。」他道。

「知道了。」賴雲煙頷首。

魏瑾泓看著這時慢慢起了煙霧的紫砂壺，不再出聲，直到水開得好一會兒了，面前有柔荑伸出時，他稍一愣，這才回過神替了她的手，提壺而起。泡好茶，給她倒好，他又沈吟了一下，這時，對面的她了然地笑了笑。

「說吧。」

魏瑾泓抬起眼，看著她平靜的臉，而這時她的目光靜止得就像沒有波瀾的水面一樣，看不出悲喜歡愁。

「皇上說，在過年之前接世朝到宮中陪太子住幾天。」他說完，喉嚨不由自主地緊了一緊，乾澀地吞了吞口水，等著她的臉驟然冷下。

「煦陽不是才進宮？」她開了口，語氣卻是溫和。

為著煦陽的進宮，兄長可是沒少發愁，要派最得力且機敏的小廝跟隨，要打點宮中的一切，還要提防府中的內賊，因此賴府這段時日可是大變樣啊！

魏瑾泓覺得奇怪，但又莫名安心地看了她一眼，隨之他頓了頓，道：「皇上想見見這對表兄弟。」

賴雲煙良久無聲，心也稍稍有些疲憊。千古以來，多少人想要皇帝的重用，煦陽伴讀，兄長

注：掛單，行腳僧到寺院投宿。「單」指僧堂裡的名單，行腳僧把自己的衣掛在名單之下，故稱之為掛單。

不是不願意的；世朝常被召進宮，魏府當這是榮耀，只有她這個不合時宜的人，覺得那宮裡的路幽暗又曲折，大人進去走得一個不妥都會摔跟頭，何況是不通太多人事的小兒？可她哪管得了那麼多的事，替那麼多人作得了那麼多的決定？

她久不出聲，魏瑾泓也抿緊了嘴，頭微垂著，眼睛看著亭外被雨打亂的湖面，她又會覺得他心狠吧？

「除了魏、賴兩府，皇上還要見誰家的？」賴雲煙把冷掉的茶杯端起。

魏瑾泓眼睛看過去，頓了一下。「換一杯。」他道。

賴雲煙搖了搖頭，把冷掉、滿是苦澀的茶水一口嚥入口中，慢慢地吞下。苦茶也好，苦酒也罷，很多人生中無可奈何的事都是自己造的，只能自己嚐，自己嚥，自己解決事端。

「孔、曹、司。」他回了她先前的問題。

前兩家應是九大家裡的孔、曹兩家，而司？「司仁？」她道。

「嗯。」

賴雲煙垂下眼瞼。

「不再問了？」

「問多了，於我無益不是？」賴雲煙朝他笑了笑。

魏瑾泓點了下頭。她知道的越多，別人就越忌諱她，到時，她付出的也就更多了；而皇上無論是前世還是今生，都不是喜歡別人反抗的人，尤其是來自一個女子。上世她最好的一點就是好在她鋒芒畢露之際，就遠離京城，去了外面遊歷，雖於她女子的名聲不好，但到底還是躲過了不少事。

「於我，皇上是怎麼說的？」

「妄自尊大。」魏瑾泓說到這兒，淺笑了一下。「讓我好好管教。」

賴雲煙笑了起來，好久才用細不可聞的聲音道：「國師和皇帝都知我們……」都知他們是重生過來的？

「不算細知，但知妳我一體。」許是她聲音平和，雨水拍打湖面的聲音都帶著幾分輕盈，魏瑾泓也慢慢地道：「妳只要跟過去一樣，什麼事都不出面，皇上的眼睛也不會放到妳身上來；別的，在皇上眼裡，妳只是我魏某的妻、岑南王妃的閨中密友。」

他們的命數國師已是差不多都告知了皇上，皇上再清楚不過，但她是什麼樣的人，他防得緊，她對外也防得緊，外人都不知真貌；就是他們的孩兒在皇上面前說起他娘，也多了幾個心眼藏著她的事，跟皇上說她的話，跟他對外人說她時的話都差不多。

「岑南王？」他只一句話露出半個音，對他知之甚詳的賴雲煙卻從裡面聽出了不對，「他也在局中？」

她眼睛一眨也不眨地看著他，魏瑾泓又輕頷了下首。

「這局，也太大了。」賴雲煙笑笑，搖頭嘲道：「我自詡這世還算擅於自保，哪想還是在我跑不掉的局中。」

人要真能無慾無求才好，若是可以，一開始就不會有那麼多顧忌，用不著束手束腳走到現在，而當一切成了定局，都無法說什麼與她無關的話了。

魏瑾泓聞言翹了翹嘴。她回賴家也好，留在這兒也好，哪怕是與江鎮遠再續前緣，只要這三家的人不發話，誰也奈何她不得。她活到了這個分上，賴震嚴是她說什麼他就做什麼；而他已無力再困住她；江鎮遠便是不見她，都能對她念念不忘十來年。事到如今，她的感慨由他聽來，真是酸澀四分，苦澀六分。

「不會更壞。」他輕道。她這世現下並不比上世壞多少。

「是啊。」賴雲煙這次是真笑了。確實是不會更壞了，反正她已打定主意裝聾作啞了。

舅父及兄長那兒，該告知的、該幫的，她都已盡全力而為，這時再貿然插手只會壞事，不會於事有益；這朝廷裡，女人的手還是收緊點得好，若不然最後真是難逃惡果，在權力與地位裡，女人總是最輕易被利用、被犧牲的那類人。

第五十五章

世朝回府，帶了許多的東西回來，裝了雪水的青瓷瓶、一本賴雲煙衷愛的地冊，還有一些看樣子絕不是京城附近出來的青果子。世朝說，他先生說這青果子冬日拌黑糖煮來吃最好，是他老家那處婦人們愛吃的偏方，是道補品。

賴雲煙聽了發笑，魏世朝看著他娘，想了一下又對她道：「江先生對孩兒很好，什麼都給我。娘，妳讓我帶去的厚袍帶得對，要不然豈能對得起先生對我的好。」

賴雲煙笑著點頭，心裡卻輕嘆了口氣。幾件厚袍就得了孤本、偏方，下次又會如何？

她沒想，他成了她兒子的先生……還是不能這樣頻繁下去，這世還是讓君子之交淡如水吧，也許等再過些許年，要是再能聽到他彈琴，到時，她上前去福個禮；若他還是那個江鎮遠，受得起她的玩笑，到時她便多打賞他點賞銀，也算是他們神交一場了。現下，就如此吧。

「娘，這是妳做的？」魏世朝在桌前坐下，一掀開盅碗的蓋，聞到熟悉的薑汁奶味，不由得問道。

「菜全是秋虹、冬雨為你做的，薑奶是娘做的。」賴雲煙站在他身後，把他頭上的白玉冠取下，在其後用銀帶綁住，讓他的頭暫時輕鬆休息一會兒。

「秋虹……」魏世朝看到這時恰在屋中的秋虹，朝她笑道：「給妳和大寶他們帶了些許小物回來，我交給三兒叔了。」

秋虹一福腰，輕笑道：「秋虹謝過小主子。」

「哪兒的事。」魏世朝擺擺手。這時門外冬雨進來了，魏世朝正好瞄到她，忙道：「冬雨妳和我的小玎弟弟他們也有，我可沒忘了你們，我讓三兒叔交給絕叔去了！」

「知道了。」冬雨眼睛都帶笑，朝他重重一福。「這些時日在外頭可是吃好穿暖了？」

「吃好穿暖了。」魏世朝嘆道。家中的這些女人，就只會惦記著他有沒有吃好穿暖，一個比一個還惦記。

這時冬雨朝賴雲煙說外面有事，賴雲煙輕撫了魏世朝的頭，低聲道：「娘去去就回。」

「喔，好。」魏世朝向她笑。

等她走後，他就端了薑奶的盅碗，拿支調羹插了進去就走到窗邊，伸出一手打開窗戶時，他被冷空氣撲得打了個冷顫，還來不及說冷，他就又迫不及待地朝不遠處站在亭邊的男人猛招手。

等他過來，魏世朝就把盅碗塞到他的手裡，跟他說：「娘親手做的，你吃一半，留一半給孩兒。」說完，探著頭，聞著薑奶香香的味兒，看著白白的薑奶不斷地吞口水。

魏瑾泓愣了愣，吃了兩口，看他還在吞口水，就還了回去。

「不吃了？」魏世朝看著他爹。

「你吃。」魏瑾泓笑了起來，眼睛溫柔似水，一片疼愛之情。「拿回去坐著吃，別冷著了。」說著就要伸手去裡面拉窗。

這時接過盅碗的魏世朝猶豫了一下，又挖了一大口放進他爹的嘴裡，接著趕緊挖了一口自己吞下，這才滿足地瞇了眼，與他爹道：「那孩兒去吃了？」

「去吧。」

「吃完了我陪娘煮道茶，就過去找你。」魏世朝道。

「好，我在外候著你。」

「別了，外邊冷，你回書房候著去，我等一會兒就去。」

「好。」魏瑾泓笑著答應了下來，把窗戶關上，蓋了嚴實後又緊了緊，這才嘴角含著笑，看了大門處那兒一眼，見她的丫鬟們不斷朝他看來，他無事般轉過頭，往通往亭子的廊道上走去。

帶著薑氣的奶汁這時尚還有一些在嘴裡，熱熱辣辣又清甜，嚐起來味道確實不錯，難怪他孩兒喜歡吃這東西。

回頭讓廚房做，也不知道能不能做出同樣的味道來。

這年過後，魏世朝搬去了書院住，賴雲煙見在這府中也不能常候著她想見的人回來了，便說要去外面靜養。她在京郊的宅子早就修好了，且修了一條連著城門的路出來，到時要是有那急事，一來個時辰也就可以到京中；由此之後，差不多就到了她過她的日子，魏瑾泓過他的日子的時候了。

她走那天，常不在府中的魏瑾榮來與她見了一面，應她之請坐下後，他朝她作了揖，與她嘆道：「瑾榮以前還只得知嫂嫂心思巧妙，卻不知那心腸也不是尋常婦人可比得。」

她是早就把她自己的路安排好了，只是他萬萬想不清，長兄是如此清雅俊逸、天下無雙的人士，怎麼她就不像那內宅女子般愛慕他？且他還是她的夫君。

「這話怎說？」

「嫂嫂且看外面。」

賴雲煙隨著他的手指看去，聽著魏瑾榮那清亮的聲音抑揚頓挫地、極具煽動地道——

「春日即來，明日那嬌豔的花兒即開，到時，那愛蜜的蟲兒就會為著那花兒打轉，直至命斷魂碎，怕才能止得它對嬌花的追隨。」說著，一臉期待地看著賴雲煙。

賴雲煙笑道：「敢情瑾榮小叔愛花？那改日花開了，我便派丫鬟送你幾株最嬌豔的花。」

魏瑾榮的臉僵住了。

「我那處靜養的小築，前後左右都是花樹，好多都是稀世之物，是我家人為我費盡心思尋來的，瑾榮小叔要是覺得幾朵花不供你賞，來日來我那靜心小築就是。」

她說得滿臉笑意盈盈，魏瑾榮卻有點笑不出了，緩了一會兒才勉強地笑了笑，說：「嫂子知道我意，我說的您就是那嬌豔的花，兄長就是那圍著您打轉的蟲。」

「喔，竟是如此？」賴雲煙略挑了挑眉，訝異道：「你的意思是，這園中朵朵花都是我，那蜂聞的那朵是我，再去聞的另一朵也是我，千千萬萬的那花兒都是我？呀，我竟美豔如此，堪比萬花？」說著撫臉，一臉「我竟美至如此」般，樂不可支地笑了起來。

魏瑾榮這位對花粉嚴重過敏的人，這時臉上的笑頓時完全笑不出來了。兄長與他含蓄地說過，他這嫂子平常不愛臉紅的話，不過這還是他打頭一次知道，她竟是如此的……全身上下根本沒有一點婦人的矜持！

這還是好聽的，說明白了，她就是個無賴！明知他其意，卻非要往另一頭說，並且，說得他還無話可說！

「說來。」賴雲煙撫著臉笑著道：「那蜂兒愛圍著嬌花轉，這是自古以來天經地義的事，但這朵沒了，採著那朵的花兒就是，它可不是只專喜哪一朵。」她與他還可以握手言和，但要是言和到同一張床上去，卻是不可能了。

在世朝對此都心知肚明的情況下，他們能各過各的，好好去活自己的，已是幸運的事；她不與他和離，已是對他表示和善的最大誠意了，魏瑾榮實在不必來此一趟，勸他兄長再戀他花才是正途。

「只要你兄長願意，我還是那魏家婦。」見魏瑾榮有些無奈地揉頭，賴雲煙斂了笑，恢復了正常神色與他道：「除此之外，就讓你兄長好好過吧。」

她賴氏前面只要還掛著魏，就會代表魏、賴兩家是一家，她這個活掛頭掛在那兒讓世人皆知，她已犧牲了她自己了，誰也不能要求她再多。

「嫂嫂……」魏瑾榮先是皺眉，待想通她話中之意後，他朝她作揖，肅容再道：「嫂嫂！」

賴雲煙微微笑了一下，朝他輕頷了下首。「就讓我們各安其命吧。」

這年三月初春的頭一天，魏世朝就讓下人趕了馬車，送了他到母親處看望她。

他是第一次來到此處，從那鐵門進到青牆門，再往裡就是琉璃碧瓦、青磚白灰所構成的房屋；再往內裡，有幾處小溪，到處都是含著花骨頭的花叢，就待來日開放了；而小溪邊上柳樹全是新芽，那綠得清透的樣子新嫩得讓人移不開眼睛。

「娘，妳就叫此處為小築？」魏世朝給他娘請完安，眼睛都瞪圓了。這是哪門子的小築，人家住一大家子人的府第都沒她這裡大，還這麼講究。他算是明白她為何來此處了，這裡要比他們空曠又清冷的府中鮮活多了，到處都是花團錦簇的一片，光看著就讓人心生歡喜。「妳這裡好，過些時日孩兒空了也要來住幾日。」魏世朝又道，他坐到他娘身邊後，就又左右轉著那小俊臉，不停地打量著廳屋中的佈置。

「好。」賴雲煙笑道。好些時日不見了，她真是想念他，都好多年了，哪料到她這個分上，還能回味一遍想念是種什麼樣的滋味，這是自生出世朝後，她與世朝分離得最長的一段時日了。

世朝走後，有很長一段時日沒來，加之魏府來人請她，賴雲煙想想許久未回魏府，便回了一趟魏家。

她的馬車一到，這一下車，魏二嬸就領著女眷上前握了她的手，拉著她的手笑道：「可把妳給盼回來了！這身子好些了吧？」

「謝二嬸關心，好了些許。」賴雲煙朝她福禮，這時見有幾個陌生的年老者朝她笑著看來，她心知這怕是魏家遠在他鄉而來的親戚，也就落落大方地朝她們福了一禮，道：「見過各位長者。」這幾個老婦人的其中兩位慌忙退後一步，朝她還了禮。

這時魏二嬸忙掩嘴笑了一聲，拍了下她的手背，笑道：「哪全擔當得了妳的禮，有比妳輩分小上兩輩的，還有要叫妳小奶奶的呢！」

賴雲煙頓時便笑了。「瞧瞧我這輩分！唉呀，二嬸，您快帶我認認這幾位，省得叫錯了，落了笑話給家裡親戚看。」

魏二嬸好笑不已，這時已帶了她去認這其中幾個她從沒見過的，先前見過的，賴雲煙也一一行了禮。這一番見面，年紀比賴雲煙大的，叫她嬸嬸的有之，還有兩個輩分低的，還得叫她小奶奶去了。

這一道先是女眷相迎，後便是魏瑾泓出來接了她，帶她去見了那些現居住在魏府的族人。魏府外面的好幾處宅子已變賣了出去，維持著德宏書院，族人現已陸續要搬進魏府，賴雲煙被帶著見這些人之後，才從魏景仲的話中得知了這個事情。

魏景仲說完族中人入住府中給府裡添了幾許人氣後，低頭的賴雲煙也恭敬地回了話。「爹爹大公無私之心，真讓媳婦萬分敬仰。」

魏景仲頷了首，又道：「妳身子單薄，這些時日就讓妳嬸娘幫著妳管管府中之事，無須心急，待養好了身子再操勞這府中之事吧。」

他口氣軟得超乎賴雲煙的想像，當下她也點了頭，但心中還是對魏景仲的改變有點不敢置信。

而那些族中的叔伯對她也甚是溫和，那些未與她見過禮的，這次都送了見面之禮，也看得出有些是先前備好了的，有些是匆匆備好的。

一番見禮後，賴雲煙要回屋子換衣，魏瑾泓送她出門之際，趁身邊都是自己的人，賴雲煙低頭朝他問：「怎麼回事？」

「族中長老與父親把族中這幾年的事已議完妥當，七叔公道妳的事隨妳，且讓妳寬心。」魏瑾泓淡淡地道：「加之有震嚴兄。」

賴雲煙垂了頭，笑了一下，賴、魏兩家，看來確實是綁成了一條繩了。

魏瑾泓側頭看她，見她笑得悲傷，送到門口的他腳步一頓，再行走了幾步，他低頭輕聲問她。「妳就這麼想走？」

賴雲煙一步踏出了門檻，聞言回過頭看向他，臉色已恢復了平靜。「沒有。」

除非避世，不與人接觸，與世無爭，要不然這天地間的事都一樣，在有人的地方，都免不了凡塵俗事；她沒那個本事斷得了她的紅塵，怪誰都沒用。

賴雲煙換完衣服後，回來跟魏家的女眷在後堂用了膳，前院魏景仲用了膳就要出門，但令人跟她說，等世朝在書院上完課，晚上就回來陪她。

賴雲煙派冬雨去代她道了謝。

這夜晚上，魏世朝回了府，見到賴雲煙先給她請了安，隨後問她道：「妳這是要住多久呢？」

「你說呢？」賴雲煙笑著問他。

「早走早好。」魏世朝輕嘆了口氣。住久了，留的人多了，怕是沒那麼好開口走了。

「是啊。」賴雲煙也跟著笑嘆了口氣。

「我說認真的。」魏世朝無奈地看著這個時候都用玩笑口吻說話的母親。

「嗯。」賴雲煙斂了笑，伸手摸了摸他的臉，說：「你別操心我，娘知道要怎麼辦。」

魏世朝卻搖頭。「過個幾天，找個說法還是回小築去吧。」父親是個擅於用人情困住人的人，現在還有祖父都幫著他，舅父那頭也得跟魏府擰成一股繩，娘如果要清靜，沒有更好的辦法，只有暫避這一條，若不然，等著她的就是後院、前院沒完沒了的事。

「知道了。」賴雲煙是真心笑了。

「娘……」見她還笑，魏世朝再次無奈地拖長著聲音叫著他娘，讓她別不當回事。

「知道了、知道了。」賴雲煙重複著話，把嘆氣聲忍在了喉嚨裡。

人活著啊，便是為了這點真心，再多的坎也要踏，再多的苦也要熬，這世上只要不是天生鐵石心腸的，有幾個人能真對自己的親人不管不顧？話說得再殘酷些，沒真心都要管，何況有這真心？

世朝第二日走的時候，跟來見賴雲煙的父親嘀咕著母親身體還是有點不大好的話，說還是讓她回靜心小築再靜養段時日。

魏瑾泓看著兒子微笑，不斷點頭。

魏世朝見他只笑不語，回頭往母親看去，見她也是微微笑地看著他，他站在原地怔了一會兒，最終搖了下頭，垂著頭帶著人走了，留下他的父親、母親微笑對視，兩人的眼睛與神情皆一片平靜，誰也無法從他們臉上看出什麼來。

「雲煙。」好長一段時間後，魏瑾泓雙手作了揖禮，朝賴雲煙微微彎了身，行了恭禮。

賴雲煙微笑著低頭彎腰，也朝他恭敬地回了一個重禮。

兩人起身，賴雲煙對上他的眼睛，與他笑道：「以後有事，要是我能幫得上的，魏大人但說無妨。」

魏瑾泓道了一聲。「好。」隨後再言。「司府那裡遞了帖子過來，說後日想請妳過府賞花。」

「為著何事？」賴雲煙道。

「為世朝一事。司大人想把他的女兒許配給世朝，不過看司夫人，似是沒有此意。」

「喔？」賴雲煙一挑眉，朝魏瑾泓作了手勢。「您請入座。」兩人坐下，她這才又言道：「世朝知道這事？」

「嗯。」魏瑾泓點了下頭，淡道：「世朝喜他那長女。」

從沒從兒子那兒聽說過此事的賴雲煙猶豫了一下。「這事……」

魏瑾泓看向了她。

「世朝未與我說過。」

「司家那小姐，似是有些不喜他。」魏瑾泓看向她，這時他的眉頭也輕皺了起來，道：「料是這樣，他才不與妳說起。」世朝不可能跟自己的母親說起有小女子不喜他的事。

「不喜世朝？」賴雲煙嘴巴微張，完全愣了下來；不說別的，但說相貌，竟有人不喜長相繼承了他們優勢的世朝？

魏瑾泓輕點了下首。

賴雲煙著實愣得不輕，過了一會兒，搖著頭笑著出口。「竟真有不喜我兒的。」在她這娘心裡，可真是沒有比他更好的了；不過……想來也是，她最喜歡的，並不一定會是別人喜歡的，就像別人最喜歡的，她也會不以為然一般。

「司夫人遞帖過來，大人可知所為何事？」賴雲煙直接問了出來，而不是像以前那樣派自己的人去查，為了世朝，他們可得省了過去各行一套的習慣了。

「應是為道歉之事。」

「道歉？」賴雲煙略挑了下眉，她與司夫人攏共就只見過幾面，每次皆賓主盡歡，哪來的歉可道？

「她那小女前幾日對世朝有過出言不遜。」

「說了何話？」這時賴雲煙已經冷靜了下來，心中也有些好奇那小女孩是說了何種出言不遜的話？她記得司夫人的長女應只有十歲，十歲的小閨女能說什麼得罪人的話？

「說世朝似我般道貌岸然。」

「噗！」賴雲煙實在沒忍住，破口就笑了出來。

這時見魏瑾泓眼角微挑地向她看來，賴雲煙忍了笑，清咳了一聲，旁若無人般自語道：「這眼力還是不錯的，難怪我兒喜她。」

魏瑾泓乾脆別過了眼，不去看她這時笑得豔如桃花的臉，嘴裡淡道：「妳看著辦。」要怎麼回應司夫人，由她自行決定，先跟他通個氣就好，他也好心中有數。

「嗯，我會應，不是什麼大事。」賴雲煙輕描淡寫，眼睛徵詢地向他看去。

魏瑾泓又點了頭。

賴雲煙頓了一會兒，笑著輕嘆了一聲，道：「司大人、司夫人，唉……」他們兒子也在宮中啊！

他們雖已從寒門躍為新貴，但論在宮中的暗樁人手，哪及得上魏、賴兩家？不定什麼時候要求到他們頭上來呢！所以，司夫人那般清冷的性子，以前為著夫君來拜會她，以後為著兒子，也少不了登這府的門了；就不知，會不會因此委屈了她女兒？

「有事妳知會我一聲。」魏瑾泓這時起身，朝她作揖。

「大人慢走。」他沒再有事要說，賴雲煙也就沒再多問，起身微垂了下頭相送。

第五十六章

「魏夫人。」司周氏向前面那清麗的婦人福了一禮，見她笑著眼波微微流轉，她身側的丫鬟就已過來扶了她。

雖不喜與人相觸，但她沒有躲避，為著家中夫君與兒，她須與眼前這位夫人親近。她曾見過魏賴氏幾次，她是個很分得清誰對她真親近，或者是刻意拉攏的人；她也見過幾位夫君上官的夫人，但只有面前這個人，她拿不準她心中是怎麼想她的。

魏夫人對她幾次都是笑容滿面，萬般體貼得很，但她老覺著魏夫人眼底的笑光帶著寒氣，有時她不小心瞥見，總是不寒而慄。

她與夫君說過此事，夫君答了她一句「這夫人是賴家之女」，言下之意，說魏賴氏肯定是城府至深的；因此，她後來幾次都對魏賴氏避而不見，只是逃得了初一，躲不了十五，有的人總有一天是需要見的。

「甭客氣了，趕快坐。」賴雲煙笑著朝那低頭不抬的秀氣婦人道。

「謝夫人。」

「好些時日未見妳了，近來家中可好？」賴雲煙笑著問道。

司周氏微抬了下頭，但沒有看她，嘴裡答。「甚好，多謝夫人關懷。」

「司夫人，請喝茶。」春光端上了茶，朝她恭聲道。

司周氏朝她微頷了首，抬過茶杯喝了一口後，輕輕地放下杯子，等著上座的人說話。

賴雲煙沒像前幾次那樣主動說話，司周氏等了一會兒，心中輕嘆了口氣，薄唇微抿了一下，半抬起頭朝賴雲煙歉意地笑了笑。「此次前來，是有事來與夫人致歉的。」

「喔？竟是如此？」賴雲煙訝異道：「是所為何事？我怎不知？」

這司夫人雖是個清高的，但賴雲煙卻還是比較欣賞她。清高是性子，但她能為了家中的人出來交際，拉得下臉、低得下腰，這就是個聰明又有所堅持的女人了；人嘛，清高點無妨，只要會做人，礙不著太多事。

「夫人可還記得我跟您說過的我那小女司笑？」

「妳的大女兒嗎？記得妳說過。」賴雲煙笑著道。這司夫人是來致歉的，不過她沒帶司笑前來道歉，看來，也是個疼女兒，不委屈她的，是個好娘啊！賴雲煙把感嘆聲掩在了嘴角的笑聲裡。「上次聽妳說，長得有幾分像妳，看來也是個美人胚子。」

「夫人盛讚了。」司周氏垂了下頭，頓了一會兒，就含蓄地道：「前幾日，貴公子上門拜訪我家老爺時見到了小女，與小女說了幾句話，小女不懂事，說了幾句不當的話，今日妾身來是給夫人道歉的，還望夫人看在小女年幼無知的分上，能諒她一回。」

她聲音很是怯弱，賴雲煙聽了笑笑，沒再去問她那小女說了何話，只是輕描淡寫地說了一句。「才幾歲的小閨女，能說什麼不當的話？妳就別放在心裡了。」

「夫人。」司周氏抬頭朝她感激一笑，又道：「妾身還有一個不情之請。」

「說吧。」

「明日我府欲賞陛下賜我家大人的幾盆紅花，還望夫人到時能過府一賞。」司周氏略帶遲疑地道。這魏夫人推了不來，所以她只能上門拜訪了，現在明面上她夫君要比這沒落了下去的兩家風光，但實則他們家卻討不了一點好處，這魏夫人不來，她只能來請。

「是真有事過不去。」賴雲煙淡笑著道。「司夫人既然來了，那我就不瞞妳說了，明日是我娘家祖父的忌日，我要前去拜祭。」

司周氏當下吃了一驚，趕緊起身向她福禮。

賴雲煙讓丫鬟擋住了她，不疾不徐地淡笑道：「莫要驚慌，不是什麼大事，只是個平常祭日。」確實不是什麼大事，只是明日她要茹素，也賞不了什麼紅花了。

「小姐。」蹲著的冬雨在給賴雲煙穿素面的鞋子時，外面的秋虹進來道：「剛剛小公子也回府了。」

「不是在書院嗎？」

「三兒說，是大公子派人去送了信，小公子一路快馬趕了回來。」

賴府那邊一大早送了素麵過來，不知怎地被大公子知道了，這一知道可好，連小公子也招來了。這平常祭日是小日子，只是去燒些紙錢就好，但看樣子，大公子、小公子都是要跟著小姐一道去了。

「唉……」賴雲煙只嘆氣輕搖了下頭，也沒再贅言。

「娘，妳給我備好素衫了嗎？」魏世朝一進來，就朝賴雲煙道。

「冬雨給你拿去了，有她在你擔心什麼？」賴雲煙朝他笑，又問他道：「小公子，是誰給你通風報的信啊？」

「娘說的哪門子的話。」魏世朝不以為然。待他換了白衫，要與她一道出門時，他朝她問：「妳可替我為曾外祖父吃了素麵了？」

「吃了。」賴雲煙點頭。

「妳就是為著這事才不回的小築？」

賴雲煙笑著摸摸他的頭。

踏出門後，魏世朝猶豫了一下，頓了頓之後朝他娘小聲地又問：「妳見過司夫人了？」

「嗯。」賴雲煙微笑。

「妳說了什麼？」

「她是來道歉的，說是她小女對你說了什麼不妥的話。」賴雲煙沒打算讓他著急。

「沒什麼不妥的話，司夫人定是多想了！」魏世朝想也不想地搖了頭。

賴雲煙好笑地看著急迫的他，心中也湧起了一片感慨，孩子長大了，都有小兒女的心思了，他終究不再是她的小娃娃了。

「我知道，你都沒有跟娘說過什麼，想來也是沒有什麼。」相比兒子的激動，賴雲煙淡定得很，語氣也還是跟平常一樣，平靜中還帶著些許笑意。「所以跟司夫人解釋了一下今日不能去她府中賞花的事，司夫人也就回了。」

「如此。」魏世朝鬆了口氣。這時他們已走出了修青院，見父親一個人不緊不慢地走在前面領著他們，也不往他們靠近，魏世朝走了幾步，又問他身邊的娘。「妳見過司夫人的長女嗎？」

賴雲煙想了想，搖了下頭。「未見過。」司周氏對她保護得很，從不帶出來見人，沒幾個官夫人見過她。

「這樣啊……」魏世朝聽了失望得很，過了一會兒後有些扭捏地道：「孩兒曾碰巧見過她兩次。」

「喔？她是個什麼樣的人？長得可好？」賴雲煙訝異地問道。

「長得有些像司夫人，脾氣甚好，教養也是一等一的好，看得出來，司大人與司夫人是花了相當大的心思教養她。」魏世朝很是肯定地說，嘴角還有一點點笑。

看著兒子眼睛裡的亮光，口氣中說及司笑的喜愛，賴雲煙伸手又去摸了下他的頭。

「娘……」魏世朝躲了一下，無奈地看著她。「孩兒長大了，妳就別老動不動摸我的頭了。」

「呵……」賴雲煙啞然失笑。「知道了。」真是長大了啊……

賴家太老爺的這祭日雖說是平常祭日，但對賴家來說還是不算小的日子，而能來給他燒香的，除了男丁，就只有那年長、輩分大的老婦人了。

賴雲煙能來，也是因她是賴家的嫡長女，且當家人還是她的兄長；而魏瑾泓帶著兒子跟她一道來，意義就不一樣了，賴家的族人對於見到魏瑾泓還是很欣悅的，畢竟這能說明兩家的關係還是堅如磐石。

對魏瑾泓來說，這無異於討好了賴氏一族；而對賴雲煙來說，魏瑾泓跟著她來也給她長了臉，於魏家也好、於賴家也好，都是再次奠定了她在兩家的地位。

請來的法師一番吟唱作法，等法事完畢，紙錢燒盡，已是黃昏了。

他們走後，這時離太老爺墳墓五里地外的山腳下，只有一處獨墳的墳墓處，一個枯瘦如柴的尼姑跪在其前，滿臉痛苦地捶打著胸，對天咆哮著。黑幕這時完全襲捲了大地，天已全黑，也掩去了她那猙獰的臉和瘋狂的眼神。

那隱在暗中的探子嘴角冷冷一挑，弓身快步如飛，悄聲離開了藏身的樹林。

這廂魏瑾泓拒了賴震嚴前去賴府一敘的邀約，帶著魏世朝與賴雲煙回府。

賴雲煙坐在了後面的馬車上，沒與魏瑾泓及兒子一車，中途她的馬車停了下來，聽了賴三兒的報後，就令他去賴府，再把事情與兄長一說。

雖說斬草不除根，後患無窮，但現在蕭家死盯著賴家呢，賴畫月還真是除不得，暫時只能讓她活著，找人死盯著她拘著了。

一連半月，司周氏又再上了兩次門，賴雲煙都是熱情周到地接待，卻不提起要看司笑一眼；司周氏又是放心、又是提心弔膽，回去便與司仁一說。

司仁與妻子說道：「魏家小公子能看上我兒，魏夫人卻不一定能看得起，妳與她見了多面，應能料出她的一些為人來。」

這時被他抱著的司周氏在他懷裡挪了個舒服的位置，想了半晌才搖頭道：「她為人處事確是滴水不漏，但三分真、七分假，妾身這般的人，根本料不準她心中所思。」

「笑笑之事，妳要如何定奪？我都隨妳們。」她和女兒怎麼決定，司仁都無妨，料不準就料不準吧，順她自己的意就行，別的他來就好。

「依笑笑之意。」司周氏說到這兒，苦笑道：「就是笑笑不喜，但我又不能得罪這魏夫人，生怕她開口提起此事；可她不提，我這心啊又吊著，當真不知如何是好。」

「順其自然吧。」司仁安撫地拍了拍她。「船到橋頭自然直，妳別想太多，睡吧。」

「唉……」司周氏輕嘆了口氣，閉上眼道：「這半個月我也累了，不想出去了，看看下月吧，要是身子好，再去拜訪她一道。越兒在宮中也是不容易，得了賴家公子的相助，這分情，我們不得不還啊……」可是還，也不能用女兒還，這是她的堅持；兒子是她的命，女兒也如是。

魏府中，半個月來賴雲煙都沒有離去，只是搬到了靜觀園。其中魏世朝回來嚴肅地勸過她兩次，賴雲煙先是笑他可真是捨得她，但知兒子真是希望她得那安寧，連未來岳母也沒想著讓她去幫著討好後，她心中確實還是有幾許安慰的。

這時，她也不得不與魏世朝說了實情，此番不離去，不是為他，而是為了魏、賴兩家，還有任家之事。

「我們這幾家裡，娘是對三家、對上面都有些知之的人，以後有個什麼事，我也好按著你爹和舅父的安排來辦；娘是想回小築，可這當口，那清靜確是享不得了。」

所以她與魏瑾泓又做了交易，她候在魏府之中見機行事，而他最好別辜負她的付出，把她該得的那份給她；她兄長、舅父的也好，她兒子的也好，該他們得的，魏大人最好都如她的意。說坦白點，要有凶險，最好也是他先死了才能論及到她的家人身上去，而她已在這幾家人的船上，確實是下不來了。

「就是爹存了這心，所以妳要走才好！」魏世朝說這話時口氣都有些急躁了。「妳怎不知孩兒的心呢？」

「娘為人母、為人妹、為人主……」賴雲煙忍住了摸他臉的衝動，看著他，依舊微笑著道：「要是這時候都逃避，我就不是你娘了，你說是不是？」

魏世朝啞然。她這話一出，他還能說什麼？說走的是她，說留的是她，說好說壞都是她，他說不過她。

這天魏世朝回來與賴雲煙請安，說過家事後，就與她道：「江先生怕是要被指婚了。」

「指誰家的女兒？」她問了一句。

魏世朝不由得奇怪地看了他娘一眼，平時他說先生的話時，他娘從不搭話的，今日怎地就像別的嬸娘那般愛問這些了？

「說是曾跟江先生訂過親的那家，那家仰慕江先生的才華，定要在家中擇一良女許配於先生。」

「喔，那你先生的意思是？」

「先生說，已經辜負了一位，此生已決定不再娶妻了。」魏世朝說到這兒卻斂了眉。「可他這般回上去，宮中就傳出話來，說是他對先前訂親的那名女子念念不忘、情深意重，所以皇上已準備下旨讓那女子還俗了。」

「啊？」賴雲煙驚訝至極。

「這是今日之事。」魏世朝在他先生身邊經歷了驚心動魄的一天，說到這時，臉色也不如平常那樣鎮定自若了，眉頭深鎖得與他父親皺眉時有得一比。「不知先生會如何應對。」為免他涉入此事，爹叫他從書院回來，所以他現在根本不知道先生會對此作出何種反應來？

這夜，魏世朝剛與他娘親用完膳，他在書院的奴僕就回來了，與他報時聲音都是驚慌失措的。

「江先生剃了光頭，說是要追隨國師遁入空門，為國盡忠！」

「剃光頭？」魏世朝手中的果子掉了下去，嘴裡含著的果肉都忘了嚼動。

「是，已經剃了！」那跟著魏世朝的小僕小通曾伺候過江鎮遠，說起這話時已經是一把眼淚、一把鼻涕了。「江先生還說，若是皇上不允他盡忠，他就把全身的毛都剃了，上呈朝廷，向君表全忠之心！」

這時，正裝著淡定地喝著茶的賴雲煙一聽小僕報了這話，一口熱茶就從她嘴裡噴了出來，剎那間嗆了個天翻地覆！全身的毛……

「娘、娘！」魏世朝急急地替她順氣。

那廂秋虹、冬雨也快跑到了她身邊替她拍背。

「您喝茶怎不喝慢點？嗆壞了可怎麼辦？」冬雨不免有一些抱怨。

「沒……沒事。」賴雲煙順過氣來，朝她們揮了揮手。「忙妳們的去。」

待下人全部退下去後，魏世朝正要開口說話，剛出去的冬雨就又在門邊報——

「大公子來了。」

「爹來了？」魏世朝忙站起，朝門邊走去。「爹。」他迎了魏瑾泓進來。

魏瑾泓不緊不慢地走到賴雲煙身邊的椅子坐下，問：「你們用過膳了？」

「是。」

「坐下吧。」

「好。」魏世朝坐下後又朝他爹問：「先生之事您可是知道了？」

「嗯。」魏瑾泓淡定地點了頭，轉頭對賴雲煙道：「江先生此番削髮明志，皇上知情後，許是會明瞭他忠君愛國之心。」

削髮明志？這魏大人可實在是太會說話了！

「那……」魏世朝看向他爹。

「明早我會去書院一趟，你跟我去。」魏瑾泓看著兒子道。

「多謝爹。」魏世朝向魏瑾泓作了揖，就又起身道：「孩兒還有功課未有鞏固，先退一步。」爹來娘的住處，應是有事，怕他在他們不好談，魏世朝便想先走一步。

「去吧。」知道兒子的那點小心思，賴雲煙乾脆出聲，等他走後，賴雲煙隨口問了一句。

「喝茶嗎？」

「好。」魏大人應得也挺乾脆。

「明日妳要出門？」茶上來之後，魏瑾泓開口說了一句。

賴雲煙好笑地看著她的肚中蛔蟲，笑而不語。

「江大人之事，我會盡力而為。」魏瑾泓又言道。

「您想怎麼盡力而為？」賴雲煙好整以暇地看著他。

「如他所願。」她的話中帶笑，讓他的聲音冷了一些下來。

賴雲煙聞言又笑了一笑，眼睛笑得因此都瞇了一些，讓整個樣貌呈現沈穩的婦人都變得有些許年輕了起來。

「如他所願？」她笑著自言自語，略帶譏誚。

江鎮遠不成婚，於她沒有什麼好處，她願的不過是他安然百年。江鎮遠不成婚，魏瑾泓說盡力而為，當這是在幫她嗎？就當這是在幫她好了，然後呢？他以為她和江鎮遠會在一起，難道最後他還真會讓他們在一起不成？不過是料定她現在離不開魏家，對她說的漂亮話罷了；男人啊，她再活一百年，怕也還是會為他們有時的想法感到啼笑皆非。

「那，不幫？」她顯得譏誚，魏瑾泓便再問了一句。

面對他的應對，賴雲煙是真笑了起來，這一次的笑意中還有濃濃的自嘲，她還真不想拒了魏大人的好意，她可沒這樣的風骨。

「您就好好幫吧，少不了您的好處。」賴雲煙向魏瑾泓笑道：「明兒個您把要交給世朝看的帳本給我，我來理理。」

魏瑾泓「嗯」了一聲，因此也垂下了眼。

當夜賴雲煙想了一夜，第二日還是出門跟幾位貴婦人一道去買了胭脂，說了幾句話。

過了幾天，京中幾個厲害的官媒就給江鎮遠說起了媒，也說到了他以前訂婚的那位小姐，與他怕是八字不合的事；再又言道，那位小姐年紀也大了，這般大年紀的人，已過婚嫁之年，也是與江大人不配了。

朝廷上，以楚子青為首的幾個與江鎮遠交情好的朋友，也向皇帝進言，再加江鎮遠自己本身的明志，皇帝那邊也就沒什麼大動靜了。

這時宮中又有妃子懷孕，那位傾國傾城的包妃因此跟皇帝小鬧了一場脾氣，結局當然不是美人討了好，而是皇帝減了去她那兒的次數，不再日日恩寵，因此包美人那銳不可當的銳氣就少了一些下來。

這事算是暫時歇停了下來。

魏世朝回來與賴雲煙說，皇上不亂點鴛鴦譜後，先生為此大喝了一場，還醉得看著他傻笑了好一會兒。

「先生笑得很傻。」魏世朝如此跟他娘描述他眼中喝醉了的先生。「但笑得就像春天裡的清風一樣。」

魏世朝之所以跟他娘說這麼多他先生的話，是因為他覺得那樣看他的先生是真的喜歡他的；

不知道為什麼，他就是知道他的這位先生是全心全意為他好。

過了幾日，渾身發熱的魏世朝被送了回來，細問之下，原來前日去了司大人府中請教學問，在司府為著司家的大小姐尋那掉在湖中的帕子而下了水，回到書院後也沒當回事，沒吃藥祛寒，於是就此病了下來。

他高熱發燒，賴雲煙守了他一天一夜，才讓他退去了高燒，這才鬆了口氣，回了房。

路中，秋虹有些黯然地與冬雨道：「我這心中怪難受的。」放在家裡當稀世寶貝的小公子，卻為著個別家的小閨女而糟蹋自己，卻從沒想過她們這些人的感受，想想真是難受。

「兒大不由娘。」冬雨拿帕擋臉，擦了眼邊默然掉下的淚，淡淡地說：「再說，男兒長大都這般，小公子也還是記著我們的。」

看冬雨掉了淚，秋虹也就無聲了。她這時轉頭朝旁邊慢悠悠地走著的小姐看去，見小姐嘴邊噙著的淺笑不滅，她不禁在心裡輕搖了下頭；算了，小姐都不計較了，她們有什麼好計較的？

魏世朝醒來後，冬雨是第一個跑去伺候的，留在院中伺候賴雲煙的秋虹跟賴雲煙嘆道：「她是沒救了，傷起心來比您還傷心，擔心起來，怕也是比您更擔心了。」

「她一手帶大的，當然親厚。」賴雲煙笑著道：「要是她晚上要留在那兒照顧，收拾間屋子出來，讓孩子們也跟著他們娘去住，免得她兩頭都擔心。」

「唉，這操心的命啊……」秋虹跺跺腳，卻不能對她這好姊妹袖手不管，只能匆匆出了門，安排她孩子們的事去了。

秋虹、冬雨都不在，春光來報大公子來的時候，魏瑾泓後腳跟就已站在了她身後，這時只有見的分，沒有不見的分了。

「去看過世朝了？」魏府族中有人出了有關人命的大事，魏瑾泓這兩天都在外面，賴雲煙這兩天也是暫時沒聽到他有什麼動靜。

「嗯，我去時他在睡。」

「坐。」賴雲煙托袖輕揚了一下手，請他入座。

魏瑾泓頷首，在她對面的椅子上坐了下來，對她說道：「司家長女妳一直不見，妳是有何想法？」見都不見，更別提去提親的事了；但她也沒有露出對司笑的不喜來，所以他也不知道她到底是做了何打算。

「與司家聯姻是勢在必行了？」賴雲煙想了一下，問他道。

魏瑾泓點頭。

「世朝也是真喜歡她？」

「真喜歡。」魏瑾泓這時笑了笑，這笑有些真心，笑起來讓他格外溫潤。

「他喜歡誰，那就娶誰。不過這事看起來司家的母女都不怎麼願意，按我之意，這媳婦是世朝願意的，就由他去讓他們家點頭吧；哪天願意了，我就哪天去提親，您看可成？」賴雲煙笑道。

「妳沒有不喜司家小姐？」看著賴雲煙，魏瑾泓突然問了這麼一句。

「沒有不喜。」賴雲煙的眼睛直直地看著魏瑾泓。「世朝的媳婦以後是要跟世朝過日子的，不是跟我過，所以，我不會不喜她，也不會管她；便是世朝，我也只管我能管的，不能去管的，我不會踰越，您可明瞭？」

魏瑾泓皺了眉。「妳是說，有些事得我去說？」

「那就看您怎麼想了。」賴雲煙收回了眼神，雙眼看著自己的手指。

嚴母也好，慈母也罷，她所能做的都有限，她確實不能多管兒子，這在外人間會有世朝畏母的名聲傳出；但父親就不一樣了，兒子怕老子就是天經地義的事了，有些事，該是魏瑾泓多管管的時候了，世朝年紀漸大，她在他身邊的影響該漸漸隱去了。

「好，我知道了。」

「外面的事怎麼樣了？」他沒提出要走，賴雲煙就又多問了一句。

「碎塊挖出來了，人死了，腦袋都……」魏瑾泓用手按住了額心，緩了一會兒才抬頭對賴雲煙道：「我那死去的賢姪膝下有兩兒兩女，昨日送去了三千兩銀，那家中婦人送還了一半，說兒子在族中就學，無須操心，只一半就可活得下去，只是望她那兩個女兒，讓當家主母看在她夫君為族人死的分上，替她們擇兩個良婿，不求富貴榮華，只求有個安穩日子。」

「她那兩個女兒多大了？」賴雲煙嘆了口氣，問了一句。

「兩人是雙生姊妹，皆十五有餘。」

「那就是及笄了。」

「來京路中及的笄。」這個族人是來為皇上建都石室的，取石途中遇上突發路難，於他自家、於族都是惡耗，魏瑾泓一時半刻也是找不到像他一樣的奇才了。

宮中皇上也是諸事纏身，令外面之事由他一手處置，但他又豈敢全部越權？只能就算是被皇帝拿著杯子砸腦袋，也得去煩他。皇上的事就罷了，族中又出事，這些全是煩心事，有時歇得半會，腦中也全是她見了那人的事，心中沒有片刻平靜。

「我手上有幾個適合之人。」賴雲煙稍想了想，與他道：「回頭我與二嬸說。」

「多謝。」

魏瑾泓再坐半會，見她不再言語，就起身告辭，回了書房靜坐了半會。

等晚膳後去見過兒子，待兒子睡著後，他那兒得了下人來的信，說夫人跟老二夫人說的人都是名門之後。魏瑾泓接過名單一看，見他們確實都是書香世家出身，且這些人離權力中心有些遠，就是出事也不會被波及得太多；但，這有好幾人的名單上，沒有一個是賴家的族人，賴家其實也是有幾個不問世事、可婚配的人家的，她沒寫上，看來是不想賴、魏兩家有更深的瓜葛了。

說來，任家想把孫女嫁給世朝，她也是沒這個意思，萬般阻攔了不說，還讓那小小年紀的女孩早早就與別人訂了親，看來是要斷了京中這方對任家的念了。

世朝的病全好，回了書院後，他知道她舒了一大口長氣。

這日他來見她，就聽她笑著與他說——

「他可別出事的好，要不就是有點小毛小病的，他冬姨就能哭死在我面前。」

她與他又說說笑笑起來，就像前些日子她刻意的冷淡不見了一樣。他以前再知道她不想與他續前緣不過了，但現在，可能是與她走得太近了，眼睛裡只看得見她的笑、她的惱、她無可奈何的悲涼，卻真是不大鬧得明白她是怎麼想的了。

連她什麼時候願意見他，什麼時候不願意見他的心思，都不是鬧得很明白；除了守著、順著，他確實也沒有什麼別的更好的辦法。

「我已囑了下人看著，春暉日後也只跟著他了。」魏瑾泓與她說了他吩咐下去的事。

「春暉跟著好，賴絕事多，完了之後我也要調回身邊用了。」京中不太平，她身邊用的人這些年來來去去就是這幾個人，再分到世朝那邊，就沒幾個了；世朝之事，魏瑾泓想從他身上得到多少，就得付出多少，她就不貼補太多了。

「入冬後，妳就少出些門。」她的話說得他沈默了下來，他也知道她從她的消息渠道知道了些，但他還是開了口，給了她線索追問。

「要出大事了？」

「是。」

「有血光之災？」

「有人是。」

賴雲煙聽了嘆了口氣，又問：「這事我能與我兄長說？」

「我會去說。」魏瑾泓淡淡地道：「入冬後，京中魏、賴、蘇三家，不論外面出了什麼事，都只能袖手旁觀。」

「是屠門誅族之禍？」賴雲煙聽了個話音，那臉就白了近一半。

魏瑾泓微點了下頭，那平時溫潤、深邃如黑洞的眼睛，這時淡漠得沒有絲毫人氣。

「多少人？」

魏瑾泓頓了一下，伸手沾了茶水，在桌上寫了一字，隨後，他看著她慘白無血色的臉，淡淡地道：「別想救誰，沒用。」哪怕這裡面有她與他共識且來往尚好的友人，這次他們也一個都不能救。

「藉以何名？」事情太讓人魂飛魄散了，賴雲煙半晌後才從嘴裡擠出了話來問。想誅人家全族，想把人家上萬的族人全殺了，皇帝最好有一個了不得再了不得的理由！

「時家先祖，搶了開國天德太聖聖上皇的墳，此時皇陵龍脈裡躺的是時家先祖的身軀，天德太聖聖上皇不知所蹤；這罪，可當誅全族？」魏瑾泓走到她身邊，低下頭，在她耳邊把話細如蚊蚋地說了出來。「這次，妳我想救都救不了。」

賴雲煙睜大了眼，呆若木雞，連魏瑾泓哪時走的都不知道。時家……那個宮中生了太子的時妃，她的家要被誅族了；時家沒了，便是她無事，便是太子無事，可以後的日子要怎麼過？宣朝律法雖有不涉外嫁之女的規定，但有個被滅族的娘家，時五娘、六娘、七娘這些嫁出去的姑娘，她們以後在婆家的日子要怎麼過？

不行！

賴雲煙急急起身，快步朝門外走去，在遙遙看著那人的背影，而她追趕不上的時候，她開了口，大喊道：「你停住！」

前面的人未停。

「停住！」等她再喊了一聲，魏瑾泓才停下了腳步。

看著她抿著嘴，風風火火地走向他，他淺淺微笑了起來。

「此事當真？」她站在了他的面前，臉繃得緊緊的，就像一把鋒利的刀。

「當真。」

「到底是為了什麼？」

「妳如今想知道了？」之前，她不是一直不想知道這些事嗎？

賴雲煙定定地看著他，緩慢地搖了下頭，她還是不想知道，如果他不說的話。

魏瑾泓笑笑。

「時家可救？」她問。

「不可。」

「一、兩個呢？」不多，能逃出一、兩個就好。

「那不是妳我之事。」魏瑾泓的眼睛瞥過她繃緊的臉，漫不經心地道：「只要不是妳我之事，就好。」說完，他抬腳就走。

賴雲煙立在原地想了一會兒，挑眉沒有笑意地笑了笑，也算是明瞭他的意思了——

她可通風報信，但不可施以援手。

——未完，待續，請看文創風268《兩世冤家》3

2015年1月出版

招財進寶

穿成屬虎命凶的農家小村姑，爹娘是極品鳳凰男＋懦弱受氣包，
最坑的是，所謂的親人們竟個個都想賣了她換錢！
哼，老虎不發威，真當她是無嘴不還口的Hello Kitty嗎？
就不信她一個現代來的女人，還鬥不過他們這群人！

文創風 258 1

好極了，一睜開眼就來到這沒聽過的朝代，老天爺可真疼她！
現代的她是個只能靠自己打拚，結果卻過勞猝死的富家小姐，
本以為自己的命運已經很慘了，不料這古代身體的原主人更慘，
小姑娘名叫宋冬凝，小名冬寶，偏偏她不是個寶，只是根草！
在宋家，管事的是奶奶黃氏，她心中的寶貝疙瘩是讀書的三兒，
原因無他，兩老堅信這么兒日後會一舉成名，當大官、賺大錢！
所以她爹剛死不久，她就被賣掉換錢，好繼續供養三叔讀書，
糟的是，她才上工第一天，就倒楣地被壞心的小主子給攆走，
驚嚇又高燒之下，小姑娘就這麼去了，於是，她成了冬寶丫頭！

文創風 259 2

雖然宋家除了娘親李氏外，沒人待她好，但既來之則安之吧！
是說，這宋家也真是絕了，古代人重男輕女嘛，這規矩她懂，
可這老宋家輕女的程度，那可真是到達一個誇張的境界了，
據她觀察，除了生下一女兩子、現又懷孕的二嬸能不做事外，
剩下的女子敢不做事就是找死，掌大權的奶奶定不輕饒！
說起奶奶那張嘴可是出了名的壞，罵起人來什麼髒字都不忌，
李氏因為自覺只生下一女，臉皮又薄，長年只有被罵哭的分，
但，舉凡煮飯、洗衣、下田，裡裡外外每件活兒李氏都得做，
而她也得鎮日提防著再被賣掉，這日子簡直沒法兒過啦！

文創風 260 3

冬寶不想死在宋家，也不想被賣掉，她的命該由她自己決定！
她知道，宋家每個人所得的每文錢、每樣東西都得交給奶奶，
而她若想要掙錢來交換好一點的日子過，那是絕無可能的，
所有的努力付出是不會有回報的，因為財物都要留給她三叔，
這輩子若要吃上一口飽飯，她們母女倆就得分家出去過！
但奶奶是不可能同意分家的，畢竟李氏是家裡的主要勞力，
不過，辦法是人想出來的，她有法子，只差要找人幫忙才成，
隔壁那個俊秀的林實待自己既親切又溫柔，便是個好人選啊，
她就不信自己一個現代來的女人，還鬥不過奶奶這農村老婦！

文創風 261 4 完

順利分家後，冬寶簡直開心得都快飛上天了！
不過坐吃山空不是她的個性，她早已計劃好要做生意攢錢，
她打聽過，這時代的豆腐澀又難吃，沒人愛吃更沒多少人賣，
可她是誰？前一世她家裡就是靠著賣豆腐起家賺大錢的呀！
這不，才推出不久，她的豆腐就賣個精光，造成搶購，
假以時日，她定能把豆腐賣往各地，銀子大把大把地賺啊！
有錢吃飽飽、穿暖暖後，自己的終身大事似乎也該想想了，
隔壁林家的大實哥是她相中多時的好夫婿，但卻搶手得很，
看來她得加把勁，若能把他訂下來，這日子就太美好啦～～

兩世冤家 2

國家圖書館出版品預行編目資料

兩世冤家 / 溫柔刀著. --
初版. -- 臺北市 : 狗屋, 2015.02
冊 ; 公分. --（文創風）
ISBN 978-986-328-413-0（第2冊：平裝）. --

857.7　　103027055

著作者　溫柔刀
編輯　黃淑珍
校對　沈毓萍　馮佳美
發行所　狗屋出版社有限公司
地址　台北市104中山區龍江路71巷15號1樓
電話　02-2776-5889～0
發行字號　局版台業字845號
法律顧問　蕭雄淋律師
總經銷　知遠文化事業有限公司
電話　02-2664-8800
初版　2015年2月
國際書碼　ISBN-13　978-986-328-413-0
原著書名　《兩世冤家》，由北京晉江原創網絡科技有限公司授權出版

定價250元
狗屋劃撥帳號：19001626
網址：love.doghouse.com.tw　E-mail：love@doghouse.com.tw